陶淵明全集

〔晉〕陶淵明 著

〔清〕陶 澍 集注

龔 斌 点校

上海古籍出版社

图书在版编目（CIP）数据

陶渊明全集／（晋）陶渊明著；龚斌点校.—上海：
上海古籍出版社，2015.11（2018.8 重印）
（国学典藏）
ISBN 978-7-5325-7840-5

Ⅰ.①陶… Ⅱ.①陶…②龚… Ⅲ.①古典诗歌—诗
集—中国—东晋时代②古典散文—散文集—中国—东晋时
代 Ⅳ.①I213.722

中国版本图书馆 CIP 数据核字（2015）第 246814 号

国学典藏

陶渊明全集

［晋］陶渊明 著

龚 斌 点校

上海世纪出版股份有限公司
上 海 古 籍 出 版 社 出版

（上海瑞金二路 272 号 邮政编码 200020）

（1）网址：www.guji.com.cn
（2）E-mail：guji1@guji.com.cn
（3）易文网网址：www.ewen.co

上海世纪出版股份有限公司发行中心发行经销
江阴金马印刷有限公司印刷

开本 890×1240 1/32 印张 10.25 插页 5 字数 285,000
2015 年 11 月第 1 版 2018 年 8 月第 6 次印刷
印数：13,301 — 17,400
ISBN 978-7-5325-7840-5

Ⅰ·2977 定价：24.00 元

如有质量问题，请与承印公司联系

前　言

龚　斌

一

　　陶渊明(369? —427)，字元亮，后更名潜，浔阳柴桑(今江西九江)人。他是中国文化史及文学史上的最杰出的人物之一。陶渊明去世后，他的友人私谥曰"靖节"，故后人又称其为"靖节先生"。

　　陶渊明出身士族，曾祖父陶侃是东晋的大功臣，做过大司马，封长沙郡公。他的祖父做过太守，父亲也当过官。陶渊明青年时代受到儒家思想的熏陶，向往先辈的勋业，希望进入仕途，实现"大济苍生"的远大抱负。大概在他二十七八岁时，一方面为了实现他的人生理想，另一方面希望改善母老子幼的窘迫家境，初仕江州祭酒。以后又作过镇军将军及建威将军参军。最后任彭泽(今属江西九江)令，为官八十多天，因不堪吏职，不为五斗米折腰向乡里小人，加上程氏妹死于武昌，他便弃官归隐，此后二十余年，躬耕田园。陶渊明晚年贫病交加，以至乞食，然以古贤为榜样，固穷守志，决不重返官场。陶渊明脱离官场，回归自然，栖身田园，是他"性本爱丘山"情性的最终胜利，是一次意义非凡的道德人格的实践。由此，标志着一种道德人格新范型的出现，影响了后世无数知识者的处世行为，启示人们从险恶的仕途激流勇退，栖身田园，安顿心灵，其精神追求和人生价值其实一点不亚于攀龙托凤，纡青带紫。

　　陶渊明的诗歌与散文，是中古文学中的神品，也是中国古代文学中最有魅力的杰作,千百年来受到无数人们的喜爱。苏轼甚至说:"吾于诗人,无所甚好,独好渊明之诗。渊明作诗不多,然其诗质而实绮,癯而实腴,自曹、刘、鲍、谢、李、杜诸人,皆莫及也。"(《与苏辙书》)。陶渊明在中国诗歌史上的崇高地位,主要在于开创了田园诗派。他从平淡无奇的田园中发现了诗美,以平淡、简洁、有趣味的语言表现出来,一草一木,无不气韵生动,在艺术上有极大的创造性。尤其可贵的是,他的田园诗还直接描写了农民以及自己的辛勤劳动和感受,这是诗歌史上前所未有的现象。

陶渊明生活在崇尚自由和个性张扬的时代。陶诗抒写田园的自由与美好,生活的闲适,同时也时常嗟叹生活的艰辛,愤慨俗世的虚伪,完全是诗人真性情的流露。这与后代许多田园诗的一味闲适或故作旷达划清了界线。如《九日闲居》、《归园田居》五首、《乞食》、《移居》二首、《癸卯岁始春怀古田舍》二首、《还旧居》、《庚戌岁九月中于西田获早稻》、《饮酒》之五、《有会而作》、《读山海经》十三首之一等佳作,无不情趣高尚,真趣淋漓,又富有现实意义。

陶诗有理趣。这与魏晋玄学的盛行有内在关系。但陶渊明的说理与玄学家的抽象不一样,他以诗的语言说理,所以,他终究是诗人,而非哲学家。他思考最多的是生死问题。其中《形影神》三首假设形、影、神三者的对话,阐明了诗人对天地、生死、祸福等诸多问题的见解,表达了他的"委运任化"独特宇宙观,并由此出发,得出形尽神灭的结论,与当时流行的佛教西方净土信仰恰好相反。其他如《怨诗楚调庞主簿邓治中》、《悲从弟仲德》、《挽歌诗》等,一再说到人生而必死,表现出陶渊明对道教神仙长生之说深表怀疑,有着强烈的现实意义。

陶诗自然平淡,不事雕绘,以写意为主,与时代审美风尚格格不入,故在当代及刘宋时期不受重视。至梁代,始有人认识到陶渊明及其诗文的价值。钟嵘《诗品》将陶潜列入中品,对陶诗的源流、风格、语言及在诗史上的地位都有恰当的评价。他说:"其源出于应璩,又协左思风力。文体省净,殆无长语。笃意真古,辞兴婉惬。每观其文,想其人德。世叹其质直。如'欢言酌春酒'、'日暮天无云',风华清靡,岂直为田家语耶? 古今隐逸诗人之宗也。"随后萧统编辑《陶渊明集》,并作序阐明陶渊明隐逸的意义,指出陶诗的"寄酒为迹",赞美"其文章不群,词采精拔,跌荡昭章,独超众类,抑扬爽朗,莫之与京",渊明其人"不以躬耕为耻,不以无财为病",乃是"大贤笃志"。至唐宋时期,陶渊明及其诗文的价值越来越被人们认识到,李白、杜甫、白居易、韩愈、苏轼、朱熹等许多文化名人从多方面揭示了陶渊明的人格及陶诗的艺术造诣,陶渊明的地位也越来越高,遂成为中国最伟大的诗人之一。

《陶渊明集》得以完整地保存至今,堪称中国文化史上的奇迹。现在留存的《陶渊明集》源于萧统编的八卷本和北齐阳休之编的十卷本。最重要且常见的善本有宋刻递修本《陶渊明集》十卷;《陶渊明诗》一卷、《杂文》一卷,宋绍熙三年曾集刻本;《陶靖节先生诗注》四卷,宋汤汉注;《笺注陶渊明集》十卷,元李公焕注;《靖节先生集》十卷,清陶澍注。我们这次整理出版的《陶渊明全集》,即是陶澍集注的《靖节先生集》。

二

陶澍(1779—1839),字子霖,号云汀,晚年自号髤樵、桃花渔者。湖南安化县人。清嘉庆七年(1802)进士,历任翰林院编修、川西兵备道、山西按察使、安徽巡抚,官至两江总督。卒谥"文毅"。《清史稿》有传。

陶澍集注《靖节先生集》(以下简称陶本),是作者苦心经营数十年的学术成果。据道光庚子(1840)陶澍女婿周诒朴序,《靖节先生集》刊于陶澍卒后的第二年秋九月,由周氏校雠数过,刻于金陵。此书问世之初,流传并不广。自光绪九年(1883)苏州书局重雕之后,流布渐宏。后来又有民国十五年(1926)上海中华书局石印本、民国十七年(1928)和民国二十五年(1936)上海中华书局铅印本、1956年北京古籍刊行社铅印本等。这次以道光庚子秋周诒朴作序的刻本,经校点重新出版。以下对陶本的卷数及编次、校勘、注释、评论、年谱考异等方面作介绍与评论。

一、卷数及编次

《陶渊明集》最早的本子有六卷本、八卷本、十卷本。北齐阳休之《陶集序录》云:"其集先有两本行于世,一本八卷,无序;一本六卷,并序目。编比颠乱,兼复阙少。萧统所撰八卷,合序目诔传,而少《五孝传》及《四八目》,然编录有体,次第可寻。余颇赏潜文,以为三本不同,恐终至亡失,今录统所阙并序目,合为一帙,十卷,以遗好事君子。"据此可知,萧统之前的八卷本、六卷本,或无序,或编次颠乱,或缺少。萧统编的八卷本无《五孝传》、《四八目》,但"编录有体,次第可寻",优于之前的八卷本和六卷本。阳休之编的十卷本,有序目,有《五孝传》、《四八目》。自此之后,萧统八卷本及阳休之十卷本,成为后世《陶渊明集》的祖本。

陶本编为十卷。卷一至卷四为诗,卷五赋辞,卷六记、传、述、赞,卷七疏、祭文,卷八《五孝传》,卷九《集圣贤群辅录》(一名《四八目》)上,卷十《集圣贤群辅录》下、诸本评陶汇集,卷末《靖节先生年谱考异》(以下简称陶《考》)。陶澍以为萧统所编"正集原止七卷,又录一卷,为八卷";阳休之所增《五孝传》、《四八目》,"当以别于正集"。在陶澍看来,《五孝传》、《四八目》是伪托,不应该与正集相混。又陶澍不满诸本编次混乱:"今诸本以《五孝传》编于记、传之后,疏、祭文之前,则既违萧编,亦乖阳录矣。"(以上见卷首《例言》)汲古阁本、焦竑作序本、何孟春本,皆是卷七《五孝传》,卷八疏、祭文,《五孝传》编于疏、祭文之前。陶澍以为不妥。再有,何孟春本"移置卷次",把《五孝传》与《五柳先生传》、《孟府君传》编在同一卷,自谓"伦贯"。陶澍却以为萧统本原无《五孝传》、《四八目》,后人疑为赝作,何本把这些赝作和《五柳先生传》、《孟府君传》编为同卷,"殊为不伦"(见《诸本序录》)。

毫无疑问,陶澍视萧统八卷本是天下第一善本,其次是阳休之十卷本。陶本的卷数及渊明诗文编次,是对萧统本与阳休之本的一种回归。陶本把《五孝传》、《四八目》"离而出之",是追踪萧统本之旧,因为后者无此二篇;陶本把《五孝传》、《四八目》编为卷八、九、十合三卷,置于正集的卷七之后,那是不乖阳录,因为阳休之本增《五孝传》、《四八目》。但陶本这样编次,并非不偏不倚,而是有一定原则的,这原则即是真伪。前七卷是真品,精金美玉,编为正集;后三卷是赝品,归入另册。那么,为什么陶澍以为《五孝传》、《四八目》是伪托?依据大致有二:一是萧统八卷本无此二篇,二是《四库总目提要》已裁定这二篇是依托之文,"休之误信而增之",而且这裁定来自"睿鉴指示",既经圣上指示,故四库本《陶渊明集》删除《五孝传》、《四八目》,别录于子部类书。然陶澍赞同《四库总目提要》的结论,却仍然不予割舍,并为之注释,理由是"以究六朝人之书,为后世类书之祖,足资考证也"。陶本如此处理《五孝传》、《四八目》,既有原则性,又有灵活性,甄别玉石,各归其类,值得肯定。当然,《五孝传》、《四八目》是否确如《四库总目提要》所说,不出于渊明之手,那是另外问题,须专门研究。

二、校勘

陶集在长达千余年的流布过程中,由于种种原因,产生的异文极多，早在宋人就有不胜其校之叹。据现存文献资料，至迟在北宋就有人对陶集进行系统的校勘。思悦《书陶集后》云："昭明太子旧所纂录，且传写寖讹，复多脱落，后人虽加综缉，曾未见其完正。愚尝采拾众本，以事雠校。"可知思悦曾校雠过陶集，只是不能确知他所说的众本究竟是何本。汲古阁本、曾集本、苏写本、汤汉注本，其实都是宋人的校勘陶集的定本。

校勘须选择底本。陶本据以校勘的底本，有人说是李公焕本（李本），有人以为不是。其实，陶本的《例言》已经交代明白："是集宋莒公本今不可见。世所传者唯汤文清、李公焕、何孟春三家最著。汤止注诗，颇为简要。李、何稍繁，然于意逆之处，俱有发明。故今所注，虽博采群贤，要以三家为本。"这里虽说注释，实际上陶本的校勘也以三家为本。《例言》又云："今参取汤文清本、李公焕本、何孟春本、焦弱侯本、汲古阁旧本、毛晋绿君亭本、何义门所校宣和本，择善而存。"说明陶本的注释也以汤本、李本、何本为主，再采众本，择善而存。《例言》未曾言及，而实际采用的，还有蒋薰本、休阳程氏本、刘履《选诗补注》、何义门所校宣和本、梁元帝《金楼子》、《文选》、《初学记》、《艺文类聚》、《宋书》等，真所谓"博采群贤"。

校勘方法大体有二：一是仅列出异文；一是列出异文，再加去取。陶本《例言》云："其义可两存，但云某本作某。去取从违，不敢专辄。"此即是第一种方法。正、异文两存的情况，在陶本校勘时大量存在。例如《停云》诗："罇湛新醪。"陶校："各本如此，休阳程氏梓本作'樽酒新湛'。"同上："枝条载荣。"载，陶校："汤本作'载'，各本作'再'。"又，《九日闲居》诗序："持醪靡由。"陶校："汤本云：一作'时醪靡至'。"罗列异文两存之，能保存文本流传过程的原貌。虽然一时不能去取，但不妨"以待来哲"。如果勉强去取，很可能又添新错；两存之，反而是谨慎之举。

　　校勘比较有价值者,是有确切的依据,或坚实的理由,作出正确无误的去取。陶本于此有不少精彩的例子:《时运》诗:"宇暧微霄。"陶校:"焦本作'余霭微消',云:一作'宇暧微霄',非。澍按:'宇暧微霄'即《归园田居》诗'暧暧远人村,依依墟里烟'景状,若作'余霭微消'则与'山涤余霭'词意重复矣。"按:霄,云气。"宇暧微霄"是写天宇尚不清明,还有少许云气。陶本以《归园田居》诗"暧暧远人村"二句为依据,取"宇暧微霄"。而焦本作"余霭微消",确如陶校所言,与上面词重意复。

　　又《劝农》诗:"桑妇宵兴。"兴,陶校:"焦本作'兴',各本作'征',非。"陶本去"征"取"兴"。按:兴,起也,作也。宵兴,夜作之谓。潘岳《哀永逝文》:"启夕兮宵兴,悲绝绪兮莫承。"孙绰《游天台山赋》:"昼咏宵兴。""桑妇宵兴",是说桑妇夜起劳作。"宵征"则是夜行了。故作"宵兴"是。

　　又《答庞参军》诗序:"辄依《周礼》往复之义。"礼,陶校:"各本作'孔'……何校宣和本作'礼',今从之。"按:"往复之义"见于《仪礼集编·聘礼》,作"礼"是。以上两例的去取虽不言理由,其实都是有依据的,只是未明言罢了。

　　校勘与文字、音韵之学的关系最为直接。陶澍具有文字学的深厚功底,以此运用于陶集的校勘(以及注释),不少地方能达到不可移易的程度。例如《乞食》诗:"饥来驱我去。"饥,陶校:"何校宣和本作'饥',各本作'饑'。澍按:《说文》饥、饑义别。谷不熟为饑。饥,饿也。当以作'饥'为是。"陶校去饑取饥,正确无误。

　　又《答庞参军》诗:"或有数斗酒",斗,汤本作"斞"。陶校:"'斞'、'斗'同,作'斞'非。"按:《玉篇》:斞,俗"斗"字。《汉书·平帝纪》:"民捕蝗诣吏,以石斞受钱。"陶校是。

　　又《游斜川》诗:"中觞纵遥情",觞,陶校:"各本作'觞',中觞,酒半也。焦从宋本作'肠',非。"以上数例都是据字义来决定去取。

三、集注

陶注继承并发展了李公焕《笺注陶渊明集》的集注形式,对陶集作了空前深度的解读。陶注引的文献资料远超李本,据不完全统计,陶注引用前人的著作计有汤注、李注、何注、苏轼、黄庭坚、朱熹、吴师道、吴瞻泰、焦竑、毛晋、谭元春、张自烈、袁梱、《苋江诗话》、钱大昕、惠栋、沈德潜、查慎行、温汝能、蒋薰,以及《史记》《汉书》等著作数十种,取精用宏,成为陶集流布以来总结程度最高、注释最详细的善本。

陶注归纳起来用了三种方法:

一种广泛征引他人注释及评论,不著一言,以见己意。《时运》诗一章:"有风自南,翼彼新苗。"陶本注:"何注:翼,犹披也。吴注:王棠曰:'新苗因风而舞,若羽翼之状,工于肖物。'"何注释"翼"犹"披",谓南风吹动了新苗之叶。而王棠释"翼"字就更具想象之美。"翼"成了形容词,状新苗在风中舞动,状若羽翼。确是陶诗"工于肖物"的好例子。

又《癸卯岁十二月中作与从弟敬远》诗:"倾耳无希声,在目皓已洁。"陶注引罗大经语:"此十字雪之轻虚洁白,尽在是矣,后此者莫能加也。"正如渊明以十字状雪后世莫能加一样,罗大经评论此二句状雪,简洁准确,后人亦罕能及。故陶注用罗大经评语已足,无须另作新评。

又《饮酒》其五:"采菊东篱下,悠然见南山。""见",《文选》作"望"。陶注此二句,既有校勘,又有注释,而以后者为主。陶注广引苏东坡、《苕溪渔隐丛话》、王安石、《复斋漫录》、吴菘诸家之说,解释"采菊"二句之妙。大旨归于东坡之说:"见南山者,本自采菊,无意望山,适举首见之,故悠然忘情,趣闲而景远,未可于文字精粗间求之。"读者通过这样的集注，可以深度了解历来对此二句的不同注解，以及何种是主流意见，予人知识、趣味与思索。

一种是注引他注、他评之后，加按语表示己见。例如《时运》诗三章："我爱其静，寤寐交挥。"陶注引汤注及查慎行见解后，按语云："周、程每令人寻孔、颜乐处，先此唯先生知斯意耳。"汤注仅仅指出爱静是"谓其无外慕"，而陶注点出渊明爱静即是周敦颐、二程所说的"寻孔、颜乐处"。所谓"孔、颜乐处"是宋代理学家推崇的一种人生境界，源于对天理的体认，进而与天道合一，无处不乐。陶澍以为渊明早在宋儒之前就已得"孔、颜乐处"，实质是指渊明暮春之游的乐趣乃属于儒家之乐，且已进入圣贤的境界。陶澍的看法，无疑揭示了陶渊明思想归宿这一问题，是非常值得重视的见解。

又《饮酒》诗十八："有时不肯言，岂不在伐国。仁者用其心，何尝失显默。"陶注先引何注："《董仲舒传》：鲁君问柳下惠以伐齐，柳下惠曰：'伐国不问仁人，此言何为至哉？'"何注指出了上面四句诗的典故。陶注又引汤注："此篇盖托子云以自况，故以柳下惠事终之。"以为渊明以扬雄自况。再注引何焯语（略）。最后按语云："载醪不却，聊混迹于子云；伐国不对，实希风于柳下。盖子云《剧秦美新》，正由未识不对伐国之义。必如柳下方为仁者之用心，方为不失显默耳。此先生志节皭然，即寓于和光同尘之内，所以为道合中庸也。"这段按语，正确揭示了乱世之中陶渊明的处世准则，即兼取扬雄的载酒不却与柳下惠的伐国不对，显默不失，这才是仁者之用心。

一种在某些诗后引用与此诗相关的评论，或解释诗旨，或注释重点。此种方法始于李公焕，至陶澍蔚为大观。再有，若须考辨且问题重要且复杂者，往往有"说具《年谱考异》"的提示，让读者在《年谱考异》中得到具体详细的了解。因此，陶注与此书卷末的《靖节先生年谱考异》有密切联系而不可分。以下举数例说明之。

《命子》诗第五章叙渊明曾祖陶侃功德。此章后面引马永卿《懒真子》:"……语默隆窊,言自陶青后未有显者也。渊明乃长沙公之曾孙,《侃传》不载世家,独于此见之。"马氏的意思是说,《命子》诗是陶氏的谱系。在《懒真子》后又加按语,历叙汉代陶青之后陶氏的有名人物,解释第四章中的"运有隆窊"一句,实际上已经勾勒了陶氏谱系。陶注又引《黄江诗话》:"……东坡言陶公忠义,横秋霜而贯白日。朱子称之,其始终一节如此,以视桓温父子、刘季奴诸人,真犹麒麟之于破獍也。先生诗以'临宠不忒'特表桓公之心,而致慨于近不可得,其旨深哉!"指出《命子》诗第五章赞美陶侃,寄寓深旨。此诗最后引李注引张缵说,感慨陶氏后裔于六代之际,"迄无所用"。再引何孟春感慨陶氏后裔于六代之际,仅见渊明曾孙,为梁安成王萧秀取为里司。最后引毛晋记明代李梦阳访得渊明墓,并命渊明后裔二人奉渊明墓祠之事,感慨"先生历世重光之一线也"。纵观陶注《命子》诗,着重于陶氏族谱的编辑与架构,以便读者了解陶氏的源流。

《归去来兮辞》是陶集中的第一等文章,历代评论资料汗牛充栋。陶注遴选欧阳修、李格非、朱熹、李公焕注、晁以道、王若虚、张自烈、林云铭诸人的评论,说明此文的艺术成就与深远影响。读者由上述评论,可大体了解陶渊明研究中的一些重要问题,比如渊明归田之原因,怎样看待渊明不为五斗米折腰,宋人如何倾倒此文,《归去来兮辞》与《楚辞》的关系,等等。末了,陶注又加按语:"先生之归,史言不肯折腰督邮,序言因妹丧自免。窃意先生有托而去,初假督邮为名,至属文,又迁其说于妹丧自晦耳。其实闵晋祚之将终,深知时不可为,思以岩栖谷隐,置身理乱之外,庶得全其后凋之节也。"陶注发现史传与此文序言之间的不一致,遂以为督邮及妹丧皆非渊明辞官的真实原因,渊明归隐乃是见晋室将终,有托而逃也。

溯陶注之源，仍是沈约《宋书》"自高祖王业渐隆，不复肯仕"之说。

其他如《饮酒》诗二十之后引罗愿、李光地、何焯、沈德潜等人的评论，证明渊明根底从经术中来，是"圣门弟子"。《庚戌岁九月中于西田获早稻》诗末引李公焕、沈德潜，说明渊明安贫苦节，不以躬耕为耻，异于晋人。《挽歌诗》末引李公焕注引祁宽、赵泉山，以及王世贞等人的评论，说明渊明自作挽歌，了然于生死之道……凡此，皆涉及渊明的思想、性格，直造陶渊明研究的深邃殿堂。

衡量一部古籍注释的优劣，最终体现在有无发明。唯有新见，才能推进一门学问。陶本最为人称道之处，就在于多有发明。这些新见，多在《年谱考异》和集注中。这里先述后者。

《赠长沙公》诗之长沙公，张缜《吴谱辩证》以为是陶延寿，渊明为其诸父行。然陶延寿事迹不详。陶注在此诗之末据《晋书·陶侃传》，考出延寿在桓亮起兵时为长沙公，以亮称乱，起兵收亮。又据《宋书·何承天传》，延寿曾为何承天辅国将军。又据《宋书·高祖纪》，义熙五年(409)南燕慕容超来犯，咨议参军陶延寿击走之。据以上史传所载，得出结论："是延寿在晋颇立勋业，无忝厥祖，先生固非虚为嘉许也。"经陶注后，之前不知其详的长沙公陶延寿，始呈其大致面目。

《诸人共游周家墓柏下》诗，陶注周家墓或许是周访家墓："《晋书·周访传》：陶侃微时丁艰。将葬，家中忽失牛，遇一老父，谓曰：'前冈见一牛，眠山污中，其地若葬，位极人臣矣。'又指一山云：'此亦其次，当世出二千石。'言讫不见。侃寻牛，得之，因葬其处，以所指别山与访。访父死，葬焉，果为刺史。自访以下三世，为益州四十一年，如其所言云。周、陶世姻，此所游或即访家墓也。"陶注的推断，颇合情理。

《岁暮和张常侍》诗题中之"张常侍"，历来不知指谁。陶注于诗题下注:"张常侍,当即本传所称乡亲张野。《莲社高贤传》:'野字莱民,南阳人,居柴桑,与渊明有婚姻契,征拜散骑常侍,不就。'但野以义熙十四年卒,题不应云'和'。详味诗意,亦似哀挽之辞。或'和'当作'悲'。又野族子张诠,亦征常侍。或诠有挽野之作,而公和之耶?"陶注疑心张常侍为张野族子张诠,并说有可能是张诠作诗挽张野之卒,渊明和之。这一推测,虽无法证实,但完全有可能。

《祭从弟敬远文》:"父则同生,母则从母。"李注引《尔雅》曰:"母之姊妹为从母。"由李注知渊明母、敬远母为姊妹。然何以二人之父为同生,二人之母为姊妹?陶注引:"《豫章书》曰:'孟嘉以二女妻侃子茂之二子,一生渊明,一生敬远。'是敬远之母为先生从母也。"由此豁然得解:原来渊明、敬远同祖,祖为陶茂。陶茂有二子,娶孟嘉二女,一生渊明,一生敬远。故渊明、敬远之父为同生,二人之母为从母,同为孟嘉女。

四、集评

陶本的集评形式也沿袭李本,青出于蓝而胜于蓝,无论内容和形式都有极大的发展。

陶本的卷首部分于"诸本叙录"后,列"诔传"与"附录杂识"。"诔传"是有关陶渊明的生平资料,计有颜延之《陶征士诔》、《宋书·隐逸传》、萧统《陶渊明传》、《晋书·隐逸传》、《南史·隐逸传》、《莲社高贤传》。相比李本只录颜延之《陶征士诔》和萧统《陶渊明传》,自然完备多了。特别是沈约《宋书·隐逸传》,是记录陶渊明生平事迹的最早传记,涵盖了诸如陶渊明的名字、故里、仕宦经历、年号甲子之说、渊明的卒年和年纪等,以上都是后人了解、研究陶渊明的宝贵文献,陶本收录而李本不录,得失高下立判。

"诔传"后面的"附录杂识",仿效何孟春注本扩而广之。何本录《晋中兴书》、《续晋阳秋》、《庐山记》、《庐阜杂记》、《云仙散录》数条,不无参考价值。陶本采录何本，并新增《文中子》、李元中《莲社图记》、《江西通志》等多至二十余则，内容涉及渊明诗文价值、生平事迹、故里、传闻轶事、靖节祠、渊明墓。凭借这些资料，简直可以勾勒出陶渊明接受简史。其中，有些资料非常有价值，例如《颜氏家训》："刘孝绰当时既有重名，无所与让，唯服谢朓，常以谢诗置几案间，动静辄讽味。简文爱陶渊明文，亦复如此。"可见渊明诗文在梁代受到主流文学家的喜爱程度。

陶本集评当然是有所选择的。看选择什么，即可知注者关注什么，想要解决什么问题。例如陶注引王祎《经行记》，此文以为渊明辞官彭泽，原因是刘裕将移晋祚，陶氏世为晋臣，义不事二姓，故托为之辞去耳，与督邮至县无关。王祎的说法，与陶澍若合符契，故注者选录之。

另一处集评在卷三之首。陶注引《复斋漫录》、曾季狸、王应麟、吴师道、宋濂、郎瑛，内容皆讨论"年号甲子之说"，最后陶澍总结上述诸家见解，加以辩证。何以卷三之首集录这么多的异说？陶澍本人不惜笔墨辩证之？原因之一是陶诗题甲子者，都编在卷三，如思悦所统计："始庚子，距丙辰凡十七年，诗一十二首，皆安帝时作也。"二是"年号甲子之说"与陶渊明的政治立场直接关联，研究者都无法回避这个重大问题。集录诸家评述后，陶澍按语简述"年号甲子之说"的来龙去脉，反驳思悦所谓"诗中并无标晋年号者，所题甲子，盖偶记一时之事"的看法，认为沈约去渊明近十余年，"必亲见先生自定之本可知……其目以编年为序，而所谓或书年号、或仅书甲子者，乃皆见于目录中，故约作《宋书》，特为发其微趣"，"不书宋号，正孤臣惓惓故朝"。总之，陶澍信从沈约所谓"自以曾祖晋世宰辅，耻复屈身后代"的政治立场，大量收录前人有关"年号甲子之说"的评论，目的是表露渊明于故朝的未白之忠诚。

陶本的集评,最集中的地方是卷十之末的"诸本评陶汇集"。前有几句说明:"自李公焕本《靖节集》前有总论,诸本踵之,递有增录。今汇为一卷,删其重复,又续采数条附于其后。"可知陶本"评陶汇集",也是沿袭李本以来的传统。陶本把李本、何本、吴瞻泰《陶诗汇注》本里的评陶汇为一卷,删去重复,又添新增的数条,再加上集注中所引的的评陶,基本上汇集了宋人以来评陶的精华,成为一部自宋至清的陶渊明研究小史,使我们看到历代学者解读渊明其人、其诗的持续不断的努力。陶本汇集前人评陶,不是另立炉灶,而是依次抄录、删削之前陶集诸本的评陶。这固然体现了注者不掠人之美的品德,但更深的用意,恐怕还是展示宋人以来评陶不断深入的历程。同时,这也方便了读者,一册在手,不用翻检诸本,历代评陶的精华皆在目前。

五、年谱考异

陶本卷末的《靖节先生年谱考异》(以下简称陶《考》)在陶渊明研究史上具有划时代意义。若论创新意义和学术价值,陶《考》冠于全书。由于年代久远,史料缺乏,理解渊明其人、其诗并非易事,异说之多,常常使人废卷而叹。陶《考》即是为厘清陶渊明研究中的各种异说而作。

陶渊明之有年谱,始于南宋。今天所知宋人的陶渊明年谱有四种:李焘(巽岩)《靖节新传》(已佚)、王质《栗里谱》、吴人杰《陶靖节先生年谱》、张缤《吴谱辩证》。最后一种仅见于李公焕注中,仅有数则,似非完帙。王谱简略,吴谱多有发明,远胜王谱。清代早于陶澍的顾易撰有《柳村陶谱》,未见优于吴谱。陶《考》仿效张缤《吴谱辩证》,体例以王、吴二谱并列于前,然后考辩异同,辨别是非,提出己见。

陶《考》创见甚多,不能遍举,这里仅举其影响较大的考辩成果。

　　1. 陶渊明为陶侃曾孙。陶侃为渊明曾祖,渊明为其曾孙,晋宋以来的史传皆无异词。至清有阎若璩、阎咏父子,谓渊明非陶侃曾孙。陶《考》引钱大昕《读陶诗跋》,力辨阎氏父子之误。再据《晋书·陶侃传》、陶茂麟《家谱》、邓名世《古今姓氏书辩证》、昌邑《陶氏族谱》,考证渊明世系。又李公焕《命子》诗注谓渊明“父姿城太守”,陶《考》考《晋书·地理志》、《宋书·州郡志》,以为无“姿城”,当以“安城”为是。

　　2.《祭程氏妹文》“慈妣早世”之“慈妣”,乃程氏妹之生母,渊明之慈母。王谱、吴谱皆谓渊明十二岁丧母,陶《考》据颜延之诔“母老子幼”等语,及《庚子岁五月中从都还阻风于规林》诗“久游恋所生”句,证明渊明出仕及行役之时,其母孟夫人尚在,故“慈妣早世”指渊明慈母死,而非生母。

　　3.《归园田居》诗非作于渊明三十岁时。《归园田居》诗说:“误落尘网中,一去三十年。”“久在樊笼里,复得返自然。”王谱据“三十年”,即称此诗作于渊明归隐时,正三十岁。陶《考》以为“景文之意,以堕地为尘网,故系此诗于年三十,说近释氏。先生胸中无此尘网,当以仕途言之”。意思说,“尘网”指仕途,非谓一出生即堕尘网。陶《考》又引刘履、何孟春、吴谱,考证渊明解归及作《归园田居》诗,时在义熙二年(406)。

　　4. 渊明作刘牢之镇军将军参军,镇军非指刘裕。渊明又从刘牢之讨孙恩,直至东海隅。陶集卷三第一首《始作镇军参军经曲阿作》诗,诗题中的镇军是谁,前人有异说。《文选》李善注、马端临《文选通考》都说刘裕为镇军将军,渊明参其军事。叶梦得也疑心渊明曾仕刘裕。吴谱始谓镇军非刘裕,并说“先生亦岂从裕辟者”? 陶《考》赞同镇军非刘裕说,并从诗题“曲阿”入手,考《晋书》、《宋书》中的《晋孝武帝纪》、《安帝纪》、《宋武帝本纪》、《王恭传》、《刘牢之传》、

《桓玄传》中的刘牢之事迹,得出如下结论:先生始作参军实在己亥,镇军实为刘牢之。又云:"己亥十一月,孙恩陷会稽,牢之率众东讨。先生《饮酒》诗曰:'在昔曾远游,直至东海隅。此行谁使然,似为饥所驱。'正追赋其尝从军讨恩,驰驱海隅事也,足为先生参牢之军之明证。"

5. 渊明未尝挈眷属居京师。陶集卷三有《还旧居》诗云:"畴昔家上京,六载去还归。"对这二句诗,众说纷纭。有人以为上京指京都,渊明居京师六载。陶《考》于"元兴二年癸卯(403)条"下说:"先生未尝有挈眷居京师事,其《庚子从都还阻风规林》诗曰:'行行循归路,计日望旧居。一欣侍温颜,再喜见友于。'是眷属皆在旧居明证。"又说:"王《谱》既以从都还为还浔阳,游斜川为留浔阳逾年,则因知旧居之在浔阳矣。又以《癸卯怀古田舍》之作,为自江陵归柴桑,复适京都,宅忧居家,思溢城。夫在官则迟回于故里,居忧方留恋于京师,揆之人情,殊为不近。况平畴良苗,即事多欣,乃田家实景,即寝迹衡门,邈与世绝,亦岂在京师语邪?"驳王谱所谓渊明居京师,"宅忧居家,思溢城"之臆说,很有说服力。

6. 渊明参刘敬宣建威参军,为敬宣奉表使都。陶集卷三有《乙巳岁三月为建威参军使都经钱溪》诗。吴谱以为诗题中的建威指建威将军刘怀肃,义熙元年(405),怀肃以建威将军为江州刺史,渊明参其军事。吴瞻泰《陶诗汇注》则疑心建威将军可能是刘敬宣。陶《考》以为刘怀肃虽亦号建威将军,但当时作淮南、历阳二郡太守,非江州刺史。"江州刺史则敬宣以建威将军为之,镇浔阳……先生为江州柴桑人,得佐本州戎幕,且素参牢之军事,敬宣为牢之子,与先生世好,其特辟先生,有由也。"又据《通鉴》所载刘毅怀恨敬宣,"敬宣不自安,自表解官,乃召为宣城内史"之事,猜测渊明使都,或许为刘敬宣上表求解职。朱自清《陶渊明年谱中之问题》称陶《考》之说

"殊嫌过巧",然并非全无可能。

7. 庞参军与庞主簿遵非一人。陶集有《答庞参军》诗四言、五言各一首,又有《怨诗楚调示庞主簿邓治中》诗。吴正传《诗话》以为《答庞参军》诗中的庞参军与史传中的"故人庞通之"为同一人,又怀疑庞主簿遵就是庞参军。陶《考》同意吴氏之说,并据《宋书·裴松之传》"司徒主簿庞遵使南兖州"之记载,以为《怨诗楚调》诗中的庞主簿,即《宋书》中的司徒主簿庞遵;但奉使江陵的庞参军,非主簿庞遵。理由是渊明与庞参军交往时间短而不深,故曰"相知何必旧,倾盖定前言";"而于主簿遵,则为《怨诗楚调》示之,历叙生平,备诉艰苦,至以钟期相望,视参军交情,有浅深之别矣"。陶《考》以为庞参军与庞主簿非同一人,而庞主簿遵即渊明故人庞通之,言之成理,可以信从。

8. 颜延之来浔阳与渊明情款,当在义熙十一、二年间。萧统《陶渊明传》记颜延之二度来浔阳,与渊明情款,但不记年月。吴谱谓在义熙十二年(416),渊明五十四岁。陶《考》据《宋书·孟怀玉传》、《通鉴·安帝纪》、《南史·刘湛传》,考定柳为江州刺史,实踵孟怀玉之后,义熙十一年到官,十二年除尚书令,未去江西而卒。延之来浔阳,与先生情款,当在此两年也。义熙十二年,渊明时五十二岁。陶《考》精密无误。

上述陶《考》中的重要成果,均体现出清代乾嘉学派严谨的考据功夫。尤其是关于渊明仕宦及行役的考辩,广证博引,洋洋洒洒,颇有雄辩气势,给读者留下深刻印象。当年梁启超作《陶渊明年谱》,称赞陶《考》"至博赡矣"。梁氏亦以为渊明作刘牢之镇军参军,年谱撰成后,"乃见陶澍《年谱考异》,正谓先生所参为刘牢之之军,与吾说合,为之狂喜"。由此可见梁氏佩服陶《考》之一斑。

六、结语

陶澍集注《靖节先生集》,是近代西方文化传入中国之前陶渊明研究的集大成之作,在陶学研究史上具有重要地位。追溯陶渊明研究史,南北朝时期好比涓涓细流,唐代就是春潮初涨了。至宋代,文化艺术全面高涨,陶渊明研究也出现高潮。以苏轼、朱熹为代表的一批文化名人,大力推崇陶渊明,整理并刻印陶集,研究渊明诗文,编纂渊明年谱,都取得了前所未有的成绩。元代李公焕《笺注陶渊明集》即是南北朝至宋代陶渊明研究的第一次总结。其后,陶集新注本及评论陶渊明思想与作品的研究著作大量出现。陶澍集注《靖节先生集》,正是对宋代以来陶渊明研究的总结。由于陶澍见到的有关文献远比李公焕所见为多,陶本超过李本也就成为了历史的必然。

读陶澍集注《靖节先生集》,有两个根本性的特点需要注意。一是陶澍对陶渊明政治态度的定位。他完全信从沈约关于渊明归隐之后不肯仕刘裕新朝,"所著文章,皆题其年月,义熙以前则书晋氏年号,自永初以来,唯云甲子而已"的说法,视渊明为忠晋人物。这样的定位,或多或少影响到他的研究。他不承认渊明曾在桓玄手下做过官,恐怕就与定位渊明是忠晋人物有关。二是陶澍接受前代学者朱熹、刘履、沈德潜诸人的评陶影响,以为渊明的思想渊源来自儒家。这样的认识,自然也影响他的集注以及对历代评陶文献的取舍。

如前所述,陶《考》非常精彩,确实至为"博赡",堪称自有陶渊明年谱以来的最佳之作。但曲说亦不止一处,无论是对渊明思想、行踪,还是诗文的考证,都尚有商榷的余地。敬畏前人的研究成果,但非盲目信从,放出自己的眼光,看得更宽广、更深远,应该是新时代的陶渊明研究者应有的品格。

三

最后简单介绍一下本书的校点情况。本书所据底本,为上海图书馆藏清道光二年(1822)周诒朴刻本《靖节先生集》(上海古籍出版社《续修四库全书》影印)。底本中陶澍的集注以双行小字夹注的形式刻于诗间,我们用注码的形式将其提出,集中放在该诗之后。陶注的引文我们尽量找到原文加以校核,凡是校改之处,皆在当页末加以校记说明。

另,原刻本前有钦定四库全书提要、诸本序录、诔传杂识、附录杂识四种,现据丛书体例,一并作为"附录"列于书末。

改定于 2015 年 10 月 23 日

例　言

是集据阳休之《序录》，及晁公武《读书志》。梁昭明所编正集原止七卷，又录一卷，为八卷。其《五孝传》、《四八目》则休之所增，当以别于正集，次为三卷，合成十卷，是阳本也。今诸本以《五孝传》编于记传之后，疏祭文之前，则既违萧编，亦乖阳录矣。故特离而出之，庶昭明旧第，犹可想像而得焉。

是集宋莒公本今不可见，世所传者惟汤文清、李公焕、何孟春三家最著。汤止注诗，颇为简要。李、何稍繁，然于意逆之处，俱有发明。故今所注，虽博采群贤，要以三家为本。

字句同异，固由转写多讹，亦半系凭臆妄改。今参取汤文清本、李公焕本、何孟春本、焦弱侯本、汲古阁旧本、毛晋绿君亭本、何义门所校宣和本，择善而存。其义可两存，但云某本作某。去取从违，不敢专辄。

首阳易水之思，精卫刑天之咏，其惓惓于故君旧国者，情见乎辞。《述酒》一篇，汤东硎、黄文焕十得六七。尚有廋词隐语，一经拈出，疑滞胥通。但注杜者泥于每饭不忘君之言，致多迂曲，又为前人所讥。故凡词意本与时事无关，诸说必欲捃撣附会者，则在所不取。

知人论世，厥资年谱。王雪山、吴斗南两家，皆有论撰，然皆未尝细考出处之年。又误以上京为京都。故于“六载去还归”，隔阂难通。又不知其时镇京口者为刘牢之，徒有仕桓仕裕，疑团蓼轇。今以《晋》、《宋》二书参互考定，疏通证明，自不烦言而解。

《五孝传》、《四八目》，本系假托，可以存而不论。今于卷首恭载《四库全书提要》，俾承学之士，不致以赝为真。其《四八目》与正史间有同异，仍为注明者，以究系六朝人之书，为后世类书之祖，足资考证也。

昭明本卷首有传，即其所自为先生传也。今诸本皆载昭明传，然昭明实本沈约《宋书》。《晋书》、《南史》亦皆踵《宋书》而作，故今备录三史，其考正乖误，则具《年谱》。《莲社高贤传》虽小说，然所传已旧，故旁及焉。何孟春、毛晋，于史传之外，又杂采坠闻轶事，以为附录。盖凡先生钓游觞咏之处，无不动人流连慨慕者。今续得若干条，并志于后，犹何、毛之意云。

诗无达诂。古今善说诗者，无过孟子。《小弁》、《凯风》、《北山》、《云汉》，不过片言，恬然以解。宋元以来，诗话兴而诗道晦，连篇累幅，强聒不休，其实旨趣无关，徒费纸墨而已。《陶集》自李公焕录诸家总论于前，嗣是何孟春、毛晋、吴瞻泰，增续益多。然遽加刊削，亦嫌专辄。故于卷末汇集一编，未能免俗，聊复效颦焉尔。

道光岁次己亥春月　安化陶澍识

目　录

卷之一　诗四言①

① 李注：刘后村曰："四言自曹氏父子、王仲宣、陆士衡后，惟陶公最高，《停云》《荣木》等篇，殆突过建安矣。"又曰："四言尤难，以《三百五篇》在前故也。"凡云李注者，李公焕本。云何注者，何孟春本。又汤注者，宋汤文清公汉，其本不可得，仅散见于李、何二本。云吴注者，吴瞻泰本。余俱仿此。

停　云并序①

① 四言各题下，汤本、焦本俱有"一首"二字。汲古阁本无"一首"二字，不分章。李、何诸本分章，今从之。李注：高元之曰："以《停云》名篇乃《周诗》六义，二曰赋、四曰兴之遗义也。"何注：停，凝而不散之意。

停云，思亲友也。罇湛新醪，①园列初荣，愿言不从，叹息弥襟。

① 各本如此。休阳程氏梓本作"樽酒新湛"。李注：湛，读曰"沉"。

霭霭停云，濛濛时雨。八表同昏，平路伊阻。①
静寄东轩，春醪独抚。良朋悠邈，搔首延伫。②

① 查慎行曰：起四句当平世者，不知此语之悲。
② 何注：上虞刘履曰："此盖元熙禅革之后，而靖节之亲友或有仕于宋者，故特思而赋之，以寓规讽之意。"吴瞻泰曰：元刘坦之履，《选诗补注》中

1

笺陶至数十首,虽非专本,亦可观。按刘书今未见,凡何注所引皆是也。

停云霭霭,时雨濛濛。八表同昏,平陆成江。①
有酒有酒,闲饮东窗。愿言怀人,舟车靡从。②

① 汤注:二句盖寓飚回雾塞,陵迁谷变之意。
② 刘履曰:此承上章,反复言之。"舟车靡从",即路阻之意也。

东园之树,枝条载①荣。②竞用新好,以招余情。③
人亦有言,日月于征。安得促席,说彼平生。④

① 汤本作"载",各本作"再"。
② 何注:东园再荣之树,指历事新朝之人也。
③ 汤注谓相招以事新朝。各本如此。焦本作"竞朋亲好,以怡余情",云:宋本一作"竞用新好",非。怡一作"招",非。
④ 吴注:左思《蜀都赋》"合樽促席"。

翩翩飞鸟,息我庭柯。敛翮闲止,①好声相和。
岂无他人,念子实多。愿言不获,抱恨如何。②

① 汤注:嵇叔夜《琴赋》:"非渊静者,不能与之闲止。"
② 何注:庭柯之鸟,尚怀好音,而亲友不然,此念之而为之抱恨也。刘履曰:"他人之苟禄者,亦岂无之,而吾与子独厚,故念之耳。渊明于亲友,始也搔首而怀望,中则欲与促席而开陈,终乃知其不复来归,而为之抱恨。情之至,义之尽也。"

时　运并序

时运，游暮春也。春服既成，景物斯和，偶景独游，欣慨交心。

　　迈迈时运，穆穆良朝。袭我春服，薄言东郊。
　　山涤余霭，宇暖微霄。[1]有风自南，翼彼新苗。[2]

　　① 焦本作“余霭微消”，云：一作“宇暖微霄”，非。澍按：“宇暖微霄”，即《归园田居》诗“暖暖远人村，依依墟里烟”景状。若作“余霭微消”，则与“山涤余霭”词重意复矣。
　　② 何注：翼，犹披也。吴注：王棠曰：“新苗因风而舞，若羽翼之状，工于肖物。”

　　洋洋平津，[1]乃漱乃濯。邈邈遐景，载欣载瞩。
　　人亦有言，称心易足。[2]挥兹一觞，陶然自乐。

　　① 各本作津，汤本云：一作“泽”。
　　② 焦本云：宋本一作“称心而言，人亦易足”，非。

　　延目中流，悠想[1]清沂。童冠齐业，闲咏以归。
　　我爱其静，寤寐交挥。但恨殊世，邈不可追。[2]

　　① 一作“悠悠”，非。澍按：悠想犹“悬想”。
　　② 汤注：静之为言，谓其无外慕也，亦庶乎知浴沂之心者矣。查慎行曰：目狂者以静，千古特识。澍按：周、程每令人寻孔、颜乐处，先此唯先生

知斯意耳。

> 斯晨斯夕，言息其庐。花药分列，林竹翳如。
> 清琴横床，浊酒半壶。黄唐莫逮，慨独在余。①

① 李注：《世纪》[1]曰："黄帝为有熊，帝尧为陶唐。"何注：序所谓"欣慨交心"者如此。渊明于时方在唐虞世远，吾将安归之际，诚不能自遂其暮春之乐也。陈祚明曰：欣在春华，慨因代变，黄农之想，旨寄西山。命意独深，非仅闲适。

荣　木并序

荣木，念将老也。日月推迁，已复九夏。①总②角闻道，白首无成。

① 从何校宣和本作"九"，各本作"有"，云：一作"九"。
② 汤本云：一作"鬒"。

> 采采荣木，结根于兹，晨耀其华，夕已丧之。
> 人生若寄，①颠顇②有时。静言孔念，中心怅而。

① 何注：老莱子曰："人生天地之间，寄也。寄者固归。"
② 李注：与"憔悴"同。

---

[1] 世纪，李公焕本作"史记"，是。

采采荣木，于兹托根。繁华朝起，慨暮不存。

贞脆由人，祸福无门。匪道曷依，匪善奚敦。①

① 汤注：屈子之《九章》曰："善不由外来兮，名不可以虚作。孰无施而
有报兮，孰不实而有获。"与此四语皆文辞中之格言也。

嗟予小子，禀兹固陋。徂年既流，业不增旧。

志彼不舍，安此日富。①我之怀矣，怛焉内疚。

① 汤注：或曰：志当作"忘"。《荀子》"功在不舍"，《诗》"一醉日富"，盖
自咎其废学而乐饮云尔。蒋薰曰：增业在不舍，不舍故日富，此《易》所云
"富有之谓大业，日新之谓盛德。"虽我怀于兹，不无内疚，此所以嗟固陋乎？
或引《诗》"一醉日富"，靖节自咎其废学而乐饮。观其自挽曰："但恨在世
时，饮酒不得足。"肯自咎耶？澍按：蒋说非也。望道未见，归咎沉酣，刻责
之心，固当如是。蒋以富有、日新释"是富"，既割裂无理，且自矜日进，全与
诗意相违。

周密《癸辛杂识》：刘宰字平国，号漫塘，润之金坛人。尝
发明靖节意云：《论语》载子在川上一章，秦汉以来学者所未
喻，独程门以为论道体，其说盖本于元亮。元亮谓"志彼不舍，
安此日富"，惜其寄情于酒，而为学有作辍也。不然，"总角闻
道，白首无成"；所欲成者何事？"脂我名车，策我良骥。千里
虽遥，孰敢不至"，所欲至者何所？

先师遗训，余岂云坠。四十无闻，斯不足畏。

脂我名①车，策我名骥。千里虽遥，孰敢不至。②

① 焦本云：一本作"行"，非。

② 汤注：老而好学，词气壮烈如此，可谓有勇矣。李注：赵泉山曰："'四十无闻，斯不足畏。'按晋元兴三年甲辰，刘敬宣以破桓歆功，迁建威将军、江州刺史，镇寻阳，辟靖节参其军事，时靖节年四十也。靖节当年抱经济之器，藩辅交辟，遭时不竞，将以振复宗国为己任。回翔十载，卒屈于戎幕佐史，用是志不获骋，而良图弗集，明年决策归休矣。"澍按：《礼记·文王世子》，天子视学祭先师先圣，先师之名昉此。但古之所谓先师，即瞽宗之祭。《周礼》："大司乐掌成均之法，以治建国之学政，而合国之子弟。""凡有道者有德者使教焉，死则以为乐祖，祭于瞽宗"是也，亦谓之先贤。《记》曰："祀先贤于西学"是也。至唐，始以周公为先圣，孔子为先师。又以孔子为先圣，颜渊为先师。其后遂专称孔子为先师，而别无先圣之祭。实自先生肇其端矣。本朝雍正中，议增从祀孔子诸贤，特及先生。惜时无有以先生学术入奏者，其事遂寝。然百世可俟，终必配食无疑也。

赠长沙公并序①

① 各本皆作"赠长沙公族祖"。杨时伟曰：序"长沙公于余为族"一句，"祖同出大司马"一句。题中"族祖"二字，乃后人误读序文"祖"字为句，因而妄增诗题也。何孟春、何焯亦皆以"族祖"二字为衍。今删之。

长沙公于余为族，①祖同出大司马，②昭穆既远，以③为路人。经过浔阳，临别赠此。

① 汤本云：一作"余于长沙公为族"，一无"公"字。

② 李注：汉高帝时陶舍。澍按：大司马谓桓公。《晋书》公本传：咸和九年追赠大司马。《邓岳传》：大司马陶侃。先生《孟府君传赞》：娶大司马长沙桓公陶侃第十女是也。若开封愍侯，考《史记》、《汉书》皆云汉王五年

为右司马,非大司马;且汉初无大司马官名,至武帝元狩四年始置此。此注误也。国朝阎若璩反据此注,谓先生祖愍侯,而非出于桓公,遂欲改"大"为"右",其说尤谬。详《年谱考异》。

③ 汤本云:一作"已"。

同源分流,^①人易世疏。慨然寤叹,念兹厥初。
礼服遂悠,岁月眇徂。感彼行路,眷然踌躇。^②

① 何注:班孟坚《幽通赋》:"术同源而分流。"曹大家曰:"如水同源而分流也。"

② 李注:杨诚斋曰:"老泉族谱引,正渊明诗意。而渊明字少意多,尤可涵泳。"

於穆令族,允构斯^①堂。谐气冬暄,^②映怀圭璋。
爰采春华,^③载警秋霜。我曰钦哉,实宗之光。^④

① 焦本云:一作"新",非。

② 焦本云:一作"辉",非。

③ 各本作"花",汤本云:花,一作"华",今从之。

④ 澍按:此盖长沙公经过浔阳,建桓公祠堂以展亲收族。故诗美其气如冬日之温,怀有圭璋之洁,而堂成举祀,不胜秋霜怵惕之思。若此人者,岂非宗之光乎?"春华"谓芹藻蘋蘩之属。

伊余云遘,在长忘同。^①笑言未久,逝焉西东。
遥遥三湘,^②滔滔九江。山川阻远,行李时通。^③

① 汤本云：忘一作"志"。吴注：王棠曰："渊明年长于长沙公，初遘面忘其同出于大司马也。"

② 汤本作"遥想湘渚。"何校宣和本同。李注：《寰宇记》："湘潭、湘乡、湘源为三湘。"澍按：湘水发源会潇水，谓之潇湘。及至洞庭陵子口会潪江，谓之潪湘。又北与沅水会于湖中，谓之沅湘。三湘之目当以此。若湘潭、湘乡、湘源皆县名，非水也。且建置在后，古无此称。尚有湘阴、临湘，亦不止三也。遥遥三湘，一作"遥想三湘"，一作"遥想湘渚"。

③ 吴注：《左传》："行李之往来。"又："亦不使一介行李，告于寡君。"注："行李，使人也。"

何以写心，贻此话言。①进篑虽微，终焉为山。
敬哉离人，临路凄然。款襟或辽，音问其先。

① 吴注：《诗》："其惟哲人，告之话言。"注："话言，古之善言也。"

吴仁杰《年谱》曰：陶侃封长沙郡公，赠大司马。有子十七人：洪、瞻、夏、琦、旗、斌、称、范、岱九人，附见《侃传》。先生大父亦侃子也，独见于先生传中。侃薨，世子夏袭爵，杀其弟斌。庾亮奏加放黜，表未至而夏卒。诏以瞻息宏[1]袭侃爵。宏卒，子绰之嗣。绰之卒，子延寿嗣。宋受禅，降为吴昌侯。以世次考之，先生于延寿为诸父行。今自谓于长沙公为族祖，意延寿入宋而卒，见先生于浔阳者，岂其子耶？延寿已降封吴昌，仍以长沙称之，从晋爵也。诗题当云"赠长沙公族孙"，而云"族祖"者，字之误也。一本因诗题之误，辄以意改序文云"长沙于

---

[1] 宏，《晋书·陶侃传》作"弘"。作"宏"乃避清讳。下同。

余为族祖"。按侃子夏袭封长沙公,于先生为大父行,其卒在
庾亮前,时先生未生也。

李公焕注引西蜀张缵《辨证》曰:年谱以此诗为元嘉乙丑
作,按《晋书》载长沙公侃卒,长子夏以罪废,次子瞻之子弘袭
爵。弘卒,子绰之嗣。绰之卒,子延寿嗣。宋受晋禅,延寿降
为吴昌侯。若谓诗作于元嘉,则延寿已改封吴昌,非长沙矣。
先生诗云"伊余云遘,在长忘同"。盖先生世次为长,视延寿乃
诸父行。序云"余于长沙公为族",或云长沙公为大宗之传,先
生不欲以长自居,故诗称"於穆令族",序称"于余为族"。或云
"我曰钦哉,实宗之光",皆敬宗之义也。如《年谱》以族祖族孙
为称,乃是延寿之子。延寿已为吴昌侯,其子又安得称长沙公
哉!要是此诗作于延寿未改封之前。

澍按:吴以序中"族祖"连读,疑所赠乃延寿之子,其称长
沙公者从晋爵也。张以"族"字断句,谓所赠即延寿,其称长沙
公在未改封之前。二说皆可通矣。谓称长沙公为从晋爵,例
以永初以来不纪宋号,则吴说为长。即谓序中"余于长沙公为
族祖",所赠乃延寿子,"族祖"二字不必破句可也。惟题之"族
祖"不及改为"族孙",竟作因序误衍为是。至长沙降封,宋高
祖受禅,诏降五公,长沙公降为醴陵侯,见沈约《宋书·高祖
纪》,《晋书》误作"吴昌"。吴、张皆沿其误。

又按:以称长沙公为从晋爵,即谓赠延寿在降封之后亦
可,惟"族"字须断句耳。先生于延寿为从父行,《礼》大夫断
缌,故云"礼服遂悠",又云"昭穆既远,已为路人",盖定律五服
之外以凡论也。而长沙公犹敦族谊,经过浔阳,葺治祖堂,展
亲收族,故先生作诗美之。既叙缠绵,遂加勖勉,亲爱之至,词
意蔼然。而葛立方之徒,误会"感彼行路"之语,横生议论,亦

可谓固哉高叟矣。葛常之《韵语阳秋》曰：陶渊明《赠长沙公诗》序云云，其诗又云云，盖伤之也。杜子美访从孙济而不免于防猜，故其诗云："所来为宗族，亦不为盘餐。勿受外嫌猜，同姓古所敦。"观长沙公及济，尊祖之义埽地矣。《晋书·桓公传》：桓济之子亮起兵于罗县，自称平南将军、湘州刺史。长沙相陶延寿以亮称乱，起兵遣收之。此"相"当作"公"。《宋书·地理志》[1]湘州刺史领郡十，长沙内史下，有临湘侯相、醴陵侯相、浏阳侯相、吴昌侯相、罗县侯相、攸县子相、建宁子相，无长沙相。延寿袭封长沙郡公，此必"公"字之讹也。《宋书·何承天传》："长沙公陶延寿以为其辅国参军。"此延寿称长沙公实证。《宋书·高祖纪》：义熙五年，慕容超率铁骑来战，命咨议参军陶延寿击之。是延寿在晋颇立勋业，无忝厥祖，先生固非虚为嘉许也。

酬丁柴桑[2]①

① 李注：柴桑，浔阳故里。

　有客有客，爰来爰①止。秉直司聪，于惠百里。
殄胜如归，聆善②若始。③

① 汤本云：一作"官"。
② 汤本、焦本作"矜善"，又一本作"聆音"。
③ 陈祚明曰："聆善若始"，言如始闻者然。黄文焕曰：名胜之地，谁不

---

[1]《宋书·地理志》，当作《宋书·州郡志》。
[2] 原标题下有"并序"二字，当为衍字。

欣寻。然寄趣于是耳，真能托宿当归者，谁乎？有入山如归，永矢不移，斯真可与餐胜。善之始闻，孰不欣慕！转念意怠，能如初之踊跃者，谁乎？有终身常若初闻，反复无厌，斯真可谓聆善。

匪惟也谐，[1] 屡有良游。[2] 载言载眺，以写我忧。

放欢一遇，既醉还休。实欣心期，方从我遊。

① 各本作"谐也"。此亦焦本。

② 焦本云：宋本作"游"，一作"由"，非。澍按：古人不以重韵为嫌，作"游"是也。

答庞参军并序

庞为卫军参军，从江陵使上都，过浔阳见赠。

衡门之下，有琴有书。载弹载咏，爰得我娱。

岂无他好，乐是幽居。朝为灌园，夕偃蓬庐。

人之所宝，尚或未[1]珍。[2] 不有同好，[3]云胡以亲。

我求良友，实觏怀人。欢心孔洽，栋宇惟邻。[4]

① 汤本云：一作"非"。

② 何注：陆机《演连珠》："世之所遗，未为非宝。主之所珍，不必适治。"

③ 各本作"爱"，焦本作"好"。

④ 李注：时新居南里之南村，即栗里。邻，新居邻也。

伊余怀人，欣德孜孜。我有旨酒，与汝乐之。
乃陈好言，乃著新诗。一日不见，如何不思。

嘉游未歆，誓将离分。送尔于路，衔觞无欣。
依依旧楚，邈邈①西云。之子之远，良话曷闻。

① 汤本作"藐"，云：一作"邈"。

昔我云别，仓庚载鸣。今也遇之，霰雪飘零。
大藩有命，作使上京。岂忘宴安，王事靡宁。

惨惨寒日，肃肃其风。翩彼方舟，容与冲冲。①
勖哉征人，在始思终。敬兹良辰，以保尔躬。

① 从何校宣和本，各本"容裔江中"。

何孟春注：《吴正传诗话》曰："本传：江州刺史王弘欲识潜，不能致。潜游庐山，弘令其旧人庞通之赍酒具半道栗里邀之。此庞参军四言及后五言，皆叙邻曲契好，明是此人。又有怨诗示庞主簿者，岂即庞参军耶？半道栗里，亦可证移家之事。"

澍按：参军、主簿，皆公府所辟属掾，不相兼官。先生诗有庞主簿，有庞参军，"主簿"下注云"庞遵"。与《宋书·裴松之传》"元嘉三年，分遣大使巡行天下，司徒主簿庞遵使南兖州"合。参军则佚其名，当别是一庞也。先生答参军诗，并非素识，因结邻始通殷勤，冬春仅再交，为时尚浅，故曰"相知何必旧，倾盖定前言"，其答曰亦因参军将使江陵，先有赠别之作，不可无酬，故曰"辄依《周孔》往复之义，且为别后相思之资"。若于主簿，则为《怨诗楚调》示之，历叙生平艰苦，至以钟期相望，非同心莫逆，肯交浅言深若是乎？盖先生之于旧好新知，各如其分，未尝一概窠施也。近时金谿王谟撰《豫章十代文献略》，以庞通之即庞遵为主簿者，而庞参军又是一人。其说良然。参军为卫军使江陵，又从江陵使上都，其时卫军将军王弘，宜都王义恭镇江陵。使盖阴谋废立之事，先生赠诗曰："敬兹良辰，以保尔躬。"岂有窥见其隐者欤？说具《年谱考异》。

劝　农

悠悠上古，厥初生民。傲然自足，抱朴含真。
智巧既萌，资待靡因。谁其赡之，实赖哲人。[1]

[1] 何注：《上林赋》："悉为农郊，以赡萌隶。"《尔雅》："赡，足也。"

哲人伊何，时为后稷。赡之伊何，实曰播殖。
舜既躬耕，禹亦稼穑。远若周典，八政始食。

熙熙令德，[1]猗猗原陆。卉木繁荣，和风清穆。
纷纷士女，趋时竞逐。桑妇宵兴，[2]农夫野宿。

[1] 汤本作"德"，各本作"音"。

② 焦本作"兴"，各本作"征"，非。

气节易迈，和泽难久。冀缺携俪，①沮溺结耦。
相彼贤达，犹勤垄亩。矧兹众庶，曳裾拱手。

① 李注：《左传·僖三十三年》："臼季使过冀，见冀缺耨，其妻饁之，敬相待如宾，与之归。"

民生在勤，勤则不匮。宴安自逸，岁暮奚冀。
儋石不储，①饥寒交至。顾尔俦列，能不怀愧。

① 李注：儋石言一儋一石。应劭曰："齐人名罂为儋石，受一斛。"《汉书音义》曰："儋，一斗之储。"

孔耽道德，樊须是鄙。董乐琴书，田园不履。①
若能超然，投迹高轨。敢不敛衽，敬赞德美。②

① 何校宣和本作"园井弗履"。
② 吴注：汪洪度曰："言若能如孔子、董相，方可不务稼穑耳。不能如孔如董，即不得藉口而舍业以嬉也。"

命 子①

① 汲古阁本、绿君亭本此诗编在《归鸟》诗后。

悠悠我祖，爰自陶唐。邈焉①虞宾，历世重光。

御龙勤夏，豕韦翼商。②穆穆司徒，厥族以昌。③

① 各本作"为"，吴本作"焉"。

② 李注：陶氏之先曰伊祁氏，升唐侯为天子，后逊于虞，作游陶丘，故号陶唐氏，而谥曰尧，取散宜氏之女曰女皇，生丹朱，复有庶子九人。及舜初郊于唐，以丹朱为尸，因封于唐。时董父好龙，舜命豢龙于陶丘。而尧之庶子奉尧之祀于陶丘者，或世业豢龙。逮夏帝孔甲时，天降雌雄龙二于庭。有刘累者，实尧之裔，累以扰龙事孔甲，赐之姓御龙氏。龙一雌死，帝既飨复求，御龙氏惧，迁鲁山，祝融之后封于豕韦。武丁灭之，以封刘累之胄。澍按：《左传·昭公二十九年》："昔有飂叔安，有裔子曰董父实甚好龙，能求其耆欲以饮食之，龙多归之。乃扰畜龙以服事帝舜，帝赐之姓曰董，氏曰豢龙，封诸鬷川，鬷夷氏其后也，故以舜氏世有畜龙。及有夏，孔甲扰于有帝，帝赐之乘龙河汉各二，各有雌雄。孔甲不能食，而未获豢龙氏。有陶唐氏既衰，其后有刘累学扰龙于豢龙氏，以事孔甲，能饮食之。夏后嘉之，赐氏曰御龙，以更豕韦之后。龙一雌死，潜醢以食夏后，夏后飨之。既而使求之，惧而迁于鲁县，范氏其后也。"无所谓陶丘云云。及武丁灭豕韦，以封累胄之说，惟《说文》云。陶丘有尧城，尧尝所居，故尧号陶唐氏。此注似影射为之，故悉录左氏原文以纠正焉。

③ 汤注：《春秋传》"分康叔以殷民七族陶氏施氏"云云。"陶叔授民命以《康诰》"，杜注："陶叔，司徒。"李公焕曰：原陶姓氏族之所由来也。

纷纷①战国，漠漠衰周。凤隐于林，幽人在丘。
逸虯绕云，②奔鲸骇流。③天集有汉，眷予愍侯。④

① 汤本作"纷纭"，云：一作"纷纷"。

② 李注：虯，奇谬切。俗作"蛇"，非。无角龙也。

③ 李注：二句喻狂暴纵横之乱也。

④ 李注:《高帝功臣表》:开封愍侯陶舍,以右司马从汉破代,封侯。

　　於赫愍侯,运当攀龙。抚剑风①迈,显兹武功。②
　　书誓山河,启土开封。③矗矗丞相,允迪前踪。④

　　① 各本作"夙",从何校宣和本作"风"。
　　② 汤本云:一作"参"。
　　③ 李注:高帝与功臣盟云:"使黄河如带,泰山如砺,国以永存,爰及苗
裔。"书誓山河,谓此盟也。
　　④ 李注:孝景二年,陶青为丞相。何焯曰:《百官公卿表》:孝景三年
八月丁未,御史大夫陶青为丞相,七年六月乙巳免。

　　浑浑长源,蔚蔚洪柯。群川载导,众条载罗。①
　　时有语默,运因隆寙。②在我中晋,③业融长沙。④

　　① 李注:二句喻枝派之分散。
　　② 李注:寙,乌瓜切,凹也。二句言陶青之后,未有显者也。吴注:《说
文》:"寙,污下也。"《前汉·功臣表》:右司马开封愍侯陶舍,汉王五年以中
尉从击燕、代,封侯。十二年,夷侯青嗣。孝景中三年,节侯偃嗣。元光五
年,侯睢嗣。元狩五年,坐酎金免。元康四年,舍元孙之孙长安公士元始诏
复家。
　　③ 何焯曰:汉季称东汉为中汉,此中晋所本。
　　④ 李注:按《别传》,陶侃字士行,仕中晋,在军四十一载,位至八州都
督,封长沙郡公。薨于成帝咸和九年,追赠大司马,谥曰桓。

　　桓桓长沙,伊勋伊德。天子畴我,①专征南国。

功遂辞归，临宠不忒。②孰谓斯心，而近可得。③

① 澍按：畴，等也。《汉书·宣帝纪》："大司马光功德茂盛，复其子孙，畴其爵邑。"张晏曰："律非始封十减二。畴者等也，言不复减也。"

② 一作"惑"。

③ 汤注：言长沙公心期之高远也。

马永卿《懒真子》曰：古人重谱系，故虽世胄绵远，可以考究。渊明《命子》诗云云是已。群川众条，以喻支派之分散也。语默隆窊，言自陶青后未有显者也。渊明乃长沙公之曾孙，《侃传》不载世家，独于此见之。①

先君子乡贤公《萸江诗话》曰：桓公力恢晋室，而以功高震主，蒙谤晚年，深以盈满为惧，恳请归国。东坡言陶公忠义，横秋霜而贯白日。朱子称之，其始终一节如此，以视桓温父子、刘季奴诸人，真犹麒麟之于破獍也。先生诗以"临宠不忒"特表桓公之心，而致慨于近不可得，其旨深哉！

① 澍按：青后如司空敦，少府范，溧阳侯谦，交州牧基，宛陵侯璜，中庶子抗，康乐伯[1]回，不得谓之无显者。此指长沙所出之高曾而言，自父丹仕吴扬武将军以上无闻，故曰运有隆窊也。

肃矣我祖，慎终如始。直方二台，惠和千里。①
於皇②仁考，淡焉虚止。寄迹风云，冥③兹愠喜。④

---

[1] 康乐伯，原误作"康伯乐"，据《晋书·陶回传》改。

① 李注：《陶茂麟谱》以岱为祖。按此诗云"惠和千里"，当从晋史以茂
为祖。陶茂为武昌太守。澍按：《陶茂麟谱》今未见，据李庆孙序，原系残阙
不全。以岱为祖，出邓名世《姓氏书》。详《年谱考异》。

② 汤本作"穆"。云：一作"皇"。

③ 各本作"真"。汤本云：真，一作"冥"。今从之。

④ 李注：父姿城太守生五子，史失载。赵泉山曰："靖节之父史逸其
名，惟载于《陶茂麟家谱》，而其行事亦无从考见，惟《命子》诗曰：'於皇仁
考，淡焉虚止。寄迹风云，真兹愠喜。'其父子风规盖相类。"按："姿城"当作
"安城"。详《年谱考异》

嗟余寡陋，瞻望弗及。顾惭华鬓，负影只立。
三千之罪，无后为急。我诚念哉，呱闻尔泣。

卜云嘉日，占亦良时。名汝曰俨，字汝求思。
温恭朝夕，念兹在兹。尚想孔伋，庶其企而。①

① 汤汉注：孔伋因"求思"而言。韦元诚诗："谁谓华高，企其齐而。谁
谓德难，厉其庶而。"钟惺曰：人知陶公高逸，读《荣木》、《命子》等篇，乃是小
心翼翼，温慎忧勤之人也。

厉夜生子，遽而求火。①凡百有心，奚特于我。
既见其生，实欲其可。人亦有言，斯情无假。

① 李注：《庄子·天地篇》："厉之人半夜生其子，遽取火而视之，汲汲
然惟恐其似己也。"

日居月诸，渐免于孩。福不虚至，祸亦易来。

夙兴夜寐，愿尔斯才。尔之不才，亦已焉哉。①

① 何注：陆放翁曰："郑康成《诫子书》云：'若忽忘不识，亦已焉哉。'"此用其语。

李公焕注引张缜曰：先生高蹈独善，宅志超旷，视世事无一可芥其中者，独于诸子拳拳训诲，有《命子》诗，有《责子》诗，有《告俨等疏》。先生既厚积于躬，薄取于世，其后宜有兴者，而六代之际，迄无所用，此亦先生所谓"天道幽且远，鬼神茫昧然"者也。原注：靖节之裔不见于传，独袁郊《甘泽谣》云："陶岘，彭泽之后，开元中家于昆山。"又曰：杜子美嘲先生云："有子贤与愚，何其挂怀抱。"此固以文为戏耳。"骥子好男儿"，若以是嘲子美誉儿，亦岂不可哉？

何孟春曰：《梁书》安成王秀为江州刺史，前刺史取渊明曾孙为里司，叹曰："陶潜之德，岂可不及后世。"即日辟为西曹掾。六代之际，靖节子孙仅见此尔。杜子美赠狄梁公曾孙诗有云："大贤之后竟陵迟，荡荡古今同一体。"其感深矣。

毛晋曰：李空同督学江右，访得先生墓，并田六十有二垓，迁诸窃据者数冢而封识之，令其裔在星子名琼者领业，在九江名亨者为郡学生奉先生祠。则琼与亨，亦先生历世重光之一线也。

归　鸟

翼翼归鸟，晨去于林。远之八表，近憩云岑。①

和风弗洽，翻翩求心。^②顾俦相鸣，景庇清阴。

① 李注：憩，起例切，息也。
② 汤注：托言归而求志，下文"岂思天路"意同。

翼翼归鸟，载翔载飞。虽不怀游，见林情依。
遇云颉颃，相鸣而归。遐路诚悠，性爱无遗。

翼翼归鸟，相^①林徘徊。岂思天路，欣及旧栖。
虽无昔侣，众声每谐。^②日夕气清，悠然其怀。

① 各本作"驯"。汤本云：一作"相"。何校宣和本作"相"。今从之。
② 何焯曰：邻曲妻孥，虽不如中朝旧侣为多才，然真趣则相入也。

翼翼归鸟，翔羽寒^①条。游不旷林，宿则^②森标。^③
晨风清兴，好音时交。缯缴^④奚施，^⑤已卷^⑥安劳。^⑦

① 汤本云：一作"搴"。
② 汤本云：一作"不"。
③ 何焯曰：不旷林而森标，则物色不至，已起末二句。何孟春曰：《说文》："森，丛木。标，树末也。"
④ 李注：缴，之若切。缯，矢射也，生丝缴也。
⑤ 汤本作"功"，非。
⑥ 李注：卷与"倦"同。汤本作"卷已"，云：一作"已卷"。
⑦ 汤本作一作"旦暮逍遥"。澍按：末二句言业已倦飞知还，不劳虞人之视。超举傲睨之辞也。

卷之二　诗五言

形影神并序

贵贱贤愚，莫不营营以惜生，斯甚惑焉。故极陈形影之苦，言神辨自然以释之，好事君子，共取其心焉。①

① 毛晋云：一本无末二句。

形赠影

天地长不没，山川无改时。
草木得常理，霜露荣①悴之。
谓人最灵智，独复不如②兹。③
适见在世中，奄去靡归期。
奚觉无一人，亲识岂相思。
但余平生物，举目情凄洏。④
我无腾化术，必尔不复疑。⑤
愿君取吾言，得酒莫苟辞。⑥

① 焦本云：一作"憔"，非。
② 各本作"如"，何校宣和本作"知"。
③ 黄文焕曰：今年既悴之草木，明年复可发荣，人不能也。
④ 李注：洏，涕流貌。

⑤ 澍按：言必如"适见"以下云云。

⑥ 何焯曰：此篇言百年忽过，行与草木同腐，此形必不可恃，当及时行乐。下篇反其意，不如立善也。

《黄江诗话》曰：序有微意。又曰：事不可为，心复难任，故借酒以排之，醉则庶可忘也。凡集中云酒者多如此。阮籍全真，终不事晋，与先生之酒，均为合道。

影答形

存生不可言，卫生每苦拙。

诚愿游昆华，邈然兹道绝。

与子相遇来，未尝异悲悦。

憩荫①若暂乖，止日终不别。

此同既难常，黯尔俱时灭。

身没名亦尽，念之五情热。②

立善有遗爱，胡为不自竭。

酒云能消忧，方此讵不劣。

① 汤本云：一作"阴"。

② 何注：《文子》曰："昔者中黄子曰：色有五章，人有五情。"

《黄江诗话》曰："诚愿"二句，亦是无如何之辞，非真欲仙也。细味此首是正意。先生所存，岂六朝人所能望及，以是知先生非真好酒也。

神　释

大钧无私力，^①万理^②自森著。

人为三才中，岂不以我故。

与君虽异物，生而相依附。

结托既喜同，^③安得不相语。^④

三皇大圣人，今复在何处。

彭祖爱^⑤永^⑥年，欲留不得住。^⑦

老少同一死，贤愚无复数。

日醉或能忘，将非促龄具?^⑧

立善常所欣，谁当为汝誉?^⑨

甚念伤吾生，正宜委运去。

纵浪大化中，不喜亦不惧，

应尽便须尽，无复独多虑。

① 何注：贾谊《鹏赋》："大钧播注[1]。"注言阴阳变化，如钧之造器也。

② 汤本云：一作"物"。

③ 各本作"善恶同"，汤本云：善恶一作"既喜"。今从之。

④ 汤本云：一作"与"。

⑤ 各本作"寿"，汤本云：一作"爱"。焦本作"爱"。

⑥ 各本作"永"，焦本作"寿"。非。

⑦ 李注：彭祖姓篯名铿，颛顼玄孙，进雉羹于尧，尧封于彭城。历夏经殷至周，年八百岁。

---

[1] 注，贾谊《鹏鸟赋》作"物"，是。

⑧ 何注：将乃晋人发语之词，谢灵运诗"将非畏影"者，阮瞻对王戎"将无同"，皆此类。

⑨ 汤注："日醉"释前篇，"立善"释后篇。

李注：鹤林曰："'人为三才中，岂不以我故。'我，神自谓也。人与天地并立而为三，以此心之神也。若块然血肉，岂足以并天地哉？末'纵浪大化中'四句，是不以死生祸福动其心，泰然委顺，养神之道也，渊明可谓知道之士矣。"

叶梦得曰：渊明作形影相赠与神释之诗，自谓世情惑于惜生，故极陈形影之苦，而释以神之自然。《形赠影》曰："愿君取吾言，得酒莫苟辞。"《影答形》曰："立善有遗爱，胡为不自竭。"形累于养而欲饮，影役于名而求善，皆惜生之辞也，故神释之曰"日醉或能忘，将非促龄具"，所以辨养之累。曰"立善常所欣，谁当为汝誉"，所以解名之役。虽得之矣，然所致意者仅在促龄与无誉。不知饮酒而得寿，为善而皆见知，则神亦将汲汲而从之乎。似未能尽了也。是以极其释曰："纵浪大化中，不喜亦不惧，应尽便须尽，无复独多虑。"此乃不以死生祸福动其心，泰然委顺，乃得神之自然耳。此释氏所谓断常见也。此公天姿超迈，真能达生而遗世，不但诗人之辞，使其闻道而达一间，则其言岂止如斯而已乎？坡翁《问陶诗》云："子知神非形，何复异人天。岂惟三才中，所在靡不然。"又云："委顺忧伤生，忧死生亦迁。纵浪大化中，正为化所缠。应尽便须尽，宁复俟此言。"或曰东坡此诗与渊明反，此非知言也。盖亦相引以造意言者，未始相非也。

九日闲居 并序

余闲居,爱重九之名。秋菊盈园,而持醪靡由。^①空服九华,寄怀于言。^②

① 汤本云:一作"时醪靡至"。

② 朱翌曰:元亮《九日闲居》序:"秋菊盈园,持醪靡由,空服九华。"东坡云:"十月三日,金英粲然,遂召客饮万家春,且服九华。"诗人谓九华、九日之华,即菊也。按《真诰》:太元玉女有八琼、九华之丹。又云授九华丹方,于江上炼丹。又李八百居栖元山,合九华丹成。以此考之,非菊乃丹也。澍按:九华虽亦丹名,陶、苏所服,恐非丹也,仍解作菊为是。

世短意常^①多,^②斯人乐久生。
日月依辰至,举俗爱其名。^③
露凄暄风息,气澈^④天象明。
往燕无遗影,来雁有余声。
酒能祛百虑,菊解^⑤制颓龄。
如何蓬庐士,空视时运倾。^⑥
尘爵耻虚罍,寒华徒自荣。^⑦
敛襟独闲谣,缅焉起深情。
栖迟固多娱,淹留岂无成。^⑧

① 汤本作"恒"。

② 汤注:班固《幽通赋》:"道悠长而世短。"李注:古诗云:"人生不满百,常怀千岁忧。"而渊明以五字尽之曰:"世短意常多。"东坡"意长日月

促"，则倒转陶句耳。

③ 汤注：魏文帝书云："九为阳数，而日月并应，俗嘉其名，以为宜于长久。"澍按：诗意盖言俗以重九取义长九，而爱其名。其实"日月依辰至"，[1]言其有常期也，语可破惑。

④ 一作"彻"。

⑤ 焦本云：宋本作"解"，一作"为"，非。

⑥ 汤注："空视时运倾"亦指易代之事。

⑦ 吴注："空视时运倾"与"寒花徒自荣"皆因无酒而发，正所谓"持醪靡由"也。原注谓指易代之事，失其指趣。

⑧ 汤注：淹留无成，骚人语也。今反之，谓不得于彼则得于此，后"栖迟讵为拙"亦同。

归园田居①

① 李注有"六首"二字。今从汤、焦、毛、黄、吴诸本，作五首。其江淹拟作一首，别附四卷之末。

少无适俗韵，性本爱丘山。
误落尘网中，一去三十年。①
羁鸟恋旧林，池鱼思故渊。②
开荒南野际，守拙归园田。
方宅十余亩，草屋八九间。
榆柳荫后檐，③桃李罗堂前。
暧暧远人村，依依墟里烟。

---

[1] "日月依辰至"，原作"日月自依辰至"，衍一"自"字。

狗吠深巷中,鸡鸣桑树颠。④

户庭无尘杂,虚室有余闲。

久在樊笼里,复得返自然。⑤

①何注:刘履曰:"'三'当作'逾',或在'十'字下。按《靖节年谱》,太元十八年起为州祭酒,时年二十九,正合《饮酒》诗'投耒去学仕,是时向立年'之句。以此推之,至彭泽退归才十三年。此云'三十年',误矣。"澍按:吴仁杰以此诗为义熙二年彭泽归后所作。自初仕为州祭酒至去彭泽而归,才岁星一周,不应云"三十年",当作"一去十三年",刘说所本也。又按"三"当作"已",不作"逾"。"三豕渡河","已"之误"三"旧矣。

②何注:古诗:"胡马嘶北风,越鸟巢南枝。"张景阳《杂诗》:"流波恋旧浦,行云思故山。"陆士衡诗:"孤兽思故薮,羁鸟悲旧林。"皆言不忘本也。《文子》曰:"鸟飞之乡,依其所生也。"王正长诗:"人情依旧乡,客鸟思故林。"皆此意。

③焦本云:宋本作"檐",一作"园",非。

④《吴正传诗话》:《古鸡鸣行》:"鸡鸣高树颠,狗吠深宫中。"陶公全用其语。第二篇"种豆南山下,草盛豆苗稀",本杨恽书意。

⑤吴注:沃仪仲曰:"返自然句,如负重乍释,四体皆畅。"查慎行曰:"反自然道尽归田之乐,可知尘网牵率,事事俱违本性。"

野外罕人事,穷巷寡轮鞅。

白日掩荆扉,虚室绝尘想。

时复墟曲中,披草共来往。①

相见无杂言,但道桑麻长。

桑麻日已长,我土日已广。

常恐霜霰至,零落同草莽。②

① 焦本云：虚室，一作"对酒"，"曲中"，一作"里人"。"草"，一作"衣"。毛、吴同。

② 何注：刘履曰："是时朝廷将有倾危之祸，故有是喻。靖节虽处田野而不忘忧国，于此亦可见矣。"

　　　　种豆南山下，草盛豆苗稀。①
　　　　晨兴②理荒秽，带③月荷锄归。
　　　　道狭草木长，夕露沾我衣。
　　　　衣沾不足惜，但使愿无违。④

① 李注：《汉书·杨恽传》："田彼南山，芜秽不治。种一顷豆，落而为萁。人生行乐耳，须富贵何时。"

② 汤本云：一作"侵晨"。

③ 汤本云：一作"戴"。

④ 汤注：东坡曰："以夕露沾衣之故，而违其所愿者多矣。"

　　　　久去山泽游，浪莽①林野娱。
　　　　试携子侄辈，披榛步荒墟。
　　　　徘徊丘陇间，依依昔人居。
　　　　井灶有遗处，桑竹残朽株。②
　　　　借问采薪者，此人皆焉如？
　　　　薪者向我言，死没无复余。
　　　　一世异朝市，此语真不虚。
　　　　人生似幻化，终当归空③无。

① 何注："莽"或作"漭"。浪漭，广大貌。

② 焦本云：一作"树木残根株"。

③ 焦本云：一作"虚"。

怅恨独策还，崎岖历榛曲。

山涧清且浅，可①以濯吾足。

漉我新熟酒，②只鸡招近局。③

日入室中暗，荆薪代明烛。

欢来苦夕短，已复至天旭。

① 各本作"遇"，焦本作"可"。云：一作"遇"，非。今从之。

② 澍按：《说文》："漉，浚也。"一曰水下貌，沥漉也。一曰水下滴沥也。
《封禅文》："滋液渗漉。"漉酒盖滴沥之意。

③ 各本作"局"。毛晋云：时本作"属"。

游斜川并序

辛丑①正月五日，天气澄和，风物闲美，与二三邻曲，同游斜
川。临长流，望曾城，②鲂鲤跃鳞于将夕，水鸥乘和以翻飞。彼南
阜者，名实旧矣，不复乃为嗟叹。若夫曾城，傍无依接，独秀中
皋，遥想灵山，有爱嘉名。③欣对不足，率尔④赋诗。悲日月之遂
往，悼吾年之不留，各疏年纪乡里，以纪其时日。

① 汤本云：一作"酉"。

② 骆辨在后。

③ 汤注：《天问》："昆仑县圃，其尻安在？增城九重，其高几里？"《淮南
子》："昆仑中有增城九重。"注云："中有五城十二楼，故云灵山嘉名也。"

④ 汤本云：宋本作"共"。吴骞曰：汤注中有引宋本者，盖指宋元献刊定之本。

> 开岁倏五日，^①吾生行归休。
> 念之动中怀，及辰为兹游。
> 气和天惟澄，班坐依远流。
> 弱湍驰文鲂，闲谷矫鸣鸥。
> 迥泽散游目，缅然睇曾丘。
> 虽微九重秀，顾瞻无匹俦。
> 提壶接宾侣，引满更献酬。^②
> 未知从今去，当复如此不？
> 中觞^③纵遥情，忘彼千载忧。
> 且极今朝乐，明日非所求。^④

① 汤本云："日"一作"十"。李注：按辛丑岁靖节年三十七，诗曰"开岁倏五十"，乃义熙十年甲寅，以诗语证之，序为误。今作"开岁倏五日"，则与序中"正月五日"语意相贯。

② 何注：《汉书》："引满举白。"

③ 各本作"觞"。中觞，酒半也。焦从宋本作"肠"，非。

④ 张自烈曰：渊明谈理之诗，如"苟得非所钦"，"过足非所钦"，此两句直是造道大关键。至云"且极今朝乐，明日非所求"，又"耕织称其用，过此奚所须"，皆达观死生荣辱之外，非后儒所能窥测。尝细观渊明一生，恰会著孔颜当日乐处。

骆庭芝《斜川辨》曰：渊明闲世之士也，斜川游一时之胜也，读其序，诵其诗，孰不怅然而遐想？后世失其所在，世人念斜川，若昆仑、桃源比也。庭芝生长庐阜，询之故老，访之荐绅先生，未有能辨之者。岁在戊午，卜居星渚，周览物色，详味诗句，适与意会。夫渊明柴桑人也，所居在栗里。今归宗[1]、灵汤二寺之间，有渊明醉石，其旁有邮亭，曰栗里铺。则渊明故居，必在于是。顾斜川之境岂远哉？世人或以楚城是柴桑故县，遂指为渊明所居，非也。质之《归去来》，"或命巾车，或棹孤舟"。今楚城无泛舟之溪也。又云："舟摇摇以轻飏，风飘飘而吹衣。问征夫以前路，恨晨光之熹微。乃瞻衡宇，载欣载奔。僮仆欢迎，稚子候门。"则知所居去江滨为不远矣。《斜川》序云："彼南阜者，名实旧矣，不复乃为嗟叹。若夫曾城，傍无依接，独秀中皋。"意其称南阜者，即庐阜也。山有南北，故称南阜。《饮酒》诗所谓"悠然见南山"是也。称曾城者，落星寺也。《斜川》诗云："迥泽散游目，缅然睇曾丘。"当正月五日，春水未生，落星寺宛在大泽中，是所谓迥泽也。层城之名，殆是晋所称者。栗里之南有小溪，名吴陂港，贯穿落星湖入大江，其水冬夏不绝，固可以泛舟矣。夷考渊明畴昔，问前路，棹孤舟，与夫临长流，望曾城，正在此耳。匡庐千万仞，烟云出没，岩壑巉绝于其上。彭蠡数百里，湖光渏洞，晨夕变态于其前。清奇壮丽之观，俯仰无尽。有如斯人，忘形骸，外声利，篮舆扁舟，往来于其间。吁，可乐哉！庭芝既尝辨之于好事者，咸曰："唯唯，不可以不书。"乃作《斜川辨》以遗山间之父老云。

《苕溪诗话》曰：此篇年月在赴假之前，曰"忘彼千载忧"，又曰"明日非所求"，皆有慨乎言之。盖七月之赴假，亦见桓玄

---

[1] 宗，原作"家"，乃形误。《方舆胜览》卷一七记星子有归宗寺，在庐山南。今据改。

之将乱,不徒以不堪吏职也。又此时元显专权于内,桓玄觊觎
于外,晋之危亡已兆。先生年才三十七,虽及时行乐,何遽汲
汲若此?良以名臣之后,不得假手以救乱,情实有不能已者。
以为作达,真不知先生者矣。

示周续之祖企谢景夷三郎[①]

负疴颓檐下,终日无一欣。

药石有时闲,念我意中人。

相去不寻常,道路邈何因。

周生述孔业,祖谢响然臻。[②]

道丧向千载,[③]今朝复斯闻。

马队非讲肆,校书亦已勤。[④]

老夫有所爱,思与尔为邻。

愿言诲诸子,从我颍水滨。[⑤]

① 汤本作"示周祖谢"。汲古阁本、绿君亭本作"示周掾祖谢"。汤注在
前,李抄汤仍当系汤注。三郎,时三人皆讲《礼》校书。吴注:《宋书》:周续之
字道祖,雁门广武人,入庐山,与刘遗民、陶渊明谓之"浔阳三隐"。江州
刺史每相招请,续之不尚峻节,颇从之游。高祖北讨,世子居守,迎续之馆
于安乐寺,讲《礼》月余。高祖践阼,召之开馆东郭外,招集生徒。乘舆降
幸,诸生问《礼记》,辨析精奥,称为该通。

② 汤注:《荐祢表》:"群士响臻。"

③ 何注:《庄子》:"世丧道矣,道丧世矣,世与道交相丧也。"

④ 胡仔《苕溪渔隐丛话》:《陶潜传》云:江州刺史檀韶苦请庐山周续
之,与学士祖企、谢景夷三人,在城北讲《礼》,加以雠校。所住公廨,近于马

队。故云尔。

　　⑤ 李注：赵泉山曰："靖节不事觐谒，惟至田舍及庐山游观，舍是无他适。续之自社主远公顺寂之后，虽隐居庐山，而州将每相招引，颇从之游，世号通隐。是以诗中引箕颍之事微讥之。"何焯曰：鲁两生不肯起从汉高，况见此季代篡夺乎？故劝之从我为箕颍之游也。

乞　食

飢①来驱我去，不知竟何之。

行行至斯里，叩门拙言辞。

主人解②余意，遗赠岂虚来。

谈谐终日夕，觞至辄倾杯。

情欣新知欢，③言咏④遂赋诗。

感子漂母惠，愧我非韩才。⑤

衔戢知何谢，冥报以相贻。⑥

　　① 何校宣和本作"飢"，各本作"饑"。澍按：《说文》，飢、饑义别。谷不熟为饑。飢，饿也，当以作飢为是。

　　② 各本作"解"，汤本及何校宣和本作"谐"。

　　③ 汤本作"劝"，云：一作"欢"。

　　④ 汤本云：一作"兴言"。

　　⑤ 汲古阁、绿君亭本作"贤才"，非。

　　⑥ 黄文焕曰：愧非韩才，时代将易，英雄无聊，淮阴能辅汉灭项，乃报漂母，不然亦何由报哉？板荡陆沉之叹，寄托于此。生不能伸志于世上，乃死欲伸志于地下，尚可得乎？果何物可贻哉！东坡以为真欲报谢主人，哀其口馁，误也。何焯曰：衔戢思谢，胸中亦将以有为也。冥报相贻，则不事

二姓以遗逸终焉之志,亦已久矣。

东坡曰:渊明得一食,至欲以冥谢主人,哀哉哀哉!此大类丐者口颊也。非独余哀之,举世莫不哀之也。饥寒常在身前,功名常在身后,二者不相待,此士之所以穷也。

杨野王曰:坡公因公"冥报"一语,咨嗟太息,若重哀其贫,几灭却一只眼矣。瓶无储粟,烟火裁通,而延之送二万钱,悉付酒家,公之乞丐,公自欲之耳。远公方外之家,强公入社,公不肯,远公尚不能会其意,何况余人?公盖洞见富不如贫,贵不如贱,并生死亦以为戏,"纵浪大化中",与之虚而委蛇,如是而已。其耻屈身后代,自公本怀,然去就之际,皆非公所屑也。

王懋竑曰:渊明当晋宋之际,抗志不仕,其云"性刚才拙,与世多忤",特不欲自明其意。然观渊明不肯一束带见乡里小儿,则其高风远致,亦必非世俗所能羁绁矣。《诗》云:"无言不雠,无德不报。"渊明盖自度其身之必穷饿死而卒,无以报也。其固穷之节,守死不移,已见于此诗矣。坡翁哀之,似未尽其意。

《苋江诗话》曰:此诗寄慨遥深,着眼在"愧非韩才"一语,借漂母以起兴,故题曰《乞食》不必真有叩门事也。志不能遂,而欲以死报,精卫填海之意见矣。

《苋江诗话》又曰:此诗与《述酒》读书诸篇,皆故国旧君之思,不但乞食非真,即安贫守道亦非诗中本义。至东坡之哀冥报,谓饥寒常在身前,功名常在身后,亦借以自发牢骚耳,岂真以乞丐类公哉!痴人前不可说梦,良然。

诸人共游周家墓柏下

今日天气佳，清吹①与鸣弹。

感彼柏下人，安得不为欢。

清歌散新声，绿酒开芳颜。

未知明日事，余襟良以殚。

① 李注：吹，尺伪切，嘘也。

澍按：《晋书·周访传》：陶侃微时丁艰。将葬，家中忽失牛，遇一老父，谓曰："前冈见一牛，眠山污中，其地若葬，位极人臣矣。"又指一山云："此亦其次，当世出二千石。"言讫不见。侃寻牛，得之，因葬其处，以所指别山与访。访父死，葬焉，果为刺史。自访以下三世，为益州四十一年，如其所言云。周、陶世姻，此所游或即访家墓也。

怨诗楚调示庞主簿邓①邓治中②

天道幽且远，鬼神茫昧然。

结发念善事，僶俛六九年。③

弱冠逢世阻，始室丧其偏。④

炎火屡焚如，螟蜮恣中田。⑤

风雨纵横至，收敛不盈廛。⑥

夏日长抱饥，寒夜无被眠。

造夕思鸡鸣，及晨愿乌迁。⑦

在己何怨天，离忧凄目前。

吁嗟身后名，于我若浮烟。

慷慨独悲歌，钟期信为贤。⑧

① 诸本或无"遵"字。

② 吴注：《唐书·乐志》：汉世三调有《楚调》，房中乐也。高帝乐楚声，故房中乐皆楚声。王僧虔《技录》：《楚调曲》有《怨歌行》。

③ 汤本云：一作"五十年"。吴注：六九为五十四岁，正义熙十四年戊午，去戊申十年也。是年，刘裕弑帝于东堂。澍按：陆机《文赋》："在有无而僶俛。"李善注：毛诗曰："何有何无，僶俛求之。"僶俛，犹勉强也。

④ 李注：公年二十丧偶，继娶翟氏。

⑤ 李注：蔡氏曰："蜮虫，水中含沙射人，非食苗叶虫。意此蟆蜮当是蟆蜮。"

⑥ 何焯曰：毛《传》："一夫之居曰廛。"

⑦ 李注：谓日乌月兔飞走之速也。何注：以饥寒，故愿日夜之速也。

⑧ 李注：薛易简《正音集》云："琴之操弄约五百余名，多缘古人幽愤不得志而作也。今引子期知音事，而命篇曰《怨诗楚调》，庸非度调为辞，欲被弦歌乎？"赵泉山曰：集中惟此诗历叙平素多艰如此，而一言一字，率直致而务纪实也。

答庞参军并序

三复来贶，欲罢不能。自尔邻曲，冬春再交，欵然良对，忽成旧游。俗谈①云，数面成亲旧，②况情过此者乎？人事好乖，便当语离，杨公③所叹，岂惟常悲。吾抱疾多年，不复为④文，本既不丰,⑤复老病继之。辄依《周礼》⑥往复之义,且为别后相思之资。

① 各本作"谚",汤本云:一作"谈"。何校宣和本作"谈",今从之。

② 汤本云:或无"旧"字。

③ 汤本云:公,一作"翁"。李注:杨公,杨朱也。

④ 汤本云:一作"属"。

⑤ 李注:谓癃瘁也。

⑥ 各本作"孔",汤本云:一作"礼"。何校宣和本作"礼"。今从之。

相知何必旧,①倾盖定前言。

有客赏我趣,每每顾林园。

谈谐无俗调,所说圣人篇。

或有数斗②酒,闲饮自欢然。

我实幽居士,无复东西缘。

物新人惟旧,弱毫多所宣。

情通③万里外,形迹滞江山。

君其爱体素,④来会在何年。

① 汤本云:一作"早"。

② 汤本云:一作"斟"。澍按:斞、斗同,作"斟"非。

③ 何校宣和本作"怀"。

④ 汤注:曹子建诗:"君其爱玉体。"

五月旦作和戴主簿

虚舟纵逸棹,①回复遂无穷。

发岁始②俛仰，③星纪奄将中。

明两萃时物，④北林荣且丰。

神渊写时雨，晨色奏景风。⑤

既来孰不去，人理固不终[1]。

居常待其尽，曲肱岂伤冲。⑥

迁化或夷险，肆志无窊隆。

即事如已⑦高，何必升华嵩。⑧

① 吴注：《庄子》："方舟济河，有虚船来触舟，虽有褊心之人不怒。"

② 汤本云：一作"若"。汲古阁本、绿君亭本作"止"。

③ 何注：《庄子》："其疾也哉，俛仰之间也。"

④ 汤本作"南窗罕悴物"。此从焦本、吴本、何校宣和本。吴注：《易》："明两作。"李鼎祚曰："夏火之候也。"

⑤ 李注：《史记·律书》："景风者居南方，景者言阳道竟，故曰景风。"吴注：《淮南子》："清明风至四十五日，景风至。"注："离卦之风也。"

⑥ 吴注：《玉篇》："冲，虚也。"《庄子》："道冲而用之，渊乎若万物之宗。"

⑦ 汤本作"以"，云：一作"已"。

⑧ 何注：此用呼子先上华阴山，及王子乔上嵩高山事。

连雨独饮①

运生会归尽，终古谓之然。

---

[1] 不终，各本皆作"有终"。"人理固有终"，谓有生必有死也。作"有终"是。

世间有松乔,于今定何闻[1]。②

故老赠余酒,乃言饮得仙。

试酌百情远,重觞忽忘天。

天岂去此哉,③任真无所先。

云鹤有奇翼,八表须臾还。

自我抱兹独,僶俛四十年。

形骸久已化,心在复何言。④

① 汤本云：一作"连雨人绝独饮"。

② 从何校宣和本作"间",言松乔亦同归于尽也。汤、焦、何、毛诸本作"闻",亦通。言松乔如尚在世间,亦不得间也。张自烈、吴瞻泰本作"阒",非。

③ 汲古阁本作"天际去此几"。

④ 李注：赵泉山曰："按《晋书》,靖节未尝有喜愠之色,唯遇酒则饮,时或无酒亦雅咏不辍。《饮酒》诗云：'不觉知有我,安知物为贵。'《独饮》诗云：'试酌百情远,重觞忽忘天。天岂去此哉,任真无所先。'此酒中实际理地也,岂狂药昏蕾之语。"

移　居①

① 李注有"二首"字。

昔欲居南村,①非为卜其宅。

---

[1] 闻,陶本原校从何校宣和本作"间",则正文"闻"当作"间"。而注文云作"闻"亦通,言松乔如在世间,亦不得间也。此"间",当作"闻"。

39

闻多素心人，乐与数晨夕。②

怀此颇有年，今日从兹役。

敝庐何必广，取足蔽床席。

邻曲时时来，③抗言谈在昔。④

奇文共⑤欣赏，⑥疑义相与析。⑦

① 李注：即栗里也。何注：眉山杨恪曰："柴桑之南村。"《江州志》云："本居山南之上京，后遇火徙此。"

② 何注：数音朔，言相见之频也。

③ 李注：指颜延年、殷景仁、庞通之辈。

④ 澍按：《商颂》："自古在昔。"鲁语古曰在昔。

⑤ 何校宣和本作"互"。

⑥ 汤注：奇文见《王褒传》。

⑦ 罗大经曰：自昔士之闲居野处者，必有同道同志之士相与往还，故有以自乐。靖节《移居》诗"昔欲居南村"云云，则南村之邻，岂庸庸之士哉！蒋薰曰：读疑义相析，知渊明非不求解，但不求甚解以穿凿耳。

春秋多佳日，登高赋新诗。

过门更相呼，有酒斟酌之。

农务各自归，闲暇辄相思。

相思则披衣，言笑无厌时。

此理将不胜，无为忽去兹。①

衣食当须纪，②力耕不吾欺。③

① 李注：胜音升，任也。汤注：言此乐不可胜，无为舍而去之。韩子亦云，乐之终身不厌，何暇外慕。何焯曰：将不胜，正言胜绝惟此也。澍按：

将乃晋人发语,则胜读如字为是。

② 汤本云:一作"几"。

③ 何校宣和本作"吾不欺"。焦本同。何注:刘履曰:"靖节素愿易足,惟衣食当经纪者,亦必力耕以自给焉。与世俗怀居之士,择取便安,务求完美者异矣。"

《苕溪诗话》曰:先生每及治生,不作放浪一流,此其绍长沙之勤慎,异晋士之玄虚欤。

和刘柴桑①

山泽久见招,胡事乃踌躇?
直为亲旧故,未忍言索居。
良辰入奇怀,挈杖还西庐。②
荒涂无归人,时时见废墟。
茅茨已就治,新畴复应畬。③
谷风转凄薄,④春醪解饥劬。
弱女虽非男,慰情良胜无。⑤
栖栖世中事,岁月共相疏。⑥
耕织称其用,过此奚所须。
去去百年外,身名同翳如。⑦

① 李注:遗民尝作柴桑令。按《莲社高贤传》:"刘程之字仲思,彭城人,汉楚元王之后。少孤,事母以孝闻,谢安、刘裕嘉其贤,相推荐之,皆力辞。裕以其不屈,乃旌其门曰遗民。"又《宋书·周续之传》:"遗民遁迹庐山。"

　　② 李注：时遗民约靖节隐山结白莲社，靖节雅不欲预其社列，但时复往还于庐阜间。何注：西庐，指上京之旧居。

　　③ 李注：《尔雅》："田三岁曰畲。"靖节自庚戌徙居南村，已再稔矣，今秋获后复应畲也。

　　④ 李注：《尔雅·释天》："东风谓之谷风。"

　　⑤ 李注：赵泉山曰："'谷风'四句，虽出于一时之谐谑，亦可谓巧于处穷矣。以弱女喻[1]酒之醨薄，饥则濡枯肠，寒则若挟纩，曲尽贫女嗜酒之常态。"吴注：王棠曰："柴桑有女无男，潜心白业，酒亦不欲，想必以无男为憾，故公以达者之言解之。"澍按：赵以"弱女"为比，王则赋也，说并通，两存之。

　　⑥ 何焯曰："共相疏"，我弃世，世亦弃我也。

　　⑦ 何注：百年后身与名且不得存，况外物乎？然则"敝庐何必广"，"衣食当须纪"，"耕织称其用"，可也。

　　袁桷曰：靖节居柴桑，刘遗民作柴桑令，白香山《宿西林寺诗》云："木落天晴山翠开，爱山骑马入山来。心知不及柴桑令，一宿西林便却回。"注：柴桑令，刘遗民也。

酬刘柴桑

穷居寡人用，时忘四运周。

桐①庭多落叶，慨然知已秋。②

新葵郁北牖，嘉穟养③南畴。

今我不为乐，知有来岁不？

命室携童弱，良日发远游。④

---

[1] 喻，原作"偷"，李本原作"喻"，"偷"乃形讹，今改作"喻"。

① 焦本作"空",云:一作"桐",非。

② 知已,一作"已知"。

③ 焦本作"眷",云:一作"养",非。

④ 吴注:此诗是靖节乐天之学。"寡人用"则与天为徒矣。天之四运周举,相忘于天也。落叶知秋,始知时序,正善写"忘"字。秋葵嘉穟皆秋景,一结,见及时行乐也。

《荑江诗话》曰:中有不能忘世,故遇时而慨,否则但见其乐矣。此皆无可奈何之辞,言外自有寄托。

和郭主簿①

① 李本有"二首"字。

蔼蔼堂前林,中夏贮清阴。①

凯风因时来,回飙开我襟。

息交逝闲卧,坐起弄书琴。②

园蔬有余滋,旧谷犹储今。

营己良有极,过足非所钦。

春秫作美酒,酒熟吾自斟。

弱子戏我侧,学语未成音。

此事真复乐,聊用忘华簪。

遥遥望白云,怀古一何深。③

① 黄文焕曰:有林在前,则清阴常贮堂中矣。

② 各本作"息交游闲业,卧起弄书琴",此从汤本。焦注:《苏武传》:

"卧起操持"。

③ 何注：刘履曰："此诗直写己怀，但据见存不为过求，而目前所接，莫非真乐，世之荣利，岂有可动其中者哉！末言遥望白云，深怀古人之高迹，其意远矣。"何焯曰："富贵非吾愿，帝乡不可期"，所谓望云怀古，盖西方之思也。怀安止足，皆逊词自晦耳。

和泽周三春，清凉素秋节。①

露凝无游氛，天高肃②景澈。

陵岑耸逸峰，遥瞻皆奇绝。

芳菊开林耀，青松冠岩列。

怀此贞秀姿，卓为霜下杰。

衔觞念幽人，千载抚尔诀。

检素不获展，厌厌竟良月。③

① 何校宣和本作"华华凉秋节"。

② 各本作"风"。何校宣和本、汲古阁本、绿君亭本作"肃"。今从之。

③ 澍按："衔觞"四句，盖谓千载幽人，无不抱此松菊之操，抚之而志节益坚。以今准古，亦犹是也。自检平素，有怀莫展，厌厌寡绪，其谁知之乎！

于王抚军坐送客①

秋日凄且厉，百卉具已腓。

爰以履霜节，登高饯将归。

寒气冒山泽，游云倏无依。

洲渚四缅②邈，风水互乖违。

瞻夕欣③良宴，离筵聿云悲。

晨鸟暮来还，悬车④敛余晖。

逝⑤止判殊路，旋驾怅迟迟。

目送回舟远，⑥情随万化移。

　　① 李注：按年谱，此诗宋武帝永和二年辛酉秋作也。《宋书》：王弘字休元[1]，为抚军将军、江州刺史。庾登之为西阳（今黄州）太守，将赴郡。王弘送至溢口，今浔阳之溢浦。三人于此赋诗叙别。是必休元要靖节预席饯行，故《文选》载瞻即席集别诗，首章纪座间四人。澍按：《文选》有谢宣远《王抚军庾西阳集别时为豫章太守庾被徵还东》一首。李善注："沈约《宋书》曰：王弘为豫章之西阳、新蔡诸军事、抚军将军、江州刺史。庾登之为西阳太守，入为太子庶子。集序曰：谢还豫章，庾被徵还都，王抚军送至溢口南楼作。"无首章纪坐间四人事，不知李注所本。所引年谱，亦不知何人所撰。

　　② 汤本作"思绵"，云：一作"四缅"。

　　③ 一作"欲"，非。

　　④ 一作"崖"。汤本作"车"，注云：《淮南子》：日至悲泉，是谓悬车。"

　　⑤ 汤本作"游"，云：一作"逝"。

　　⑥ 汤本云：一作"往"。

与殷晋安别并序①

　　殷先作晋安南府长史掾，因居浔阳。后作太尉参军，②移家东下，作此以赠。

游好非少长，③一遇尽殷勤。

---

[1] 休元，原误作"元休"，据《宋书·王弘传》改。下同。

信宿酬清话,益复知为亲。

去岁家南里,薄作少时邻。

负杖肆游从,淹留忘宵晨。

语默自殊势,亦知当乖分。

未谓事已及,兴言在兹春。

飘飘西来风,悠悠东去云。

山川千里外,言笑难为因。

良才④不隐世,江湖多贱贫。

脱有经过便,念来存故人。⑤

① 景仁名铁。汤本无"景仁名铁"四字。澍按:《南史·刘湛传》刘敬文之父诣殷景仁求郡,敬文谢湛曰:"老父悖耄,遂就殷铁干禄"。此景仁名铁之证也。详《年谱考异》。

② 汤注:太尉刘裕。

③ 何校宣和本作"少长",各本作"久长"。李注:《懒真子》云:"游好非久长",一本作"非少长"。其意云,吾与子非少时长时游从也。但今一相遇,故定交耳。

④ 汤本云:一作"才华"。

⑤ 马永卿曰:一本无第十韵,故东坡和韵《送张中》诗亦止于"贫"字,云"不救归装贫"。

陈祚明曰:殷先作晋臣,与公同时;后作宋臣,与公殊调。篇中语极低徊,朋好仍敦,而异趣难一也。

何焯曰:方熊云:"殷已为太尉参军,而仍称之曰'晋安',盖先作长史掾者,晋所命也。"

吴菘曰:"良才不隐世",并不以殷之出为非。"江湖多贱贫"，亦不以已之处为是。各行其志，真所谓肆志无污隆也。

赠羊长史松龄并序①

左军羊长史，衔使秦川，②作此与之。③

愚生三季后，慨然念黄虞。

得知千载上，④正赖古人书。⑤

贤圣留余迹，事事在中都。⑥

岂忘游心目，关河不可逾。

九域甫已一，⑦逝将理舟舆。

闻君当先迈，负疴不获俱。⑧

路若经商山，为我少踌躇。

多谢绮与甪，精爽今何如。⑨

紫芝谁复采，深谷久应芜。⑩

驷马无贳患，⑪贫贱有交娱。

清谣结心曲，⑫人乖⑬运见疏。

拥怀累代下，言尽意不舒。

① 诸本有"松龄"二字。汤本无。何校宣和本于序"作此与之"下注云：羊名松龄。

② 李注：关中。

③ 吴注：刘履曰："义熙十三年，太尉刘裕伐秦，破长安，秦主姚泓诣建康受诛。时左将军朱龄石遣长史羊松龄往关中称贺。"钱大昕曰："陶渊明《赠羊长史诗》序云：'左军羊长史，衔使秦川。'诗当作于义熙十四年灭姚泓后，羊为

左军长史，必朱龄石之长史矣。惟史称朱以右将军领雍州，而此云左军，小异。考《宋书·朱传》：义熙十二年已迁左将军。左右将军品秩虽同，而左居右上。朱镇雍州，必仍本号，不应转改为右。则此云左军者为可信。"

④ 各本作"外"，汤本云：一作"上"。

⑤ 黄山谷曰："正赖古人书"，"正尔不能得"，"正宜委运去"，皆当时语。或者改作"上赖古人书"，"止尔不能得"，甚失语法。

⑥ 李注：洛阳，西晋之故都。长安，乃秦汉所都。

⑦ 李注：谓宋公裕始平下[1]燕秦也。

⑧ 李注：时松龄衔左将军朱龄石之命，诣裕行府，贺平关洛。原诗意，靖节欲从松龄访关洛，会病不果行也。

⑨ 汤注：天下分裂，而中州贤圣之迹，不可得而见。今九土既一，则五帝之所连，三王之所争，宜当首访。而独多谢于商山之人，何哉？盖南北虽合，而世代将易，但当与绮、角游耳。远矣深哉！

⑩ 汤注："《紫芝歌》：莫莫高山，深谷逶迤。奕奕紫芝，可以疗饥。唐虞世远，吾将安归？驷马高盖，其忧甚大。富贵之畏人兮，不如贫贱之肆志。"

⑪ 澍按：贳，贷也。"无贳患"，言其患不可贷也，即《四皓歌》"驷马高盖，其忧甚大"意。

⑫ 何注：清谣，指四皓所作歌。

⑬ 各本作"乖"，焦本、何本作"乘"，非。

胡仔曰：渊明高风峻节，固已无愧于四皓，然犹仰慕之，足见其好贤尚友之心。

何焯曰：始皇虽一九域，四皓逃之。此篇所以庶武罗于羿敤之域，想王蠋于亡齐之境，聊以寄其难言之隐也。

---

[1] 下，李本原作"一"，作"一"是。

闻人倓曰：刘裕平关中，越二年即受禅。陶公此诗念黄虞，谢绮、角，盖致慨于晋宋之间也。言虽易尽，意奚能舒乎？

岁暮和张常侍①

市朝凄旧人，②骤骥感悲泉。③
明旦非今日，岁暮余何言。
素颜敛光润，白发一已繁。
阔哉秦穆谈，旅力岂未愆。④
向夕长风起，寒云没西山。
冽冽⑤气遂严，纷纷飞鸟还。
民生鲜长在，矧伊愁苦缠。
屡阙清酤至，⑥无以乐当年。
穷通靡攸⑦虑，憔悴由化迁。
抚己有深怀，履运增慨然。⑧

① 何注：时义熙十四年冬。澍按：张常侍，当即本传所称乡亲张野。《莲社高贤传》："野字莱民，南阳人，居柴桑，与渊明有婚姻契。征拜散骑常侍，不就。"但野以义熙十四年卒，题不应云"和"。详味诗意，亦似哀挽之辞。或"和"当作"悲"。又野族子张诠，亦征常侍。或诠有挽野之作，而公和之耶？

② 何注：《古北门行》："市朝易人，千载墓平。"

③ 汤注："悲泉"见前，"骤骥"言白驹之过隙。

④ 澍按：《秦誓》言："番番黄发[1]，旅力既愆，我尚有之。"此反其语，故

[1] 黄发，《尚书·秦誓》作"良士"。

以秦穆之谈为阔,言老无能为也。

⑤ 各本作"厉厉",焦本作"冽冽"。何校宣和本同。

⑥ 李注:酤,一宿酒也。

⑦ 汤本云:一作"欣"。

⑧ 何注:刘履曰:"按晋史义熙十四年十二月,宋公刘裕幽安帝于东堂,而立恭帝。靖节和岁暮诗,盖以适当其时,而寄此意焉。首言市朝之变,岁月之逝。中言风云气候之厉,人物纠纷之苦。末又自言穷通憔悴,莫可如何之势。而抚己履运,有不胜其愤激者。"

和胡西曹示顾贼曹

蕤宾五月中,①清朝起南②飔。

不驶亦不迟,飘飘吹我衣。

重云蔽白日,闲雨纷微微。

流目视西园,烨烨荣紫葵。

于今甚可爱,当奈行复衰。③

感物愿及时,每憾靡所挥。

悠悠待秋稼,寥落将赊迟。④

逸想不可淹,猖狂独长悲。

① 李注:《史记·律书》:"五月律中蕤宾。阴气幼少,故曰蕤。蕤阳不用事,故曰宾。"

② 各本作"南"。吴从张自烈本作"威",非。

③ 各本作"奈何当复衰"。汤本云:一作"当奈行复衰"。今从之。焦本云:一作"当乐行复衰",非。

④ 温汝能注:《晋书·郗超传》:"虽如赊迟,语亦济克。"

悲从弟仲德

衔哀过旧宅，悲泪应心零。

借问为谁悲，怀人在九冥。

礼服名群从，恩爱若同生。[①]

门前执手时，何意尔先倾。

在数[②]竟未免，为山不及成。

慈母沉哀疚，二允才数龄。

双位[③]委空馆，朝夕无哭声。

流尘集虚坐，宿草旅[④]前庭。

阶除旷游迹，园林独余情。

翳然乘化去，终天不复形。

迟迟将回步，恻恻悲襟[⑤]盈。

① 吴本作"平生"，非。

② 汤本作"毁"，云：一作"数"。

③ 汤本作"泣"，云：一作"位"。

④ 汤本云：一作"依"。

⑤ 焦本云：一作"衿涕"。

卷之三　诗五言

僧思悦曰：《文选》五臣注云："渊明诗晋所作者皆题年号，入宋所作但题甲子而已。意者耻事二姓，故以异之。"思悦考渊明诗有题甲子者，始庚子距丙辰，凡十七年间，只九首耳，李本十一首。皆晋安帝时所作也。中有《乙巳岁三月为建威参军使都经钱溪作》，此年秋乃为彭泽令，李本无"中有乙巳岁"三句，但言渊明以乙巳秋为彭泽令。在官八十余日，即解印绶，赋《归去来辞》。后一十六年庚申，晋禅宋，恭帝元熙二年也。岂容晋未禅宋前二十年，辄耻事二姓，所作诗但题甲子以自取异哉？矧诗中又无标晋年号者，其所题甲子，盖偶记一时之事耳。后人类而次之，亦非渊明本意。世之好事者多尚旧说，按李本无"世之好事者多尚旧说"九字，而直接下段"秦少游尝言，宋初受命，陶公自以祖侃晋世宰辅"云云，将思悦与复斋[1]之言并为一条，后人莫辨为谁语。今从何本，仍思悦原文，而以《复斋漫录》另列于后。今故著于三卷之首，以明五臣之失，且祛来者之惑焉。

《复斋漫录》曰：思悦云云，秦少游尝言，宋初受命，陶公自以曾祖侃晋世宰辅，耻复屈身，投劾而归，耕于浔阳。其所著书，自义熙以前题晋年号，永初以后但题甲子而已。黄鲁直诗亦有"甲子不数义熙前"之句。然则少游、鲁直，且尚惑于五臣之说，他可知已。

曾季狸曰：陶渊明诗自宋义熙以后皆题甲子，此说始于五臣注《文选》云尔，后世遂仍其说。治平中有虎丘寺僧思悦者，

---

[1] 复斋，原误作"复齐"，此指后文所言《复斋漫录》。

独辨其不然，谓岂有宋未受禅，耻事二姓哉？思悦之言，信而有征矣。谢枋得曰：五臣注《文选》，谓渊明诗自晋义熙以后皆题甲子。后世仍其说，独治平中僧思悦论《陶集》不然，曾裒父艇斋亦信其说。以余考之，刘裕平桓玄，改元义熙，自此天下大权尽归于裕。渊明赋《归去来辞》，义熙元年也。至恭帝元熙二年禅宋，观帝之言曰："桓氏之时，晋氏已无天下，重为刘公所延，将二十载。今日之事，本所甘心。"详味斯言，则刘氏自义熙庚子得政，至庚申革命，凡二十年。渊明自庚子以后题甲子者，盖逆知其末流必至于此，忠之至，义之尽也。思悦、裒父殆不足以知之。

王应麟曰：《左传》引《商书》曰："沉潜刚克，高明柔克。"《洪范》言："惟十有三祀。"箕子不忘商也，故谓之《商书》。渊明于义熙后但书甲子，亦箕子之志也。陈咸用汉腊亦然。

吴师道曰：予家《渊明集》十卷，后有阳休之《序录》、宋丞相《私记》，及曾纮说《读山海经》误句三条。乾道五年，林栗守州时所刊。第三卷首有思悦序。思悦者，不知何人，今未有考。但其所言甚当，而有未尽。且《宋书》、《南史》皆云："自宋王业渐隆，不复肯仕。所著文章，皆题其年月。义熙以前，明书晋氏年号，自永初以来，唯云甲子而已。"李善注《文选》，亦引《宋书》云云。盖自沈约、李延寿皆然。李善亦引之，不独五臣误也。今考陶文，惟《祭程氏妹文》书"义熙三年"，《祭从弟敬远》则书"岁在辛亥"，《自祭文》则曰"岁在丁卯"。惟丁卯在宋元嘉四年，辛亥亦在安帝时。则所谓一时偶记者，信乎得之矣。

宋濂曰：龙眠居士所画渊明小像卷，钜公名人，题赞于后，发挥其出处者甚备，故不必赘辞于其间。有谓渊明耻事二姓，在晋所作,皆题年号,入宋之时,惟书甲子,则惑于传记之说,而其事有不得不辨者。今《渊明集》具在,其诗题甲子者,始于庚子而讫于丙辰,凡十有七年,皆晋安帝时所作,初不闻隆安、元兴、义熙之号。若《九日闲居》诗,有"空视时运倾"之句,《拟古》第九章,有"忽值山河改"之语,虽未敢定为何年,必宋受晋禅后所作,不知何故反不书甲子耶?其说盖起于沈约《宋书》之误,而李延寿《南史》、五臣注《文选》皆因之,虽有识如黄庭坚、秦观、李焘、真德秀,亦踵其谬而弗之察。独萧统撰本传,谓渊明以曾祖晋世宰辅,耻复屈身后代,见宋王业渐隆,不复肯仕。朱子《通鉴纲目》遂本其说,书曰"晋征士陶潜卒",可谓得其实矣。呜呼!渊明之清节,其亦待书甲子而后始见耶?故参先儒之论,而附著于左方云。

郎瑛曰:五臣注《文选》以渊明诗晋所作者,皆题年号,入宋但题甲子,意谓耻事二姓,故以异之。后世因仍其说,虽少游、鲁直,亦以为然也。治平中,虎丘僧思悦编陶之诗,辨其不然,谓渊明之诗有题甲子者,始庚子距丙辰凡十七年,诗一十二首,皆安帝时作也。至恭帝元熙二年庚申始禅宋,夫自庚子至庚申,计二十年,岂有晋未禅宋之前二十年内,辄耻事二姓,而所作即题甲子,以自取异哉?矧诗中又无标晋年号者,所题甲子,但记一时事耳。其说出,而旧疑释矣。后蔡采之《碧湖杂记》又云,元兴二年,桓玄篡位,继而刘裕秉政,至元熙二年始受禅。前此名虽为晋,实则非也,故恭帝曰:"桓玄之时,晋已无天下,重为刘公所延,今日之事,本所甘心。"计时逆推,正二十年也。盖渊明逆知末流必至革代,故所题云云。以予论之,若唐若宋,天下危而复安,常有之也,岂可逆料二十年后事耶?故唐韩偓之诗,亦纪甲子,其后因全忠篡唐,人遂以为有

渊明之志。蔡说谬矣,惜思悦尚辨未至。若曰二十年间,陶诗
岂止十二首耶?且未革之时,逆知即题甲子,而永初、元嘉之
作,如《赠长沙族祖》、《王抚军座中送客》者,反不题甲子,何
耶?至于《述酒》篇内,"豫章抗高门,重华固灵坟,流泪抱中
叹,平王去旧京",正指宋迫恭帝之事,又何不题甲子耶?盖偶
尔题之,后人偶尔类之,岂陶公之意耶?因复辨之,以足思悦
之义。

赵绍祖曰:按汲古毛氏所刻摹苏文忠手书《渊明集》,近丹
徒鲁太守子山铨,来守宁国,重刻于郡斋。余得一本,其后有
治平中思悦跋。其第三卷首云云,前明宣城梅禹金所刊《六朝
诗乘》,于渊明诗极推思悦之论为是。又《宋景濂集》中有《渊
明像跋》,亦见及此。而王渔洋《池北偶谈》引傅平叔辨其意亦
同。而渔洋盛称以为前人所未发,盖未见思悦之论也。余谓
渊明文章晋标年号,宋书甲子,《宋书》始为此说,《南史》亦同。
自注:惟《晋书》删此语。而李善取以注《文选》,五臣更引伸之。
即如思悦之论,亦非五臣之失。但沈约工诗,既去渊明不远,
李善最博,未必耳食为言,此二公当非不见《渊明集》者。使
《渊明集》中书甲子者仅此九首,又皆在晋时而无标晋年号
者,此亦开卷可得,而何作此言?余意集中所书甲子年号,转
相传写,必为后人所删去,而此数首特删之未尽耳。自注:渊
明未必首首题年号甲子,不过于一年所作之前题之,如《饮酒》、《读山海
经》。使题云某年某甲子饮酒,读山海经,成何语耶?此数首特记一事,
故书甲子于题首,而是岁中所标之年号,必在前矣。后人删而去之,而
此数首之甲子以在题上,故不删。此情理自然可想而知者也。未可
便以为《宋书》、《文选》注之失也。若后人习用旧说,陈陈相
因,诚不免为思悦所讥。而黄鲁直诗"甲子不数义熙前",与

注不合，其用意更晦。至谢叠山谓刘裕自庚子得政，渊明书甲子始此，盖逆知其末流所必至。此固强为之说。而何义门欲改《文选》注，以为当云"自永初以来，不书甲子"，凿空为说，尤可笑也。

　　澍按：晋标年号，宋唯甲子之说，自沈约著于《宋书》，而李延寿《南史》、李善《文选》注相承无异。五臣云："意者耻事二姓，故以异之。"犹约说也。至宋僧思悦，始创新论，谓诗中并无标晋年号者，所题甲子，盖偶记一时之事，岂容晋未禅宋前二十年，辄耻事二姓，所作诗但题甲子以取异哉？由是王复斋、曾季狸、吴师道、宋景濂、郎仁宝诸人起而和之，而先生之隐衷，与史氏之特笔几为所汩，此所谓以不狂为狂也。按北齐阳休之《序录》言："先生集先有两本行于世，一本八卷无序，一本六卷并序目，编比颠乱，兼复阙少。萧统所撰八卷，合序目诔传，而少《五孝传》及《四八目》，然编录有体，次第可寻。"是昭明之前，先生集已行世。《五柳传》云："尝著文章自娱，颇示己志。"则其集必有自定之本可知。约去先生仅十余年，必亲见先生自定之本可知。窃意自定之本，其目以编年为序，而所谓或书年号、或仅书甲子者，乃皆见于目录中，故约作《宋书》，特为发其微趣。宋元献《私记》云："《隋经籍志》：宋征士《陶潜集》九卷，又云梁有五卷，录一卷。《唐志·陶泉明集》五卷。今官私所行本凡数种，与二本不同。有八卷者，即梁昭明太子所撰，合序传诔等在集前为一卷，正集次之，亡其录。"录者目录也。是先生集必自有录一卷，而沈约云文章皆题岁月者，当是据录之体例为言，至唐初其录尚在，故李善等依以作注，后乃亡之，遂凌乱失序，无从校勘耳。假令先生原集义熙以前亦止书甲子，永初以后或并纪年号，休文无端造为此说，则当时之人皆可取陶集核对以斥其非,岂有历齐、梁、陈、隋,俱习焉不察,李延寿反采入《南史》,李善又取为《选》注哉?休之谓昭明编录有体,次第可寻,窃意昭明自加搜校,必依先生自定之目,一以编年为序。若如今本,孰能寻其次第?思悦等但据题上所有甲子为说,不知今集自庚子至丙辰十七年,诗止数首,而壬寅、甲辰、丙午、丁未、辛亥、壬子、癸丑、甲寅、乙卯等年,俱无一篇。辛丑《游斜川》诗转不在编年之内,其非旧次亦可见矣。余门人赵绍祖谓先生未必首首题年号甲子,不过于一年所作之前题之,而《阻风》、《赴假》等诗,盖偶书甲子于题首,后人删其每岁所标之甲子,而此数首甲子以在题上,故不删。其说近是。若宋景濂谓先生清节,不待书甲子而后见,则似未审所争书不书者非甲子,乃晋宋之年号也。不书宋号,正孤臣惓惓故朝,托空文以见志者。王厚斋谓与箕子称殷祀,陈咸用汉腊同意。真先生旷代知己。异说纷纷,可以息其喙矣。

始作镇军参军经曲阿作①

弱龄寄事外,委怀在琴书。
被褐欣自得,屡空常晏如。②
时来苟冥③会,宛辔憩通衢。④
投策命晨装,⑤暂与园田疏。
眇眇孤舟逝,绵绵归思纡。
我行岂不遥,登降⑥千里余。
目倦川⑦途异,心念山泽居。

望云惭高鸟，临水愧游鱼。⑧

真想初在襟，谁谓形迹拘。

聊且凭化迁，终反班生庐。⑨

①《文选》"曲阿"下有"作"字，各本无。吴仁杰《年谱》以此诗为庚子年作，其说曰："曲阿今丹阳县也，本传为镇军、建威参军。按晋官制，镇军、建威皆将军官，各置属掾，非兼官也。以诗题考之，先生盖于此年作镇军参军，至乙巳作建威参军，史从省文耳。《文选》此诗李善注云：'宋武帝行镇军将军。'按裕元兴元年为建威将军，与此先后岁月不合，先生亦岂从裕辟者？善注引用未识何据，镇军未详何人。此诗在隆安四年五月以前所作，本集编次多先后不伦，今既以四言居首，姑依旧序，不复更定云。"澍按：是时镇京口者刘牢之也，此诗作在庚子前。说具《年谱》。澍又按：仁和孙志祖颐谷所辑《文选·李注补正》云："题注臧荣绪《晋书》曰：'宋武帝行镇军将军。'《补正》曰：赵云按本集，此题上著'始作'二字，则在为建威参军之前矣。末篇《从都还》，诗题著'庚子岁'三字，则此为隆安三年己亥矣。镇军虽莫考为何人，然此年刘裕才参刘牢之军事，至元兴三年始行镇军将军事，题注非也。"

② 吴师道曰：自何晏注《论语》以空为虚无，意本《庄子》，前儒多从之。朱子以回赐屡空，货殖对言，故以空匮释之。今此以被褐对屡空。又《饮酒》诗："颜生称为仁，荣公言有道。屡空不获年，长饥至于老。"以屡空对长饥。朱子之意正与之合。

③《文选》作"宜"。

④ 各本作"婉娈"，此从《文选》作"宛辔"。李善注：宛，屈也，言屈长往之驾，息于通衢之中。通衢喻仕路也。

⑤《文选》作"旅"。

⑥ 各本作"陟"。此从《文选》。

⑦《文选》作"修"。

⑧ 李善注：言鱼鸟咸得其所，而己独违其性也。

⑨ 李善注：班固《幽通赋》："终保己而贻[1]则，里上[2]仁之所庐。"汤注：班赋"求幽贞之所庐"。吴注：张伯起曰："真，元默也。此理久在胸衿，谁谓形迹能拘之哉！凭化迁，所谓与时推移，即赴镇军参军。然终当返故庐耳。言出非所乐也。"何孟春曰：靖节初以家贫亲老，不得已而仕，故其言如此。

　　罗大经曰：士岂能长守山林，长亲蓑笠，但居市朝轩冕时，要使山林之念不忘，乃为胜耳。渊明"望云惭高鸟"四句，似此胸襟，岂为外荣所点染哉！山谷曰："佩玉而心若槁木，立朝而意在东山。"亦此意。

庚子岁五月中从都还阻风于规林①

① 李本有"二首"二字。

　　　　行行循归路，计日望旧居。
　　　　一欣侍温颜，①再喜见友于。②
　　　　鼓棹路崎曲，指景限西隅。③
　　　　江山岂不险，归子念前途。
　　　　凯风负我心，④戢枻守穷湖。⑤
　　　　高莽眇无界，夏木独森疏。
　　　　谁言客舟远，近瞻百里余。

---

[1] 贻，原误作"眙"，据《文选》卷一四班固《幽通赋》改。
[2] 上，原误"止"，据《文选》改。

延目识南岭,空叹将焉如。

① 各本作"颜",何校宣和本作"清"。

② 李注：洪驹父云："以兄弟为友于,歇后语也。"澍按：曹子建《求通亲亲表》："今之否隔,友于同忧。"以友于为兄弟,不始靖节也。

③ 何注：潘安仁赋："独指景而西逝。"

④ 澍按：此先生归省母孟夫人也。先生《孟府君传》云："渊明先亲,君之第四女,凯风寒泉之思,实钟厥心。"《汉衡方碑》："感鄗人之凯风,悼蓼莪之勤劬。"又汉明帝赐东平王诏曰："今送先烈皇后衣巾一箧,可时奉瞻,以慰凯风寒泉之思。"赵岐《孟子注》："凯风,言母心不悦也,是亲之过小也。"此皆用齐、鲁、韩三家古义,无不安其室之说。先生诗亦三家义也。

⑤ 李注：梽,以制切楣也。

自古叹行役,我今始知之。
山川一何旷,巽坎难与期。①
崩浪聒天响,②长风无息时。
久游恋所生,如何淹在兹。
静念园林好,人间良可辞。
当年讵有几,纵心复何疑。③

① 李注：巽,顺也。坎,险也。或曰：巽,风也。坎,水也。言道路行役之艰难。何曰：坎、巽以代风水,避下连用风浪字也。

② 李注：聒,喧语也。

③ 李注：赵泉山曰："二诗皆直叙归省意。"何注：朱子尝书此诗与一士子云："能参得此一诗透,则今日所谓举业,与夫他日所谓功名富贵者,皆不必经心可也。"

辛丑岁七月赴假还江陵夜行涂口①

闲居三十载,遂与尘事冥。②
诗书敦宿好,林园无世情。③
如何舍此去,遥遥至西荆。④
叩枻新秋月,⑤临流别友生。
凉风起将夕,夜景湛虚明。
昭昭天宇阔,晶晶川上平⑥
怀役不遑寐,中宵尚孤征。
商歌非吾事,依依在耦耕。⑦
投冠旋旧墟,不为好爵萦。
养真衡茅下,庶以善自名。

① 各本作"涂中"。此从《文选》。李善注:《江图》曰:"自沙阳县下流一百一十里至赤圻,赤圻二十里至涂口也。"李公焕本"下流一百一十里"作"五十里"。

② 李注:是时渊明年三十七,中间除癸巳为州祭酒,乙未距庚子参镇军事,三十载家居矣。澍按:先生始作参军,非乙未岁。说具《年谱考异》。

③ 各本作"俗情",此从《文选》。

④ 李善注:西荆州也,时京都在东,故谓荆州为西也。各本作"南",非。

⑤《文选》作"亲月船"。

⑥ 李善注:《说文》:"通白曰晶。晶,明也。"

⑦ 李善注:《淮南子》:"宁戚商歌车下,而桓公慨然而悟。"许慎曰:"宁戚[1],

---

[1] 戚,原作"武",《文选》作"戚","武"乃形讹,今据改。

卫人。闻齐桓公兴霸,无因自达,将车自往。商,秋声也。"

癸卯岁始春怀古田舍^①

① 李本有"二首"字。

> 在昔闻南亩,当年竟未践。
> 屡空既有人,春兴岂自免。
> 夙晨装吾驾,启涂情已缅。
> 鸟弄欢新节,泠风送余善。^①
> 寒竹被荒蹊,地为罕人远。
> 是以植杖翁,悠然不复返。
> 即理愧通识,所保讵乃浅。^②

① 焦、毛诸本云:一作"鸟弄新节冷,风送余寒善"。澍按:《吕氏春秋·辨土篇》:"正其行,通其风,央必中央,师为泠风。"高诱注:"泠风,和风,所以成谷也。央,决也,必于苗中央师师然,肃泠风以摇长也。"又《庄子·逍遥游》:"列子御风而行,泠然善也。"

② 何焯曰:自诡通识而至丧节,乃吾所羞也。正言若反。黄文焕曰:躬耕之内,节义身名皆可以自全,纵不能为颜子,亦不失为丈人,此其所保也。

> 先师有遗训,忧道不忧贫。
> 瞻望邈难逮,转欲心^①长勤。
> 秉耒欢时务,解颜劝农人。
> 平畴交远风,良苗亦怀新。^②

虽未量岁功，即事多所欣。③

耕种有时息，行者无问津。

日入相与归，壶浆劳近邻。

长吟掩柴门，聊为陇亩民。④

① 汤本、焦本作"患"，各本作"志"。

② 李注：东坡曰："'平畴'二句，非古之耦耕植杖者不能道此语，非予之世农亦不识此语之妙。"何注：《道山清话》："子瞻一日在学士院闲坐，命左右取纸书'平畴'二句，大小楷行草凡七八纸，连叹息称好，散于左右。"给事张表臣曰："东坡云云。仆居田中，稼穑是力。夏秋之交，稍旱得雨，雨余徐步，清风猎猎，禾黍竞秀，濯尘埃而泛新绿，乃悟渊明之句善体物也。"

③ 何注：刘履曰："先生既能忘其勤劳，且耕且种，即事多欣，如此何忧贫之有。"

④ 何注：刘履曰："古人处畎亩之中，躬耕乐道，非若后世徒为丰积者。此靖节自辛丑岁七月于镇军幕赴假还后，日以耕稼自乐。及赋此诗，以'怀古'命题，意有在矣。观其日入而归，壶浆相劳之后，而又长吟以掩柴门，气象悠然，殆非言语可得而形容也。"

黄文焕曰：长吟者非真自弃于陇亩也，不得不聊为之。胸中道德经济之怀，岂易向人道哉？

沃仪仲曰：寄托原不在农，借此以保吾真。"聊为陇亩民"，即《简兮》"万舞"之意，所谓醉翁意不在酒也。

何焯曰：瞻望难逮，谓道不可行，聊为农以没世也。"虽未量岁功"，仍不一于忧贫，故言近旨远。"行者无问津"，盖寓遁世之意。二篇发端，皆自言躬耕非始志。下半篇则申时不可为，不事伯朝之本趣。

吴瞻泰曰：题曰"怀古田舍"，故二首俱是怀古之论。前首荷蓧丈人，次首沮、溺，皆田舍之可怀者也。古来唯孔、颜安贫乐道，不屑耕稼。然而邈不可追，则不如实践陇亩之能保其真也。

癸卯岁十二月中作与从弟敬远

寝迹衡门下，邈与世相绝。

顾盼莫谁知，荆扉昼长闭。①

凄凄岁暮风，翳翳经日②雪。

倾耳无希声，在目皓已洁。③

劲气侵襟袖，箪瓢谢屡设。

萧索空宇中，了无一可悦。

历览千载书，时时见遗烈。

高操非所攀，谬④得固穷节。

平津苟不由，⑤栖迟讵为拙。

寄意一言外，兹契谁能别。

① 李注：闭，必结切，阖也。按章渊《稿简赘笔》曰：颜延年《赠王太常诗》："郊扉昼长闭。"闭，音鳖。此作"闭"，字异义一。

② 汤本云：一作"夕"。

③ 李本云：洁，或作结。罗大经曰：此十字雪之轻虚洁白，尽在是矣，后此者莫能加也。

④ 焦本云：宋本作"谬"，一作"深"，非。何校宣和本亦作"谬"。

⑤ 李注：汉元朔中，武帝诏封公孙弘为平津侯。

《苋江诗话》曰：是年十一月，桓玄称帝。着眼年月，方知文字之外所具甚多。

乙巳岁三月为建威参军使都经钱豁①

我不践斯境，岁月好已积。②
晨夕看山川，事事悉如昔。
微雨洗高林，清飚矫云翮。
眷彼品物存，义风都未隔。
伊余③何为者，勉励从兹役。
一形似有制，素襟不可易。
田园日梦想，安得久离析。④
终怀在壑⑤舟，谅哉宜⑥霜柏。

① 澍按：《宋书》曰："钱豁江岸最狭。"[1] 胡三省《通鉴》注："《新唐书·地理志》：宣州南陵县有梅根监钱官。《宋书》：陈庆军至钱豁，军于梅根。盖今之梅根港也。以有置钱监，故谓之钱豁。"是时建威将军刘敬宣。说详《年谱》。

② 何注：好，如今人言好是意。

③ 汤本云：一作"余亦"。

④ 汤本云：一作"拆"。

⑤ 从何校宣和本作"壑"。各本作"归"，云：一作"壑"。

⑥ 汤本云：一作"负"。

[1] "钱豁江岸最狭"句出于《通鉴》卷一三一，非出于《宋书》，此为陶澍误记。

赵泉山曰：此诗大旨庆遇安帝光复大业，不失旧物也。

还旧居

畴昔家上京，①六②载去还归。③
今日始复来，恻怆多所悲。
阡陌不移旧，邑屋或时非。
履历周故居，邻老罕复遗。
步步寻往迹，有处特依依。
流幻百年中，寒暑日相推。④
常恐大化尽，气力不及衰。⑤
拨⑥置且莫念，一觞聊可挥。

① 绿君亭本云：一作"上荆"。李注：《南康志》："近城五里，地名上京，亦有渊明故居。"何注：或曰上京即栗里原，公前有《移家》诗，居不一处也。《朱子语录》："庐山有渊明古迹处曰上京，《渊明集》作'京'，今土人作'荆'。江中有一盘石，石上有痕，云渊明醉卧其上，名'渊明醉石'。"按《庐山记》："渊明所居栗里，两山间有大石，可坐十数人。渊明尝醉眠其上，名曰'醉石'。上京栗里，盖近在一处也。"澍按：《名胜志》："南康城西七里有玉京山，亦名上京，有渊明故居。其诗曰'畴昔家上京'即此。"
② 汤本云：一作"十"。
③ 李注：韩子苍云："渊明自庚子始作建威参军，由参军为彭泽，遂弃官归，是岁乙巳，故云'六载'。"赵泉山曰："自乙未佐镇军幕，迄今六载，韩说盖误。"吴瞻泰曰：镇军、建威皆晋时治军之官。公庚子岁作镇军参军，非建威也。子苍误注，泉山亦未考实。澍按：先生始作参军，盖在己亥，至甲辰正六年。"去还归"者，谓以己亥出，庚子假还，辛丑再还，甲辰服阕又为

66

本州建威参军。去而归,归而复去,故曰"六载去还归"也。此诗作于乙巳,始还旧居,故曰"今日始复来"。斗南、泉山均考之未审。说具《年谱》。

④ 汤本云:一作"追"。

⑤ 陈祚明曰:人所虑者衰,孰知有不及衰者,所感更深。

⑥ 汤本云:一作"废"。

查慎行曰:朱子在南康,《与崔嘉彦书》云:"前日出山,在上京坡遇雨,巾屦沾湿。"据此,则上京乃坡名也。王渔洋《北归志》云:往开先寺出建昌门数里,过玉京山,陶诗所云"畴昔家上京"即此。

戊申岁六月中遇火

草庐寄穷巷,甘以辞华轩。

正夏长风急,①林室顿烧燔。

一宅无遗宇,舫舟荫门前。

迢迢新秋夕,亭亭月将圆。②

果菜③始复生,惊鸟尚未还。

中宵伫遥念,一盼周九天。

总发抱孤介,④奄出四十年。

形迹凭化往,灵府长独闲。

贞刚自有质,玉石乃非坚。⑤

仰想东户时,余粮宿中田。⑥

鼓腹无所思,朝起暮归眠。

既已不遇兹,且遂灌我园。⑦

① 汤本云：一作"生"。

② 李注：亭亭，高也。

③ 汤本云：一作"蕊"。

④ 何校宣和本作"介"。焦本云：宋本作"介"，一作"念"，非。

⑤ 何焯曰：形骸犹外，而况华轩？所以遗宇都尽，而孤介一念，炯炯独存，之死靡它也。

⑥ 何注：子思子曰："东户季子之时，道上雁行而不拾遗，余粮宿诸亩首。"

⑦ 各本作"西园"。从汤本、焦本、何校宣和本作"我园"。

李注：按靖节旧宅，居于柴桑县之柴桑里，至是属回禄之变。越后年，徙居于南里之南村。

己酉岁九月九日

靡靡秋已夕，凄凄风露交。

蔓草不复荣，园木空自凋。

清气澄余滓，杳然天界高。

哀蝉无留①响，丛②雁鸣云霄。

万化相寻异，③人生岂不劳。

从古皆有没，念之中④心焦。

何以称我情，浊酒且自陶。

千载非所知，聊以永今朝。

① 焦本云：宋本作"留"，一作"归"，非。

② 焦本云：一作"燕"，非。

③ 各本作"绎"。从何校宣和本作"异"。

④ 汤本云：一作"令"。

庚戌岁九月中于西田获早稻①

人生归有道，②衣食固其端。③

孰是都不营，而以求自安？

开春理常业，岁功聊可观。

晨出肆微勤，日入负耒④还。

山中饶霜露，风气亦先寒。

田家岂不苦，弗获辞此难。

四体诚乃⑤疲，庶无异患干。⑥

盥濯息檐下，斗酒散襟⑦颜。

遥遥沮溺心，千载乃相关。⑧

但愿常如此，躬耕非所叹。

① 何注：西田，即西庐新畴也。

② 何注：归，趣也。

③ 何注：事，首也。

④ 焦本云：一作"禾"，非。

⑤ 汤本云：一作"已"。

⑥ 澍按："四体"二语，即庞德公率妻子躬耕陇亩而曰："世人皆贻以危，我独贻以安也。"

⑦ 焦本云：一作"劬"，非。

⑧ 何焯曰：本非沮、溺之徒，而生乎晋宋之交，避世之心乃若与之符也。

李注：观此诗，知元亮既休居，惟躬耕是资，故萧德施曰："安道苦节，不以躬耕为耻。"

何注：刘履曰："此与前归园田'种豆南山下'诗意相表里。"

谭元春曰：每读陶公真实本分语，觉不事生产人，反是俗根未脱，故作清高。

沈德潜曰：《移居诗》云"衣食终须纪，力耕不吾欺"；此云"人生归有道，衣食固其端"；又曰"贫居依稼穑"。自勉勉人，每在耕稼，先生异于晋人在此。

《黄江诗话》曰：是年六月，宋武受黄钺。当于言外会其微意。

丙辰岁八月中于下潠①田舍获

贫居依稼穑，②戮力东林隈。

不言春作苦，③常恐负所怀。

司田眷有秋，寄声与我谐。

饥者欢初饱，束带候④鸣鸡。

扬楫越平湖，泛随清壑回。

郁郁⑤荒山里，猿声闲且哀。

悲风爱静夜，⑥林鸟喜晨开。

曰余作此来，三四星火颓。⑦

姿年逝已老，其事未云乖。

遥谢荷蓧翁，聊得从君栖。⑧

① 李注：潠，苏困切。

②　汤本云：一作"事耕稼"。

③　汤注：杨恽书："田家作苦。"

④　汤本云：亦作"俟"。

⑤　汤本云：一作"嚼嚼"。

⑥　吴注：王棠曰："静夜风声更清，有似于爱静夜。炼字之妙如此。"

⑦　何注：《汉书》："心为火，仲秋火西流，阳气衰也。"

⑧　李注：蔡宽夫曰："秦汉已前，字书未备，既多假借，而音无反切，平仄皆通用。自齐梁后，既拘以四声，又限以音韵，故士率以偶俪声病为工，文气安得不卑弱？惟渊明、韩退之，时时摆脱俗拘忌，故'栖'字与'乖'字皆取其傍韵用，盖笔力自足以胜之。"澍案：蔡氏此条论韵甚浅，四声起于沈约，渊明时尚未有，古人工拙，正不在是。

　　钟伯敬曰：陶公山水友朋之乐，即从田园耕凿中一段忧勤讨出，不别作旷达，所以为真旷达也。

饮　酒并序①

①　李本有"二十首"字。

　　余闲居寡欢，兼比①夜已长，偶有名酒，无夕不饮。顾影独尽，忽焉复醉。②既醉之后，辄题数句自娱；纸墨遂多，辞无诠次。聊命故人书之，以为欢笑尔。③

①　汤本云：一作"秋"。

②　东坡曰：孔文举云："坐上客常满，樽中酒不空，吾无事矣。"此语甚得酒中趣。及见陶公云："偶有名酒，无夕不饮，顾影独尽，忽焉复醉。"便觉文举多事矣。

③ 何注：刘履曰："靖节退归之后，世变日甚，故每每得酒，饮必尽醉，赋诗自娱。此昌黎所谓有托而逃焉者也。"《黄江诗话》曰：此二十首，当是晋宋易代之际，借饮酒以寓言。骤读之不觉，深求其意，莫不中有寄托。

衰荣无定在，彼此更共之。①
邵生瓜田中，宁似东陵时。②
寒暑有代谢，人道每如兹。
达人解其会，③逝将不复疑。
忽与一樽酒，日夕欢相持。④

① 李注：黄山谷曰："此二句是西汉人文章，他人多少语言，尽得此理。"
② 李注：《萧何传》："邵平者，故秦东陵侯，秦破，为布衣。贫，种瓜长安城东。瓜美，故世谓东陵瓜。"何注：刘履曰："平不事二姓，甘分田野，故靖节托以自况，其旨微矣。"
③ 焦本云：一作"趣"，非。
④ 何焯曰：先世宰辅，故以邵平自比。平可游鄼侯之门，元亮何妨饮王弘之酒。在我矙然不滓，则衰荣各适，而不相疑也。

积善云有报，夷叔在西山。
善恶苟不应，何事立空言？①
九十行带索，饥寒况当年。②
不赖固穷节，百世当谁传。

① 各本作"空立言"，从汲古阁本作"立空言"。
② 何注：《列子》："荣启期行乎郕之野，鹿裘带索，鼓琴而歌。孔子问之，行年已九十矣。"李注：《诗眼》曰："近世名士作诗云：'九十行带索，荣公

老无依。'余谓之曰:'陶诗本非警策,因有君诗,乃见陶之工。'或讥余贵耳
贱目。则为解曰:'荣启期事出《列子》,不言荣公可知,九十则老可知,行带
索则无依可知,五字皆赘也。若渊明意谓至于九十,犹不免行而带索,至于
长老,其饥寒艰苦宜何如,此穷士之所以可悲也。此所谓君子于其言,无所
苟而已矣。古人文章,必不虚设。'"何焯曰:当年,壮年也,今都下语犹尔,
言老弥戒得,则壮盛之厉节可想,所以使百世兴起也。

　　　　　　　道丧向千载,人人惜其情。①
　　　　　　　有酒不肯饮,但顾②世间名。
　　　　　　　所以贵我身,岂不在一生。
　　　　　　　一生复能几,倏如流电惊。③
　　　　　　　鼎鼎④百年内,持此欲何成。⑤

　　① 黄文焕曰:惜情以为别用,不用之于道也。

　　② 一作"愿"。

　　③ 绿君亭本云:一作"倏忽若沉星"。

　　④ 一作"订订"。

　　⑤ 何注:刘履曰:"大道久丧,人欲日滋,不肯适性保真,而徒恋世荣。
一生能几,乃不速悟,何所成其名乎?《黄江诗话》曰:此首是何等见地!魏
晋六朝人视易代如逆旅,而务弋世俗之浮名,不知类耳。"欲成"者,全节以
合道也。言之无迹,所以超也。

　　　　　　　栖栖失群鸟,日暮犹独飞。
　　　　　　　徘徊无定止,夜夜声转悲。
　　　　　　　厉响思清远,去来何依依。①
　　　　　　　因值孤生松,敛翮遥来归。

劲风无荣木,此荫独不衰。

托身已得所,千载不相违。②

① 焦本作"厉响思清晨,远去何所依"。

② 李注：赵泉山曰："此诗讥切殷景仁、颜延之辈,附丽于宋。"

结庐在人境,而无车马喧。

问君何能尔,心远地自偏。

采菊东篱下,悠然见南山。①

山气日夕佳,飞鸟相与还。

此中有真意,欲辨已忘言。②

①《文选》"见"作"望"。东坡曰：采菊之次,偶然见山,初不用意,而景与意会,故可喜也。今皆作"望南山",杜子美云："白鸥没浩荡,万里谁能驯。"盖泯灭于烟波间耳。而宋敏求谓余云："鸥不能没,改作'波'字。"二诗改此二字,觉一篇神气索然也。胡仔《苕溪渔隐丛话》:《鸡肋集》曰："诗以一字论工拙。记在广陵日见东坡云：'陶公意不在诗,诗以寄其意耳。"采菊东篱下,悠然见南山",俗本作"望",则既采菊又望山,意尽于山,无余蕴矣,非渊明意也。见南山者,本自采菊,无意望山,适举首见之,故悠然忘情,趣闲而景远,未可于文字精粗间求之。'"李注：王荆公曰："渊明诗有奇绝不可及之语,如'结庐在人境'四句,由诗人以来无此句。"敬斋云：前辈有佳句,初未之知,后人寻绎出来,始见其工。如渊明"悠然见南山",方在篱间把菊时,安知其高。老杜佳句最多,尤不自知也。如是,则撞破烟楼手段,岂能有耶？蔡宽夫曰：俗本多以"见"为"望"字,若尔,便有褰裳濡足之态矣。一字之误,害理如此。《复斋漫录》曰：东坡以元亮"悠然见南山",无识者以"见"为"望"。予观乐天效渊明诗曰："时倾一壶酒,坐望东南山。"

然则流俗之失久矣。唯韦苏州《答裴说》诗："采菊露未晞,举头见秋山。"乃真得渊明诗意。吴菘曰："见"改为"望",神气索然固已,但以乐天"时倾一樽酒,坐望东南山"为流俗之失,此却不然。如渊明采菊之次,原无意于山,乃忽见山,所以为妙。若对山饮酒,何不可云"望"而必云"见"耶?且如其言,剿说雷同,有何妙处?

②李注:张九成曰:"此即渊明献亩不忘君之意。"

行止千万端,谁知非与是。
是非苟相形,雷同共誉毁。
三季多此事,①达士②似不尔。
咄咄俗中愚,③且当从黄绮。④

①汤注:《汉叙传》:"三季之后。"注云:"三代之末也。"
②汤本云:一作"人"。
③焦本云:宋本作"愚",一作"恶",非。
④汤注:此篇言季世出处不齐。士皆以乘时自奋为贤,吾知从黄绮而已。世俗之是非誉毁,非所计也。吴注:汪洪度曰:"当时改节乘时者,必任意为是非毁誉。自达人观之,无是非也,直俗中愚耳,故决意从黄绮。"

秋菊有佳色,裛露掇其英。①
泛此忘忧物,②远我遗③世情。
一觞虽独进,杯尽壶自倾。
日入群动息,归鸟趋林鸣。
啸傲东轩下,聊复得此生。④

①李善注:《文字集略》曰:"裛,坌衣香也,然露坌花亦谓之裛也。毛

75

衺《诗传》曰:"掇,拾也。"李注:裒,于汲切。掇,都夺切。

　　② 李善注:潘岳《秋兴赋》:"泛流英于清醴,似浮萍之随波。"

　　③《文选》作"达"。一作"违"。

　　④ 李注:定斋曰:"自南北朝以来,菊诗多矣,未有能及渊明之妙,如'秋菊有佳色',他花不足当此一'佳'字。然通篇寓意高远,皆由菊而发耳。"艮斋曰:"'秋菊有佳色'一语,洗尽古今尘俗气。"东坡曰:"靖节以无事为得此生,则见役于物者,非失此生耶?"韩子苍曰:"余尝谓古人寄怀于物而无所好,然后为达。况渊明之真,其于黄花直寓意尔。至言饮酒适意,亦非渊明极致。向使无酒,但'悠然见南山',其乐多矣。遇酒辄醉,醉醒之后,岂知有江州太守哉! 当以此论渊明。"

　　　　　　　青松在东园,众草没其①姿。
　　　　　　　凝霜殄异类,卓然见高枝。
　　　　　　　连林人不觉,独树众乃奇。②
　　　　　　　提壶挂③寒柯,远望时复为。④
　　　　　　　吾生梦幻间,何事继尘羁。⑤

　　① 一作"奇"。

　　② 一作"知"。

　　③ 何本云:一作"抚"。

　　④ 澍按:此倒句,言时复为远望也。

　　⑤ 吴注:此借孤松为己写照。

　　　　　　　清晨闻叩门,倒裳往自开。①
　　　　　　　问子为谁与? 田父有好怀。
　　　　　　　壶浆远见候,疑我与时乖。

褴缕茅檐下,未足为高栖。
一②世皆尚同,愿君汩其泥。
深感父老言,禀气寡所谐。
纡辔诚可学,违已讵非迷。
且共欢此饮,吾驾不可回。③

① 汤注:颠衣倒裳,本《太玄》。

② 汤本云:一作“举”。

③ 何注:《楚辞》:“世人皆浊,何不淈其泥而扬其波?”李注:赵泉山曰:“时辈多勉靖节以出仕,故作此篇。”赵氏注:“杜甫《宿羌村》第二首云。一篇之中,宾主既具问答了然,可以比渊明此首。”《英江诗话》曰:此必当时显有以先生不仕宋而劝驾者,故有“不足为高栖”云云。结语斩然。中有不忍言,特不可明言耳。

在昔曾远游,直至东海隅。①
道路迥且长,风波阻中涂。
此行谁使然,似为饥所驱。
倾身营一饱,少许便有余。
恐此非名计,息驾归闲居。②

① 何注:刘履曰:“指曲阿而言,盖其地在宋为南东海郡。”澍按:《宋书·州郡志》:“晋元帝初,割吴郡海虞县之北境为东海郡,立郯、朐、利城况其[1]三县。”刘牢之讨孙恩,济浙江,恩惧逃于海。后,恩浮海奄至京口。牢

[1] “况其”为衍文。《宋书》卷三五《州郡志》一云:“而祝其襄贲等县寄治曲阿。”此处“况其”乃“祝其”之误,又误植于“利城”之后,宜删去。

之在山阴,率大众还。恩走郁洲,今海州之云台山即郁洲,乃朐县地。先生参牢之军事,盖尝从讨恩至东海,故追述之也。

② 李注:赵泉山曰:"此篇述其为贫而仕。"《苋江诗话》曰:赋归而托言风波,则不仅为折腰明矣。

> 颜生称为仁,荣公言有道。
> 屡空不获年,长饥至于老。
> 虽留身后名,一生亦枯槁。
> 死去何所知,称心固为好。①
> 客养千金躯,临化消其宝。②
> 裸葬何必恶,③人当解意表。④

① 何注:此渊明不慕身后名也。张季鹰云:"使我有身后千载名,不如即时一杯酒。"

② 李注:东坡曰:"宝不过躯,躯化则宝亡矣。人言靖节不知道,吾不信也。"

③ 李注:前汉杨王孙临终,令其子曰:"吾欲裸葬,以反吾真。死则为布囊盛尸,入地七尺,既下,从足引脱其囊,以身亲土。"其子遂裸葬。

④ 汤注:颜、荣皆非希身后名,正以自遂其志耳。保千金之躯者,亦终归于尽,则裸葬亦未可非也。或曰:前八句言名不足赖,后四句言身不足惜,渊明解处,正在身名之外也。

葛常之《韵语阳秋》曰:东坡拈出渊明谈理之诗有三:一曰"采菊东篱下,悠然见南山";二曰"啸傲东轩下,聊复得此生";三曰"客养千金躯,临化消其宝",皆以为知道之言。盖摘章绘句,嘲风弄月,虽工何补。若知道者,出语自然超诣,非常人能蹈其轨辙也。

长公曾一仕，壮节忽失时。
杜门不复出，终身与世辞。①
仲理归大泽，高风始在②兹。③
一往便当已，何为复狐疑。
去去当奚道，世俗久相欺。
摆落悠悠谈，请从余所之。④

①李注：张释之子张挚，字长公，官至大夫，免。以不能取容当世，终身不仕。

②焦本云：一作"如"，非。

③何注：后汉杨伦，字仲理，为郡文学掾，志乖于时，遂去职，不复应州郡命。讲授大泽中，弟子至千余人。

④何注：长公、仲理，皆勇退者。公以自决如此。《黄江诗话》曰：此言义不当复出，却不明言所以不出，结语可思。世俗悠悠，非荣则利，岐路之惑，多由此也。

有客常同止，取舍邈异境。
一士常独醉，一夫终年醒。
醒醉还相笑，发言各不领。
规规一何愚，兀傲差若颖。①
寄言酬中客，日没烛当秉。②

①汤注：醒者与世讨分晓，而醉者颓然听之而已。渊明盖沉冥之逃者，故以醒为愚，而以兀傲为颖耳。

② 从汤本。一本"秉"作"炳",焦本云:宋本作"独何炳"。

何焯曰:张晔阳有言:未识人伦,焉知天道。不明大义,则醒者何必愈于醉也。

> 故人赏我趣,挈壶相与至。
> 班荆坐松下,数斟已复醉。
> 父老杂乱言,觞酌失行次。
> 不觉知有我,安知物为贵。
> 悠悠①迷所留,酒中有深味。②

① 汤本云:一作"咄咄"。
② 汤本云:一作"固多味"。李注:张文潜曰:"陶元亮虽嗜酒,家贫不能常饮酒,而况必饮美酒乎? 其所与饮,多田野樵渔之人,班坐林间,所以奉身而悦口腹者略矣。"《石林诗话》曰:"晋人多喜饮酒,有至沉醉者。此未必意真在酒,盖方时艰,人各惧祸,惟托于醉,可以粗远世故耳。"

> 贫居乏人工,灌木荒余宅。①
> 班班有翔鸟,寂寂无行迹。
> 宇宙一何悠,人生少至百。
> 岁月相催逼,②鬓边早已白。
> 若不委穷达,素抱深可惜。

① 李注:灌木,丛木也。
② 焦本云:宋本作"从过"。

少年罕人事，游好在六经。

行行向不惑，淹留遂^①无成。

竟抱固穷^②节，饥寒饱所更。

敝庐交悲风，荒草没前庭。

披褐守长夜，晨鸡不肯鸣。^③

孟公不在兹，终以翳吾情。^④

① 汤本作"自"。

② 各本作"固穷"，汤本、焦本作"穷苦"。

③ 何焯曰：谓不见治平也。陈祚明曰：望鸡鸣是何旨？宁戚所叹漫漫也。

④ 李注：前汉陈遵字孟公，嗜酒，每大饮，宾客满堂。何注：《方言》："翳，荟也。郭璞谓蔽荟也。"

幽兰生前庭，含薰待清风。

清风脱然至，见别萧艾中。

行行失故路，任道或能通。

觉悟当念还，鸟尽废良弓。^①

① 汤注：兰薰非清风不能别，贤者出处之致，亦待知者知耳。渊明在彭泽日，有"怅然慷慨，深愧平生"之语，所谓"失故路"也。惟其任道而不牵于俗，故卒能回车复路云耳。鸟尽弓藏，盖借昔人去国之语，以喻己归田之志。《苕江诗话》曰：非经丧乱，君子之守不见，寓意甚深。觉悟念还，傅亮、谢晦辈不知也。

子云性嗜酒，家贫无由得。

时赖好事人，载醪祛所惑。①
觞来为之尽，是谘无不塞。
有时不肯言，岂不在伐国。
仁者用其心，何尝失显默。②

① 李注：杨雄家贫嗜酒，人希至其门，好事者载酒殽，从游学。

② 何注：《董仲舒传》："鲁君问柳下惠以伐齐，柳下惠曰：伐国不问仁人，此言何为至哉？"汤注：此篇盖托子云以自况，故以柳下惠事终之。《五柳先生传》云："性嗜酒，家贫不能常得，亲旧或置酒招之，造饮辄尽。"何焯曰：有时不肯言者，可得而亲，不可得而杂，所以待王、颜辈也。澍按：载醪不却，聊混迹于子云；伐国不对，实希风于柳下。盖子云《剧秦美新》，正由未识不对伐国之义。必如柳下方为仁者之用心，方为不失显默耳。此先生志节曒然，即寓于和光同尘之内，所以为道合中庸也。

畴昔苦长饥，投耒去学仕。
将养不得节，冻馁固①缠己。
是时向立年，志意多所耻。
遂尽介然分，拂衣②归田里。③
冉冉星气流，亭亭复一纪。④
世路廓悠悠，杨朱⑤所以止。⑥
虽无挥金事，⑦浊酒聊可恃。⑧

① 汤本云：一作"故"。

② 焦本云：一作"终死"，非。宋本作"拂衣"。

③ 顾炎武曰：二句用方望《辞隗嚣书》："虽怀介然之节，欲洁去就之分。"

④ 吴注：《国语》："蓄力一纪。"韦昭曰："一十二年，岁星一周为一纪。"汤注：彭泽之归在义熙元年乙巳，此云"复一纪"，则赋此《饮酒》当是义熙十二三年间。何注：陶公以癸巳为州祭酒，是而立年也。庚子参镇军事，乙巳参建威军，为彭泽令而归，距癸巳年正当一纪。此诗正此时作，旧注非也。前诗"行行向不惑"，亦是谓四十时耳。

⑤ 焦本云：一作"生"，非。

⑥ 李注：《淮南·说林训》："杨子见逵路而哭之，为其可以南、可以北。墨子见练丝而泣之，为其可以黄、可以黑。"

⑦ 李注：《文选》张协《咏二疏》诗云"挥金乐当年"。

⑧ 闻人倓曰：挥金用景阳句，正与饮酒、归田相关。陈祚明以华歆事解之，误。

羲农去我久，举世少复真。

汲汲鲁中叟，①弥缝使其淳。②

凤鸟虽不至，礼乐暂得新。

洙泗辍微响，漂流逮狂秦。

诗书复何罪，一朝成灰尘。

区区诸老翁，为事诚殷勤。③

如何绝世下，六籍无一亲。

终日驰车走，不见所问津。④

若复不快饮，空负头上巾。⑤

但恨多谬误，君当恕醉人。⑥

① 李注：孔子。

② 黄文焕曰："弥缝"二字，道尽孔氏苦心，决裂多端，弥缝费手。

③ 汤注：诸老翁似谓汉初伏生诸人，退之所谓群儒区区修补者，刘歆

《移太常书》亦可见。

④ 汤注："不见所问津"，盖自托于沮、溺，而叹世无孔子徒也。

⑤ 何注：快，称意也。史言先生取头上葛巾漉酒，漉毕，还复著之。

⑥ 李注：东坡曰："'但恐多谬误，君当恕醉人'，此未醉时说也，若已醉，何暇忧误哉？然世人言醉时是醒时语，此最名言。"何注：刘履曰："西山真氏谓渊明之学自经术中来。今观此诗所述，盖亦可见。况能刚制于酒，虽快饮至醉，犹自警饬，而出语有度如此，其贤于人远矣哉。"

　　罗愿曰：魏晋诸人，祖庄生余论，皆言淳漓朴散，繫周、孔礼训使然，孰知鲁叟为此将以淳之耶？渊明之志及此，则其处己审矣。

　　李光地曰：元亮诗有杜、韩不到处，其语气似未说明，义蕴已包涵在内。如《羲农去我久》一首，识见超出寻常。自仲尼没而微言绝，七十子亡而大义乖，老庄之学果兆焚坑之祸，不知诗书所以明民，非愚民也，何罪而至此。汉之伏生，殷勤辛苦，存此六籍，如何至今又不以此为事，终日驰驱于名利之场，不见有问津于此者。下遂接饮酒上说，其接酒说者，彼何等时，元亮尚敢讲学立教自标榜耶？"但恨"二句，又谦谓吾之行事，谬误于诗书礼乐者，曲糵之托，而昏冥之逃，非得已也。谢灵运、鲍明远之徒，稍见才华，无一免者，可以观矣。

　　何焯曰：安溪先生云："退之以陶公未能平其心，盖有托而逃者，且悲公之不遇圣人，无以自乐，而徒曲糵之托，昏冥之逃也。"其论正矣。然谓感激而未能平其心，则自古夷、齐之侣，何独不然？谓其无得于圣人，而以酒自乐，则其视陶公已浅矣。观《饮酒》诗第十六章、第二十章，恐公之希圣不在韩公下也，此与阮籍辈奈何同日而语。其不曰乐圣而曰乐酒，则其寓言固自有由。当晋宋易代之间，士罕完节，况公乃宰辅子孙，无所逃名乎？稍以才华著，便恐不免，况以德名自树乎？隐居放言，而圣人有取焉。惟其时也，观谢灵运亦以元勋之裔，纵其才气，杀身于无名，则公之所处，合于圣人之道，超然尚矣。

沈德潜曰："为事诚殷勤"五字，道尽汉儒训诂。末段忽然接入饮酒，此正是古人神化处。晋人诗旷达者，征引老、庄；繁缛者，征引班、扬。而先生专用《论语》，汉人以下，宋人以前，可推圣门弟子者，先生也。

止　酒

居止次城邑，逍遥自闲止。

坐止高荫下，步止荜门里。

好味止园葵，大欢止稚子。

平生不止酒，止酒情无喜。

暮止不安寝，晨止不能起。

日日欲止之，营卫止不理。

徒知止不乐，未知止利己。

始觉止为善，今朝真止矣。

从此一止去，将止扶桑涘。①

清颜止宿容，②奚止千万祀。③

① 李注：《山海经》云："黑齿之北曰旸谷，有扶木，九日居下枝，一日居上枝，皆戴乌。"郭璞云："扶木，扶桑也。"

② 汤本云：一作"客"。

③ 李注：胡仔曰："'坐止高荫下'四句，余反复味之，然后知渊明之用意，非独止酒，而于此四者皆欲止之。故坐止于树荫之下，则广厦华堂吾何羡焉。步止于荜门之里，则朝市声利吾何趋焉。好味止于噉园葵，则五鼎方丈吾何欲焉。大欢止于戏稚子，则燕歌赵舞吾何乐焉。在彼者难求，而在此者易为也。渊明固穷守道，安于丘园，畴肯以彼易此乎？"何注：渊明此诗正言若此四者，止之久矣。所未止者酒耳。故历叙此四止，而继之以"平生不止酒"之语。胡乃谓渊明用意非独止酒，于此四者皆欲止之。抑何见之晚乎！

述　酒①

重离照南陆，鸣鸟声相闻。

秋草虽未黄，融风久已分。

素砾皛修渚，南岳无余云。②

豫章抗高门，重华固灵坟。

流泪抱中叹，倾耳听司晨。③

神州献嘉粟，西灵④为我驯。⑤

诸梁董师旅，芊⑥胜丧其身。⑦

山阳归下国，成名犹不勤。⑧

卜生善斯牧，安乐不为君⑨。

平王⑩去旧京，峡中纳遗薰。

双陵⑪甫云育，三趾显奇文。⑫

王子爱清吹，日中翔河汾。

朱公练九齿，闲居离世纷。⑬

峨峨西岭⑭内，偃息常所亲。

天容自永固，彭殇非等伦。⑮

① 仪狄造，杜康润色之。汤注：旧注"仪狄造，杜康润色之。"宋本云："此篇与题非本意，诸本如此，误。"黄庭坚曰：《述酒》一篇盖阙，此篇似是读异书所作，其中多不可解。"按晋元熙二年六月，刘裕废恭帝为零陵王，明年以毒酒一甖授张伟使酖帝，伟自饮而卒。继又令兵人逾垣进药，王不肯饮，遂掩杀之。此诗所为作，故以《述酒》名篇也。诗辞尽隐语，故观者弗省，独韩子苍以"山阳下国"一语，疑是义熙后有感而赋。予反覆详考，而后知决为零陵哀诗也。因疏其可晓者，以发此老未白之忠愤。昔苏子读《述史九章》曰："去之五百岁，吾犹见其人也，"岂虚言哉！又曰：仪狄、杜康乃自注，故为疑词耳。

② 汤注：司马氏出重黎之后，此言晋室南渡国虽未末，而势之分崩久矣，至于今则典午之气数遂尽也。"素砾"未详，"修渚"疑指江陵。又补注：晋元帝即位诏曰："遂登坛南岳，受终文祖。"吴师道曰：以离为黎，则是陶公故讹其字以相乱。离，南也，午也。"重离"，典午再造也。止作晋南渡说自通。《书》"我则鸣鸟不闻"，陶正用此。鸟指凤皇，此谓南渡之初，一时诸贤犹盛也。砾，小石。"修渚"，长江，指江左。晶，显也。此承首句"离照"字言。"素砾"显于江渚，其微已甚，至"南岳无余云"，则气数全尽矣。澍按："鸣鸟声相闻"句，盖用《楚辞》"恐鹈鴂之先鸣兮，使夫百草为之不芳。《月令》：仲夏之月鵙始鸣，鸣则众芳皆歇。《易·通卦验》："博劳常以夏至，应阴而鸣。"吴引"鸣鸟不闻"，似非。

③ 汤注：义熙元年，裕以匡复功封豫章郡公。"重华"谓恭帝禅宋也。裕既建国，晋帝以天下让，而犹不免于弑。此所以流泪抱叹，夜耿耿而达曙也。又按义熙十二年丙辰，裕始改封宋公，后以宋公受禅，故诗言其旧封而无所嫌也。吴师道曰：汤注"重华"，谓恭帝禅宋也。愚谓恭帝封零陵王，舜冢在零陵九疑，故云尔。裕实篡弑，陶公岂肯以禅目之。

④ 何校宣和本作"零"。

⑤ 汤注：义熙十四年，巩县人献嘉禾，裕以献帝，帝以归于裕。"西灵"

当作四灵,裕受禅文有"四灵效征"之语。二句言裕假符瑞以奸大位也。

⑥ 各本作"羊"。李注:黄山谷云:"羊胜当是芊胜,芊胜,白公也。"今从之。

⑦ 汤注:沈诸梁,叶公也,杀白公胜。此言裕诛翦宗室之有才望者。"羊"当作"芊",而梁孝王亦有羊胜之事。或故以二事相乱,使人不觉也。黄文焕曰:白公欲篡弑,赖叶公诛之,楚卒以存。今之为叶公者何人乎?

⑧ 汤注:魏降汉献为山阳公,而卒弑之。《谥法》:"不勤成名曰灵。"古之人主不善终者,有灵若厉之号。此正指零陵先废而后弑也。曰"犹不勤",哀怨之词也。黄文焕曰:魏降献帝为山阳公,阅十余年善终,而零陵乃以次年掩弑,裕之视丕倍忍矣。澍按:山阳即谓零陵,山阳已归下国矣,而犹不免于弑。极愤裕之忍也。

⑨ 汤注:魏文侯师事卜子夏,此借之以言魏文帝也。安乐公,刘禅也。丕既篡汉,则安乐不得为君矣。黄文焕曰:此用《庄子》"牧乎君乎"之语,为天子而不自保其身,即求为人牧,亦何可得。自卜此生者,宁以牧为安乐,而不愿为君也。

⑩ 汤注:从韩子苍本,旧作"生"。

⑪ 汤本云:一作"阳"。

⑫ 汤注:裕废帝而迁之秣陵,所谓"去旧京"也。"峡中"未详。"双陵"当是言安、恭二帝陵。"三趾"似谓鼎移于人。四句难尽通。吴注:程元愈曰:"班固《幽通赋》云:'黎淳耀于高辛兮,芊强大于南氾[1]。嬴取威于百仪兮,姜本枝于三趾。'"李善注:"姜,齐姓。趾,礼也。齐伯夷之后,伯夷尝典三礼[2]。"窃意"双陵"即二陵,以姜对嬴,谓齐、秦兴于平王东迁之后,犹知尊王,而东晋竟为裕所灭,不复能为东也。语意隐而愤。

⑬ 汤注:王子晋好吹笙,此托言晋也。"朱公"者,陶也。意古别有朱公修练之事,此特托言陶耳。晋运既去,故陶闲居以避世,明言其志也。

---

[1] 氾,原误作"纪",据《文选》改。
[2] "伯夷"句,乃注者概括李善注,非原文。

"河汾"亦晋地。吴师道曰："日中翔河汾"，日中午也。裕以元熙二年六月废帝，故诗序夏徂秋，亦寓意云。

⑭　汤本云：一作"四顾"。

⑮　汤注："西岭"当指恭帝所藏，帝年三十六而逝。此但言其藏之固，而寿夭置不必论。无可奈何之辞也。夫渊明之归田，本以避易代之事，而未尝正言之，至此则主弑国亡，其痛疾深矣。虽不敢言，而亦不可不言，故若是乎辞之廋也。呜呼，悲夫！吴师道曰：愚尝读《离骚》，见屈子闵宗国之阽危，悲身命之将陨，而其赋《远游》之篇曰："仍羽人于丹丘，留不死之旧乡。""超无为以至清，与泰初而为邻。"乃欲制形炼魄，排空御风，浮游八极，后天而终。原虽死犹不死也。陶公此诗，愤其主弑国亡，而末言游仙修炼之适，且以天容永固，彭殇非伦赞其君，极其尊爱之至，以见乱臣贼子，乍起倏灭，于天地之间者，何足道哉！陶公胸次冲澹和平，而忠愤激烈，时发其间，得无交战之累乎？洪庆善之论屈子有曰："屈原之忧，忧国也；其乐，乐天也。"吾于陶公亦云。

　　李注：黄山谷曰："此篇有其辞而亡其义，似是读异书所作，其中多不可解。"韩子苍曰："余反复之，见'山阳归下国'之句，盖用山阳公事，疑是义熙以后有所感而作也。故有'流泪抱中叹，平王去旧京'之语。今人或谓渊明所题甲子，不必皆义熙后，此亦岂足论渊明哉！惟其高举远蹈，不受世纷，而至于躬耕乞食，其忠义亦足见矣。"赵泉山曰："此晋恭帝元熙二年也。六月十一日，宋王裕迫帝禅位，既而废帝为零陵王。明年九月，潜行弑逆，故靖节诗中引用汉献事。"今推子苍意，考其退休所作诗，类多悼国伤时感讽之语，然不欲显斥，故命篇云《杂诗》，或托以《述酒》、《饮酒》、《拟古》，惟《述酒》间寓以他语，使漫奥不可指摘。今于各篇姑见其一二句警要者，余章自可意逆也。如"豫章抗高门，重华固灵坟"，此岂述酒语耶？

"三季多此事"，"慷慨争此场"，"忽值山河改"，其微旨端有在矣。类之风雅无愧。谥称靖节"道必怀邦"，刘良注："怀邦者，不忘于国。"故无为子曰："诗家视渊明，犹孔门视伯夷也。"

澍按：《述酒》诗自韩子苍、汤东磵发其端，而词意未悉，至以芊胜为梁孝王羊胜之事，以"卜生善斯牧"为魏文侯事卜子夏，皆牵附无义，不如黄文焕注为善。至"平王去旧京"以下，则注家无一得其意者。盖自篇首"重离照南陆"至"重华固灵坟"，此述晋室南渡之后，偏安江左，浸以式微。"素砾晶修渚"，即子美所谓"渚清沙白"，以喻偏安江左，气象萧飒也。至零陵而王气遂尽。"南岳无余云"，谓零陵也。零陵在衡湘间，故以"南岳"为言。篡弑以成，叙述明显。"流泪抱中叹"以下，乃再三反复以痛之。神州嘉粟，西灵我驯，此用《穆天子传》西王母诸国献禾献飨诸事，谓西晋全盛时，五胡未乱，四夷宾服也，今不可见矣。次则芊胜乱楚，而沈诸梁董师复之，谓东晋初有王敦、苏峻之乱，即有陶侃、温峤之功，国犹有人也，今亦不可见矣。又下则山阳禅魏，犹获令终，不事急急剪除，而今亦不可复见焉。至以万乘求为匹夫不得，此牧人所以不愿为君也。"平王去旧京"以下，谓晋自迁江左，而中原没于鲜卑，刘裕平姚泓，修复晋五陵，置守卫，国耻甫雪，而篡弑已成也。薰，獯鬻。《史记·五帝本纪》作荤粥，《周本纪》作薰育。荤、薰、獯并通。郏，盖郏鄏，成王定鼎于郏鄏，今洛阳。郏，郏通也。晋五陵在洛阳，不敢显言五陵，故曰"双陵"。盖亦以崤之二陵乱其辞。其实若除宣、景、文三王不数，则武、惠二帝正双陵耳。"三趾"乃曹魏受禅之祥。左太冲《魏都赋》："莫黑匪乌，三趾而来仪。"注："延康元年，三趾乌见于郡国。"裕受禅时，太史令亦陈符瑞天文数十事也。"王子爱清吹"以下，则以子晋弃位学仙，愿世世勿生天王家之叹也。"朱公练九齿，闲居遗世纷"，乃遭乱世而思退举之心也。"天容自永固"，谓天老容成，与下彭殇为对，言富贵不如长生，即《楚辞》思远游之旨也。

责　子①

白发被两鬓，肌肤不复实。
虽有五男儿，总不好纸笔。
阿舒已二八，②懒惰③故无匹。
阿宣行志学，而不爱文术。
雍、端年十三，不识六与七。
通子垂九④龄，但觅梨与栗。
天运苟如此，且进杯中物。

① 汤注：舒俨、宣俟、雍份、端佚、通佟，凡五人。舒、宣、雍、端、通，皆小名也。或"俟"作"俣"，"佟"作"俗"。
② 汤本云：一作"十六"。
③ 汤本云：一作"放"。
④ 汤本云：一作"六"。

黄山谷曰：观靖节此诗，想见其人慈祥，戏谑可观也。俗人便谓渊明诸子皆不肖，而愁叹见于诗耳。又曰：杜子美诗："陶潜避俗翁，未必能达道。观其著诗篇，颇亦恨枯槁。达生岂是足，默识盖不早。有子贤与愚，何其挂怀抱。"子美困顿于山川，盖为不知者诟病，以为拙于生事，又往往讥宗文、宗武失学，故聊解嘲耳，其诗名《遗兴》可知也。俗人便谓讥渊明，所谓痴人前不得说梦也。

马大年曰：五柳《与子俨等疏》曰："汝等虽不同生"，则知五子非一母。或云以五柳之清高，恐无庶出，但前后嫡母耳。仆以《责子》诗考之，正自不然。雍、端皆年十三，则其庶出可知也。醒轩云：安知雍、端非双生。澍按：颜《诔》"先生居无仆妾"，则醒轩说诚是。

何焯曰：老夫耄矣，子又凡劣，北山愚公竟何人哉？此《责子》所为作也。又曰：人不学，安知忠孝为何事？陶士行后人遂为原伯鲁之子，此公所以俯仰家国，而感叹于天运如此也。又曰：国亡主灭，何暇复恤子孙为门户计，故归之天运也。

张廷玉曰：杜子美《遗兴》诗云："陶潜避俗翁，未必能达道。有子贤与愚，何其挂怀抱。"独山谷云："观渊明此诗，想见其人慈祥戏谑可观也。"余谓渊明襟怀旷达，高出尘壒之表，大抵诸郎皆中人之资，期望甚切，稍不满意，故遂作贬词耳。况雍、端甫十三，通子方九龄，过庭之训尚浅，可遽以不肖断之耶？如世俗所论，则古人必皆作誉儿癖而后可也。

有会而作并序

旧谷既没，新谷未登。颇为老农，而值年灾。日月尚悠，为患未已。登岁之功，既不可希，朝夕所资，烟火裁通。旬日已来，始①念饥乏。岁云夕矣，慨然永怀。今我不述，后生何闻哉！

弱年逢家乏，老至更长饥。

菽麦实所羡，孰敢慕甘肥。

怒如亚九饭，②当暑厌寒衣。

岁月将欲暮，如何辛苦③悲。

常善粥者心，深念④蒙袂非。

嗟来何足吝，徒没空自遗。

斯滥岂攸⑤志，固穷夙所归。⑥

馁也已矣夫，在昔余多师。⑦

① 汤本云：一作"日"。

② 吴注：《诗》："怒如调饥。"《说苑》："子思居卫，三旬九遇食。"澍按：言常饥，亦三旬九饭之亚也。

③ 汤本云：一作"足新"。

④ 从何校宣和本作"念"，各本作"恨"。

⑤ 从何校宣和本作"攸"，各本作"彼"。

⑥ 何焯曰：攸亦所也，变文作对。言蒙袂扬目者诚过，然斯滥可戒，当以固穷为师也。

⑦ 李注：赵泉山曰："此篇述其艰食之惊，尤为酸楚。""老至更长饥"，是终身未尝足食也。

蜡　日①

风雪送余运，无妨时已和。

梅柳夹门植，一条有佳花。②

我唱尔言得，酒中适何多。

未能③明多少，章山有奇歌。

① 李注：蜡，腊祭名。伊耆氏始为蜡。蜡也者，索也，岁十二月合聚万物而索飨之也。

② 汤本云：一作"苞"。

③ 汤本云：一作"知"。

此诗不知所谓，未敢强解。近时吴骞《拜经楼诗话》以为与《述酒》篇同意。"风雪送余运，无妨时已和"，感惜为岁之终，喻典午运已告讫，而宋祚方隆，臣民已多附从，不必更滋妨忌，故曰"无妨"也。"梅柳夹门植"，梅喻君子，柳喻小人。"夹门植"，谓参错朝宁，君子不能厉冰霜之操，小人则但知趋炎附时，望风而靡。"一条有佳花"，有者犹言无有乎尔。"酒中适何多"，裕以毒酒一罂命张伟酖帝，伟自饮之而卒，又令兵进药而害之。言酒中之阴计何多。"我唱尔言得"，谓裕倡其谋，而附奸党者众也。"章山有奇歌"，《山海经》："鲜山又东三十里，曰章山。"《地理志》："章山在江夏竟陵县东北，古文以为内方山。"按竟陵、零陵皆楚地，故假竟陵之山以寓意，犹《述酒》诗之用舜冢事也。渊明为桓公曾孙，昔侃镇荆楚，屡平寇难，勋在社稷。"未能明多少"，谓若曹勿谓阴计之多，以时无英雄耳。使我祖若在，岂遂致神州陆沉乎！"有奇歌"，盖欲效采薇之意也。澍按：吴说迂晦，恐未必然。姑识于此，以俟知者。

94

卷之四　诗五言

拟　古①

① 吴注：刘履曰："凡靖节退休之后，类多悼国伤时托讽之词。然不欲显斥，故以拟古、杂诗名其篇云。"李本有"九首"字。

荣荣窗下兰，密密堂前柳。

初与君别时，不谓行当久。

出门万里客，中道逢嘉友。

未言心先①醉，不在接杯酒。

兰枯柳亦衰，遂令此言负。②

多谢诸少年，相知不忠厚。

意气倾人命，离隔复何有。③

① 一作"相"。

② 焦本云：一作"时没身还朽"，非。

③ 吴注：刘履曰："君谓晋君，靖节见几而作。由建威参军即求为彭泽令，未几赋归。及晋宋易代之后，终身不仕。岂在朝诸亲旧或有讽劝之者，故作此诗以寄意欤？"何注：此诗解者谓兰柳易衰之物而荣茂者，以喻晋室虽弱尚可望其有为，不图一别既久且远，中道迷留，至于今日，枯衰而遂不可为也。诸少年即向之所谓嘉友者，当时相逢，未言心醉，其意气似可以倾人命，今日离隔竟何所成就乎？此靖节为当时无可与同心忧国者发也。而刘履以为易代之后，在朝诸亲旧或有劝其仕者，故作此寄意。岂其然哉！漱按：诗托兰柳起兴，"君"即指兰柳。初别之时，本不谓久，因嘉友留连，致

陶渊明全集

乖始愿,虚弃景物,有负前言。"多谢诸少年",乃兰柳责望之词,言其所谓
嘉友,皆非老成忠厚,徒以意气相倾。迷溺之深,命且不保,何有于离别乎!
直斥之曰"相知不忠厚",其亦可以翻然变计,久出知归矣。诗意似借兰柳
作《北山移文》,以为招隐,欲其谢外诱而坚肥遁也。

> 辞家夙严驾,当往至^①无终。
> 问君今何行,非商复非戎。
> 闻有田子泰,^②节义为士雄。
> 斯人久已死,乡里习其风。
> 生有高世名,既没传无穷。^③
> 不学狂^④驰子,直在百年中。

① 各本作"志",汲古阁本云:一作"至"。今从之。
② 各本作"春",从汤本作"泰"。汤注:田畴字子泰,北平无终人。李
注:董卓迁帝于长安,幽州牧刘虞欲遣使奔问行在,无其人,闻畴奇士,乃署
为从事。畴将行,道路阻绝,遂循间道至长安致命,诏拜骑都尉。畴以天子
蒙尘,不可荷佩荣宠,固辞不受。得报还,虞已为公孙瓒所灭。畴谒虞墓,
哭泣而去。瓒怒曰:"汝何不送章报于我!"畴答云云。瓒壮之。畴得北归,
遂入徐无山中。
③《魏志》:"畴北归,百姓归者五百余家。畴为约束,兴举学校,北边
翕然。"
④ 焦本云:一作"驱",非。

何孟春曰:畴之两不受爵命,^①庶几能始终者。或谓畴誓
言为虞报仇,卒不能践,而为操讨乌桓,节义亦不足称,渊明不
过习闻世俗所尊慕耳。^②春谓晋宋易代之际,士如畴者几人?

96

子春之事,靖节安得不极口赞扬,以讽狂驰辈耶?

黄文焕曰:此诗当属刘裕初废晋帝为零陵王作。当时裕以兵守之,行在消息,未知生死,故元亮寄慨于子春也。

顾炎武曰:《西溪丛话》云:"陶诗'闻有田子春,节义为士雄。'《汉书·燕王刘泽传》云:'高后时,齐人田生游乏资,以书干泽。泽大悦之,用金二百斤为田生寿。田生如长安求事,幸谒者张卿,讽高后立泽为瑯琊王。'"晋灼曰:"田生字子春非也。此诗上文云'辞家凤严驾,当往至无终',下文云'生有高世名,既没传无穷。'其为田畴可知已。若田生游说取金之人,何有高世之名,而为靖节所慕乎?"

①《三国志·田畴传》:"畴后赴曹操辟,讨乌桓,论功封畴,畴不受。"
② 说见吴师道《礼部诗话》。

> 仲春遘时雨,始雷发东隅。
> 众蛰各潜骇,草木[1]从横舒。
> 翩翩新来燕,双双入我庐。
> 先巢故尚在,相将还旧居。
> 自从分别来,门庭日荒芜。
> 我心固匪石,君情定何如。①

① 吴师道曰:此篇托言不背弃之义。

[1] 木,原作"本",误。《陶渊明集》各本皆作"木"。今改正。

迢迢百尺楼，分明望四荒。
暮作归云宅，朝为飞鸟堂。
山河满目中，平原独①茫茫。
古时功名士，慷慨争此场。
一旦百岁后，相与还北邙。
松柏为人伐，高坟互低昂。
颓基无遗主，游魂在何方。
荣华诚足贵，亦复可怜伤。②

① 焦本作"转"。
② 何注：《洛阳志》："北邙山，汉魏晋君臣坟多在此。"

澍按：慷慨而争，同归于尽。后之视今，将亦犹今之视昔耳。哀司马即是哀刘裕。意在言外。当善会之。

东方有一士，①被服常不完。
三旬九遇食，②十年著一冠。
辛勤③无此比，常有好容颜。
我欲观其人，晨去越河关。
青松夹路生，白云宿檐端。
知我故来意，取琴为我弹。
上弦惊《别鹤》，下弦操《孤鸾》。④
愿留就君住，从今至岁寒。⑤

① 汤注：《国语》："东方之士孰愈?"《新序》："东方有士曰爰旌目。"

② 汤注:《说苑》:"子思三旬九食。"

③ 汤注云:一作"苦"。

④ 何注:上弦、下弦,犹言初曲、终曲。《别鹤》、《孤鸾》,并琴曲名。

⑤ 吴注:汪洪度曰:"此与从田子春游意略同,只《别鹤》《孤鸾》,聊寓本怀,乃借古贞妇以喻己志之不移也。"

苍苍谷中树,冬夏常如兹。

年年见霜雪,谁谓不知时。

厌闻世上语,结友到临淄。

稷下多谈士,指彼决吾疑。

装束既有日,已与家人辞。

行行停出门,还坐更自思。

不畏道里长,但畏人我欺。

万一不合意,永为世笑嗤。①

伊怀难具道,为君作此诗。②

① 各本作"之",从焦本作"嗤"。

② 汤注:前四句兴而比,以言吾有定见,而不为谈者所眩。似谓白莲社中人也。

蒋薰曰:稷下之士,乃趋炎热不耐霜雪者也。此诗想为终南、北山一辈人作。

日暮天无云,春风扇微和。

佳人美清夜,达曙①酣且歌。

歌竟长叹息,持此感人多。

皎皎云间月，灼灼叶中华。

岂无一时好，不久当如何。②

① 李注：曙，东方明。

② 何注：刘履曰："此诗殆作于元熙之初乎？'日暮'以比晋祚之垂没。天无云而风微和，以喻恭帝暂遇[1]开明温煦之象。'清夜'则已非旦昼之景，而'达曙'则又知其为乐无几矣。是时宋公肆行弑立，以应'昌明之后，尚有二帝'之谶，恭帝虽得一时南面之乐，不无感叹于怀，譬犹云中之月，不无掩蔽。叶中之花，不久零落，当如何哉！其明年六月，果见废为零陵王，又明年被弑，此靖节预为悯悼之意，不其深哉。"

少时壮且厉，抚剑独行游。

谁言行游近，张掖至幽州。

饥食首阳薇，渴饮易水流。①

不见相知人，惟见②古时丘。

路边两高坟，伯牙与庄周。

此士难再得，吾行欲何求。③

① 李注：荆轲为燕太子丹刺秦王，太子及宾客皆送至易水之上。汤注：首阳易水，亦寓愤世之意。

② 焦本云：一作"纯是"。

③ 汤注：《说苑》："钟子期死，而伯牙绝弦破琴，知世莫可为鼓也。惠子卒，而庄子深瞑不言，见世莫可语也。伯牙之琴，庄子之言，惟钟、惠能听。今有能听之人，而无可听之言，此渊明所以罢远游也。"何注：此晋亡以

---

[1] 遇，原作"过"。刘履《选诗补注》作"遇"，是，今据改。

后愤世之辞。首阳、易水，以寓夷、齐耻食周粟，荆轲为燕报仇之意。

种桑长江边，三年望当采。
枝条始欲茂，忽值山河改。
柯叶自摧折，根株浮沧海。
春蚕既无食，寒衣欲谁待。
本不植高原，今日复何悔。①

①　汤注：业成志树，而时代迁革，不复可骋，然生斯时矣，奚所归悔耶？何注：此诗全用鬼谷先生书意。《逸民传》："鬼谷遗苏秦、张仪书曰：‘二君岂不见河边之树乎？仆御折其枝，风浪荡其根，此木岂与天地有仇怨？所居然也。子见崇岱之松柏乎，上枝干于青云，下枝通于三泉，千秋万岁，不逢斧斤之患，岂与天地有骨肉？所居然也。’"黄文焕曰：刘裕以戊午年十二月弑晋主于东堂，立琅琊王德文，是为恭帝。己未为恭帝元熙元年，庚申二年，而裕逼禅。长江边岂种桑之地？为裕所立，而无以防裕，势终受制。遂坐听改革，无可追悔也。事至于不堪悔，而其痛愈深矣。

杂　诗①

①　李本有"十二首"字。

人生无根蒂，飘如陌上尘。
分散逐风转，此已非常身。
落地为①兄弟，何必骨肉亲。
得欢当作乐，斗酒聚比邻。
盛年不重来，一日难再晨。

及时当勉励，岁月不待人。②

① 焦本云：一作"流落成"，非。

② 何焯曰：金源刘从益《和陶诗》以此篇合"荣华难久居"为一篇，"日月不肯迟"合"我行末云远"为一篇。

白日沦西阿，①素月出东岭。

遥遥万里辉，荡荡空中景。

风来入房户，夜中枕席冷。

气变悟时易，不眠知夕永。

欲言无予和，挥杯劝孤影。②

日月掷人去，有志不获骋。

念此怀悲凄，终晓不能静。③

① 从何校宣和本作"阿"，各本作"河"。

② 何焯曰：安溪先生以为非豪杰之士不能为此言。

③ 何注：此与《述酒》篇"流泪"、"倾耳"同意。何焯曰：安溪先生云："二章悲事业之不就也，五章叹学行之无成也。"

荣华难久居，盛衰不可量。

昔为三春蕖，今作秋莲房。

严霜结野草，枯悴未遽央。①

日月还复周，②我去不再阳。

眷眷往昔时，忆此断人肠。③

① 何注：《庭燎》诗"夜未央"注云："'夜未渠央'，今呼作遽，谓未遽尽也。王融《三妇艳诗》'调弦未遽央'同。"

② 各本作"有环周"，焦本云：宋本作"还复周"。一作"有环周"，非。今从之。

③ 汤注：此篇亦感兴亡之意。

　　　　丈夫志四海，我愿不知老。
　　　　亲戚共一处，子孙还相保。
　　　　觞弦肆朝日，樽中酒不燥。①
　　　　缓带尽欢娱，起晚眠常早。
　　　　孰若当世时，冰炭满怀抱。
　　　　百年归②丘垄，用此空名道。③

① 澍按：燥，干也。与孔文举"樽中酒不空"意同。

② 焦本云：一作"埽"，非。

③ 何注：谢灵运《吊庐陵王》诗"一随往化灭，安用空名扬"意同。何焯曰：世人叹老嗟卑，常自托于志在四海，于是冰炭交战，至死不悟。吾知空名为无益，故不知老之将至，而目前莫非真乐也。

　　　　忆我少壮时，无乐自欣豫。
　　　　猛志逸四海，骞翮思远翥。
　　　　荏苒岁月颓，此心稍已去。
　　　　值欢无复娱，①每每多忧虑。
　　　　气力渐衰损，转觉日不如。②
　　　　壑舟无须臾，引我不得住。
　　　　前涂当几许，未知止泊处。

古人惜寸阴，念此使人惧。③

① 吴注：王棠曰："'无乐自欣豫'，写出少壮胸襟；'值欢无复娱'，写出老人心境。"

② 何注：去声。

③ 汤注：太白诗云："百岁落半涂，前期浩漫漫。中宵不成寐，天明起长叹。"人生学无归宿者，例有此叹，必闻道而后免此，此渊明所以惜寸阴欤。

澍按：如读去声。黄公绍《韵会》："《左传》'不如从长'，陆德明读去声。又东方朔《七谏》：'忽容容其安之兮，超荒忽其焉如。苦众人之难信，愿离情而远举。'注曰：'举去声，如与举叶。'皆读去声之证。"

昔闻长者①言，掩耳每不喜。
奈何五十年，忽已亲此事。
求我盛年欢，②一毫无复意。
去去转欲速，此生岂再值。
倾家持③作乐，竟此岁月驶。
有子不留金，何用身后置。

① 汤本云：一作"老"。

② 李注：男子自二十一至二十九则为盛年。

③ 焦本作"持"，各本作"时"。

日月不肯迟，四时相催迫。

　　　　寒风拂枯条，落叶掩长陌。
　　　　弱质与运颓，玄发早已白。[1]
　　　　素标插人头，前途渐就窄。
　　　　家为逆旅舍，我如当去客。
　　　　去去欲何之，南山有旧宅。

[1] 李注：靖节早年发白。

　　葛常之曰："日月不肯迟"，用字含蓄。老杜《客夜》诗："客
睡何曾著，秋天不肯明。"《泛江》诗："山溪何时断，江平不肯
流。"与此同意。

　　　　代耕本非望，所业在田桑。
　　　　躬亲未曾替，寒馁常糟糠。
　　　　岂期过满腹，但愿[1]饱粳粮。
　　　　御冬足大布，[2]粗絺以应阳。
　　　　正尔不能得，[3]哀哉亦可伤。
　　　　人皆尽获宜，拙生失其方。[4]
　　　　理也可奈何，且[5]为陶一觞。[6]

[1] 汤本云：一作"就"。
[2] 何注：大犹粗也。澍按：《左传》："卫文公大布之衣。"
[3] 已见《赠右军羊长史》注内。
[4] 何焯曰："拙生失其方"，自谓谋道不谋食也。
[5] 焦本云：一作"足"，非。

⑥ 何注：吕东莱曰："'代耕本非望，所业在田桑。'今人立于天地之间，甚可愧怍。彼历叙饥冻之状，仅愿免而不可，乃曰：'人皆尽获宜，拙生失其方'，此意甚平，若进道者。末句'且为陶一觞'，却有一任他底气象，便是欠商量处。此等人质高，胸中见得平旷，故能如此，此地步尽不易到。"澍按：知其无可奈何而安之若命，正见公之不怨不尤学问。吕谓末语欠商量，非也。

<blockquote>
遥遥从羁役，一心处两端。

掩泪泛东逝，顺流追时迁。

日没星与昴，势翳西山巅。

萧条隔天涯，惆怅念常餐。

慷慨思南归，路遐无由缘。

关梁难亏替，①绝音寄斯篇。②
</blockquote>

① 何注：《楚辞》所谓"关梁闭而不通"。
② 黄文焕曰："一心处两端"者，身在役而心在家也。

<blockquote>
闲居执荡志，时驶不可稽。

驱役无停息，轩裳逝东崖。①

沉阴拟薰麝，寒气激我怀。②

岁月有常御，我来淹已弥。

慷慨忆绸缪，此情久已离。

荏苒经十载，暂为人所羁。

庭宇翳余木，倏忽日月亏。
</blockquote>

① 何注：《书》："车服以庸。"车曰轩。服，上衣下裳。
② 焦本云：一作"泛舟拟董司，悲风激我怀。"

我行未云远，回顾惨风凉。
春燕应节起，高飞拂尘梁。
边雁悲无所，代谢归北乡。
离鹍鸣清池，涉暑经秋霜。
愁人难为辞，遥遥春夜长。①

① 澍按："遥遥从羁役"至此三章，皆羁旅行役之感也。

袅袅松标崖，①婉娈柔童子。
年始三五间，乔柯何可倚。②
养色含精气，粲然有心理。③

① 汤本云：一作"雀"。
② 汤本云：一作"柯条何滓滓"，又作"华柯真可寄"。
③ 李抄汤语。汤本以此首别出，编于《归去来辞》之后，云东坡和陶无
此篇。澍按：诸本皆题"杂诗十二首"，并此首其数乃足。今仍从诸本。

咏贫士

万族各有托，孤云独无依。①
暧暧空②中灭，何时见余晖。③
朝霞开宿雾，众鸟相与飞。④

107

迟迟出林翩,未夕复来归。⑤

量力守故辙,岂不寒与饥。

知音苟不存,已矣何所悲。⑥

① 李善注:孤云喻贫士也。

②《文选》作"虚"。

③ 李善注:王逸《楚辞》注曰:"暧暧,昏昧貌。"

④ 李善注:喻众人也。

⑤ 李善注:亦喻贫士。何注:刘履曰:"朝霞开雾,喻朝廷之更新;众鸟群飞,比诸臣之趋附。而迟迟出林,未夕来归,则又自况其审时出处,与众异趣也。"

⑥ 汤注:孤云倦翩,以兴举世皆依乘风云,而己独无攀援飞翻之志,宁忍饥寒以守志节,当世纵无知此意者,亦不足悲也。何焯曰:孤云自比其高洁,下六篇皆言圣贤惟能固穷,所以辉曜千载,迥立于万族之表,不可如世人之但见目前也。

凄厉岁云暮,拥①褐曝前轩。②

南圃无遗秀,枯条盈北园。

倾壶绝余粒,窥灶不见烟。

诗书塞座外,日昃不遑研。③

闲居非陈阨,窃有愠见言。

何以慰吾怀,赖古多此贤。④

① 焦本云:一作"短",非。

②《初学记》作"抱南轩"。

③《初学记》作"日日去不还"。

④ 何注：前《有会而作》云："在昔余多师。"此又云："赖古多此贤。"渊明真所谓善哉其能自宽者也。何焯曰：此患难不失其常也。陈蔡见围，仲尼不疑吾道之非，况止于饥乏，何为不追古人而从之乎？

　　荣叟老带索，欣然方弹琴。
　　原生①纳决履，②清歌畅商③音。
　　重华去我久，贫士世相寻。
　　弊襟④不掩肘，藜羹常乏斟。⑤
　　岂忘袭轻裘，苟得非所钦。
　　赐也徒能辨，乃不见吾心。⑥

① 李注：原宪。
② 汤本、李本作"屦"。
③ 焦本云：宋本商一作"高"，非。
④ 《初学记》作"敛袂"。
⑤ 《初学记》作"乏恒"，非。
⑥ 何注：《庄子》：曾子居卫，捉衿肘见，纳履踵决，曳纵而歌，声满天地。原宪居鲁，子贡曰："先生何病？"曰："仁义之慝，舆马之饰，宪不忍为也。"此诗决履清歌，俱以为原，盖因二人之事偶合用耳。张自烈曰：读"苟得非所钦"，乃知渊明乞食，自非计无复之，与俗人同寥落尔，东坡代哀之，何其浅也。何焯曰：非独远于人情，生不逢尧与舜禅，则宜以荣期、原思自居，求无愧于仲尼而已。如子贡所以告二子者，姑舍是可也。《英江诗话》曰：三代下不为苟得者几人？先生以此自命，真圣人之徒也。

　　安贫守贱者，自古有黔娄。①
　　好爵吾不荣，②厚馈吾不酬。

一旦寿命尽，弊服仍③不周。④
岂不知其极，非道故无忧。
从来将千载，未复见斯俦。
朝与仁义生，夕死复何求。⑤

① 李注：刘向《列女传》云云。

② 焦本、吴本作"萦"。

③ 焦本云：一作"蔽覆乃"，非。

④ 李注：刘向《列女传》：鲁黔娄妻者，鲁黔娄先生之妻也。先生死，曾子哭之，毕，曰："何以为谥?"其妻曰："以康为谥。"曾子曰："先生在时，食不充口，衣不盖形，死则手足不敛，何乐于此而谥为康乎?"其妻曰："先生，君尝欲授之政，以为国相，辞而不受，是有余贵也。君尝赐之粟三十钟，辞而不受，是有余富也。彼先生者，甘天下之淡味，安天下之卑位，不戚戚于贫贱，不忻忻于富贵，求仁得仁，求义得义，谥之曰康，不亦宜乎?"

⑤ 何焯曰：此死生不改其操也，贫贱不以道得者不去，公诚造次颠沛，必于是者矣。

袁安门①积雪，邈然不可干。②
阮公见钱入，即日弃其官。
刍藁有常温，采莒足朝餐。③
岂不实辛苦，所惧非饥寒。④
贫富常交战，道胜无戚⑤颜。⑥
至德冠邦闾，清节映西关。

① 各本作"困"，从何校宣和本作"门"。

② 李注：《汉书》：洛阳大雪丈余，县令出，见袁安门无行迹，谓其已死。

入见安偃卧，问其故。答曰："大雪人乏食，不宜干人。"令贤之，举孝廉。

③ 何焯曰：莒，疑作"稆"。《后汉·献纪》："尚书郎以下自出采稆。"注云："稆音吕，与穭同。"

④ 何焯曰：苟求富乐，则身败名辱，有甚于饥寒者，故不戚戚于贫贱，但恐修名之不立也。

⑤ 焦本云：一作"厚"，非。

⑥ 何注：《韩非子》：子夏曰："吾入见先王之义，出见富贵，二者交战于胸中，故臞。今见先王之义战胜，故肥也。"

仲蔚爱穷居，绕宅生蒿蓬。

翳然绝交游，赋诗颇能工。

举世无知者，止有一刘龚。①

此士胡独然，实由罕所同。

介焉安其业，所乐非穷通。②

人事固以拙，聊得长相从。③

① 李注：张仲蔚善属文，好诗赋，常居穷素，所处蓬蒿没人。闭门养性，时人莫知，惟刘龚知之。

② 汤注：《庄子》："古之得道者，穷亦乐，通亦乐，所乐非穷通也。"

③ 何焯曰：自言事在诗外，有不易其介者，俟后人论其世而知之。

昔在①黄子廉，②弹冠佐名州。

一朝辞吏归，清贫略难俦。

年饥感仁妻，泣涕向我流。

丈夫虽有志，固为儿女忧。

惠孙一晤叹，腆赠竟莫酬。

谁云固穷难,邈哉此前修。③

① 汤本云:一作"有"。

② 汤注:《黄盖传》云:南阳太守黄子廉之后也。王应麟《困学纪闻》:
《风俗通》云:"颍川黄子廉,每饮马辄投钱于水。"黄潜曰:陶靖节诗"昔在黄
子廉,弹冠佐名州。"汤伯纪云:《三国志·黄盖传》注:南阳太守黄子廉之
后。刘潜夫《诗话》亦云:子廉之名仅见《盖传》。案后汉尚书令黄香之孙守
亮,字子廉,为南阳太守。注及诗话举其孙而遗其祖,岂弗深考欤。子廉乃
守亮之字,亦非名也。吴骞曰:黄文献潜《笔记》:汉黄香之孙守亮,字子
廉,为南阳太守云云。未审见于何书。考黄香及子琼、琼孙琬,并著于范
史,而守亮独未见。且后汉人双名绝少,昔人论之详矣。窃疑自唐以后,各
姓谱系多附会杜撰,不可尽信。文献岂亦据其家谱牒而云然耶?

③ 何焯曰:此篇言终不为妻子所累,贬节复出也。

咏二疏①

大象转四时,功成者自去。②
借问衰③周来,几人得其趣?
游目汉廷中,二疏复此举。
高啸返旧居,长揖储君傅。
饯送倾皇朝,华轩盈道路。
离别情所悲,余荣何足顾。
事胜感行人,贤哉岂常誉。
厌厌闾里欢,所营非近务。
促席延故老,挥觞道平素。
问金终寄心,清言晓未悟。

放意乐余年，遑恤身后虑。

谁云其人亡，久而道弥著。④

① 汤注：二疏取其归，三良与主同死，荆卿为主报仇，皆托古以自见云。汉《疏广传》：广字仲翁，为太子太傅，兄子受为太子少傅。在位五岁，广谓受曰："知足不辱，知止不殆。今仕宦至二千石，名立如此，不去惧有后悔。岂如父子相随出关，归老故乡，不亦善乎。"即日上疏乞骸骨，宣帝许之。公卿大夫，故人邑子，设祖道，供帐东都门外，送者车数百两。观者皆曰："贤哉！二大夫。"广归乡里，日具酒食，故旧宾客，与相娱乐。按李本有此序，系大书，题下有"并序"二字。汤本、焦本俱无。毛晋绿君亭本云：疑后人增入，依宋本删。何本改大书为分注，而删题下"并序"二字。今从之。《三良》篇仿此。

② 汤注：蔡泽云："四时之序，成功者去。"

③ 汤本云：一作"商"。

④ 蒋薰曰：或劝广以金遗子孙，广曰："贤而多财，则损其志；愚而多财，则益其过。"诗意盖谓问金终是寄心于金，广以清言晓故老之未悟也。李注：东坡曰："《咏二疏》诗，渊明未尝出，二疏既出而知返，其志一也。或谓既出而返，如从病得愈，其味胜于初不病。此惑者颠倒见耳。"

咏三良①

弹冠乘通津，但惧时我遗。

服勤尽岁月，常恐功愈微。

忠②情谬获露，遂为君所私。

出则陪文舆，入必侍丹帷。

箴规向已从，计议初无亏。

一朝长逝后，愿言同此归。

厚恩固难忘，君③命安可违。

临穴罔惟④疑，投义志攸希。

荆棘笼高坟，黄鸟声正悲。

良人不可赎，泫然沾我衣。

① 三良：子车氏子奄息、仲行、铖虎。穆公没，康公从乱命，以三子为
殉。国人哀之，赋《黄鸟》。

② 汤本云：一作"中"。

③ 汤本云：一作"顾"。

④ 汤本云：一作"迟"。焦本作"迟"。

　　严有翼《艺苑雌黄》曰：秦穆公以三良殉葬，诗人刺之，则
穆公信有罪矣。然臣之事君，犹子之事父也，以陈尊己、魏颗
之事观之，则三良亦不容无讥焉。昔之咏三良者，有王仲宣、
曹子建、陶渊明、柳子厚。或曰"心亦有所施"，或曰"杀身诚独
难"，或曰"君命安可违"，或曰"死没宁分张"，曾无一语辨其非
是者，惟东坡和陶云："杀身固有道，大节要不亏，君为社稷死，
死则同其归。顾命有治乱，臣子得从违。魏颗真孝爱，三良安
足希。"审如是言，则三良不能无罪。澍按：古人咏史，皆是咏怀，
未有泛作史论者。曹子建《咏三良》曰："功名不可为，忠义我所安。"此慨
魏文之凉薄，而欲效秦公子上书，愿葬骊山之足者也。渊明云："厚恩固
难忘，投义志攸希。"此悼张祎之不忍进毒，而自饮先死也。况二疏明进
退之节，荆轲寓报仇之志，皆是咏怀，无关论古，而诸家纷纷，论三良之当
死不当死，去诗意何啻千里。

　　葛立方曰：三良以身殉秦穆之葬，《黄鸟》之诗哀之。序

《诗》者谓国人刺穆公以人从死，则咎在秦穆不在三良矣。王仲宣云："结发事明君，受恩良不訾，临没要之死，焉得不相随。"陶元亮云："厚恩固难忘，君命安可违。"是皆不以三良之死为非也。至李德裕则谓"为社稷死则死之，不可许之死"，欲与梁丘据、安陵君同议，则是罪三良之死非其所矣。然君命之于前，众驱之于后，为三良者虽欲不死，得乎？惟柳子厚云："疾病命固乱，魏氏言有章，从邪陷厥父，吾欲讨彼狂。"使康公能如魏颗不用乱命，则岂至陷父于不义如此哉？东坡和陶亦云："顾命有治乱，臣子得从违，魏颗真孝爱，三良安足希。"似与柳子之论合。然坡公《过秦穆公墓》诗乃云："穆公生不诛孟明，岂有死之日而忍用其良？乃知三子殉公意，亦如齐之二子从田横。"则又言三良之殉非穆公之意也。

黄文焕曰：诗意言从殉者三子忠君之夙怀，非一时勉强就死。不肯说坏康公、穆公，别有深寄。臣子报君，即从殉不为过，其可忘君而贪生事他朝乎？在三良愿殉自当断，在国人惜才自当悲，各不相妨。

咏荆轲

燕丹善养士，志在报强嬴。
招集百夫良，岁暮得荆卿。
君①子死知己，提剑出燕京。
素骥鸣广陌，慷慨送我行。
雄发指危冠，猛气冲长缨。
饮饯易水上，四座列群英。

渐离击悲筑,宋意唱高声。②
萧萧哀风逝,③淡淡寒波生。
商音更流涕,羽奏壮士惊。
心知去不归,且有后世名。
登车何时顾,飞盖入秦庭。
凌厉越万里,逶迤过千城。
图穷事自至,豪主正怔营。
惜哉剑术疏,④奇功遂不成。
其人虽已没,千载有余情。⑤

① 汤本云:一作"之"。

② 汤注:《淮南子》:高渐离、宋意为击筑,而歌于易水之上。何注:《乐书》:筑似筝,十三弦,颈细而曲,以竹鼓之如击琴然。

③ 汤本云:一作"起"。

④ 汤注:鲁勾践闻荆轲之刺秦王曰:"惜哉!其不讲于刺剑之术也。"

⑤ 何注:刘履曰:"此靖节愤宋武弑夺之变,欲为晋求得如荆轲者往报焉,故为是咏,观其首尾句意可见矣。"蒋薰曰:摹写荆卿出燕入秦,悲壮淋漓,乃知浔阳之隐,盖未尝不存子房博浪之志也。

《朱子语类》:渊明诗人皆说平淡,余看他自豪放,但豪放得来不觉耳。其露出本相者,是《咏荆轲》一篇,平淡底人如何说得这样言语出来。

何孟春曰:魏阮瑀有《咏二疏》、《三良》、《荆轲》诗,渊明拟之,厥意固有在矣。

黄文焕曰:《咏二疏》、《三良》、《荆轲》想属一时所作,大约在禅宋后也。知止弃官,本朝犹不肯久恋,况事易代,此渊明之以二疏自比也。祚移君弑,有死而报恩如三良者乎?无人矣。有生而报仇如荆轲者乎?又无人矣。此则以吊古之怀,洒伤今之泪也。

读山海经①

① 何注:《山海经》刘歆校定,载海内外绝域山川人物之异。王充《论衡》、《吴越春秋》皆以为禹治水无远不至,凡所见闻伯益疏而记之,郭璞为注并图赞。李注:按读《山海经》、《穆天子传》,止题《读山海》。

孟夏草木长,绕屋树扶疏。①
众鸟欣有托,吾亦爱吾庐。
既耕亦已种,时还读我书。②
穷巷隔深辙,颇回故人车。③
欢言④酌春酒,摘⑤我园中蔬。
微雨从东来,好风与之俱。
泛览周王传,⑥流观《山海图》。
俯仰终宇宙,不乐复何如。⑦

① 李善注:《上林赋》曰:"垂条扶疏。"汤注:扶疏,本《太玄》。吴师道曰:燕刺王传、刘向封事,皆有此语,在杨雄前。何注:《杨雄传》:"枝条扶疏。"师古曰:"分布也。"又《吕氏春秋》:"树肥无使扶疏。"宋玉《笛赋》:"敷纷茂盛,扶疏四布。"王褒《洞箫赋》:"标敷纷以扶疏。"枚乘《七发》:"根扶疏以分离。"则此语从来久矣。

②《文选》作"且还"。

③ 李善注:《汉书》:"张负随陈平至其家,乃负郭穷巷,以席为门,门外

多长者车辙。"《韩诗外传》:"楚狂接舆妻曰:'门外车辙何其深。'"

④ 各本作"然",《文选》作"言"。

⑤《文选》作"摘"。

⑥ 李注:周《穆天子传》者,太康二年,汲县之民发古冢所获书也。

⑦ 何注:刘履曰:"此诗十三首,皆记二书所载事物之异,而此发端一篇,特以写幽居自得之趣耳。观其'众鸟有托'、'吾爱吾庐'等语,隐然有万物各得其所之妙,则其俯仰宇宙,为乐可知矣。"叶梦得曰:诗本触物寓兴,吟咏情性,但能输写胸中所欲言,无所不佳。而世多役于组织雕缕,故语言虽工,而淡然无味,与人意了不相关。尝观元亮《告子俨等疏》云:"少学琴书,偶爱闲静,开卷有得,便欣然忘食。见树木交荫,时鸟变声,亦复欢然有喜。尝言五六月中,北窗下卧,遇凉风暂至,自谓羲皇上人。"此皆平生真意。及读其诗,所谓"孟夏草木长",至"好风与之俱",直是倾倒所有,借书于手,初不自知为语言文字也。何焯曰:安溪先生云:"公宗尚六经,绝口仙释,而且超然于生死之际,乃为《读山海经》数章,颇言天外事。盖托意寓言,屈原《天问》、《远游》之类也。"

玉台凌霞秀,王母怡①妙颜。

天地共俱生,不知几何年。

灵化无穷已,馆宇非一山。

高酣发新谣,宁效俗中言。②

① 一作"积"。

② 汤注:《山海经》云:"玉山王母所居。"又云:"处昆仑之丘。"郭璞注云:"王母亦自有离宫别馆,不专住一山也。"《穆天子传》:"西王母宴穆王于瑶池之上,王母为天子谣"曰云云。何焯曰:王母自谣耳,岂为周王。亦自道一谭一咏,与世俗了不相关也。

迢递槐江岭，是谓玄圃丘。

西南望昆墟，光气难与俦。

亭亭明玕照，落落清瑶流。①

恨不及周穆，托乘一来游。②

① 何校宣和本作"洺洺清淫流"，吴瞻泰本同。

② 汤注：槐江之山多琅玕，实惟帝之平圃。即玄[1]圃也。南望昆仑，其光熊熊，其气魄魄。爰有滛音遥。流，其清洺洺。《穆天子传》：铭迹于玄圃之上。

何孟春曰：《竹坡诗话》尝载渊明此诗，不知"明玕"、"清瑶"出处，以为竹水雕刻之工。比诸退之所谓红皱黄圆者，良可笑也。

丹木生何许，乃在崒①山阳。

黄花复朱实，食之寿命长。

白玉凝素液，瑾瑜发奇光。

岂伊君子宝，见重我轩皇。②

① 李注：音"密"。

② 一作"黄"。汤注：崒音密。山上多丹木，黄华而赤实，食之不饥。丹水出焉，其中多白玉。是有玉膏，黄帝是食是飨。瑾瑜之玉为良，润泽而有光。君子服之，以御不祥。

[1] 元，当作"玄"，避玄烨讳。今改正。下同。

翩翩三青鸟，毛色奇①可怜。
朝为王母使，暮归三危山。
我欲因此鸟，具向王母言。
在世无所须，②惟酒与长年。③

① 汤本云：一作"甚"。
② 汤本云：一作"愿"。
③ 汤注：三青鸟，主为西王母取食。又曰：三危之山，三青鸟居之。何注：《楚辞》："愿寄言于三鸟兮，去飚疾而不得。"黄文焕曰：因经言三青鸟主为西王母取食，故发此索酒之想。

逍遥芜皋上，杳然望扶木。①
洪柯百万寻，森散覆旸谷。
灵人侍丹池，朝朝为日浴。
神景一登天，何幽不见烛。②

① 澍按：芜当作"无"。《东山经》："无皋之山，东望榑木。"
② 汤注：大荒之中有山，上有扶木，柱三百里。有谷曰旸谷，上有扶木。注云："扶桑在上。"何注：《山海经》："下有旸谷，上有扶木。"即扶桑木。"十日所浴，在黑齿北，居水中，有大木，九日居下枝，一日居上枝。"

粲粲三珠树，寄生赤水阴。
亭亭凌风桂，八干共成林。
灵凤抚云舞，神鸾调玉音。
虽非世上宝，爰得王母心。①

① 汤注：三珠树生赤水上，其树如柏，叶皆为珠。桂林八树在番禺东，八树而成林，言其大也。载民之国，爰有歌舞之鸟。鸾鸟自歌，凤鸟自舞。

> 自古皆有没，何人得灵长？
> 不死复不老，万岁如平常。
> 赤泉给我饮，员丘足我粮。
> 方与三辰游，寿考岂渠央。①

① 李注：《山海经》云："不死民在交胫国东，其人黑色，寿不死。"姚宽曰：赤泉，《山海经》无之，知古文多缺失也。澍按：张华《博物志》："员丘山上有不死树，食之乃寿。有赤泉，饮之不老。"岂《山海经》之逸文与？何孟春曰：东坡云："渊明《读山海经》十三首，其七首皆仙语。"所谓仙语者，其第二首至此首与？

> 夸父诞宏志，乃与日竞走。
> 俱走虞渊下，似若无胜负。
> 神力既殊妙，倾河焉足有。
> 余迹寄邓林，功竟在身后。①

① 汤注："夸父不量力，欲追日景，逮之于禺谷。渴欲得饮，饮于河渭。河渭不足，北饮大泽。未至，道渴而死。弃其杖，化为邓林。"注："夸父者，神人之名也。"其能及日景而倾河渭，岂以走饮哉！何注：禺谷，郭璞注云："禺渊也，今作虞渊。"何焯曰：妙在纵其词以夸之，后人不窥此妙。"余迹"二句，言其为夸也，至死不悟。澍按：此盖笑宋武垂暮举事，急图禅代，而志欲无厌。究其统绪所贻，不过一隅之荫而已。乃反言若正也。

精卫衔微木,将以填沧海。
刑天舞干戚,①猛志固常在。
同物既无虑,化去不②复悔。
徒设③在昔心,良晨讵可待。④

① 元作"形夭无千岁"。
② 汤本云:一作"何"。
③ 汤本云:一作"役"。
④ 汤注:精卫,炎帝之少女,名曰女娃。游于东海,溺而不返。故为精卫,常衔西山之木石,以堙东海。奇肱之国,刑天与帝争神。帝断其首,葬之常羊之山。乃以乳为目,以脐为口,操干戚以舞。

曾纮曰:余尝评陶公诗,语造平淡,而寓意深远,外若枯槁,中实敷腴,真诗人之冠冕也。平生酷爱此作,每以世无善本为恨。因阅《读山海经》诗,其间一篇云:"刑夭无千岁,猛志固常在。"疑上下文义不甚相贯,遂取《山海经》参校,经中有云:"刑天,兽名也,口中好衔干戚而舞。"乃知此句是"刑天舞干戚",故与下句"猛志固长在"意旨相应。五字皆讹,盖字画相近,无足怪者。间以语友人岑穰彦休、晁咏之之道,二公抚掌惊叹,亟取所藏本是正之。因思宋宣献言:"校书如拂几上尘,旋拂旋生。"岂欺我哉!亲友范元义寄示义阳太守所开陶集,想见好古博雅之意,辄书以遗之。宣和六年七月中元,临汉曾纮书。周必大曰:江州《陶靖节集》末载宣和六年,临汉曾纮说以"刑夭无千岁"为"刑天舞干戚",岑穰、晁咏之抚掌称善。然靖节此题十三篇,大概篇指一事,如前篇之所言夸父大概同。此篇恐专说精卫衔木填海,无千岁之寿,而猛志常在,化去不悔。若并指刑天，似不相续。又况末句云"徒设在昔心，良晨讵可待"，何预干戚之舞耶？后见周紫芝《竹坡诗话》，复袭曾纮之意，以为己说，皆误矣。

邢凯《坦斋通编》曰：洪内翰谓靖节诗"形夭无千岁"当作"刑天舞干戚"，字之误也。周益公辨其不然。按段成式《杂俎》：天山有兽名刑天，黄帝时与帝争神，帝断其首，乃以乳为目，脐为口，操干戚而舞不止。则知洪说为是。

《朱子语录》：或问"形夭无千岁"改作"刑天舞干戚"如何？曰：《山海经》分明如此说，惟周丞相不信改本。向芗林家藏邵康节手书为据，以为后人妄改。向家子弟携来求跋，某细看，亦不是康节亲笔。因不欲破其前说，遂还之。①

王应麟《困学纪闻》曰：陶靖节之《读山海经》，犹屈子之赋《远游》也。精卫刑天云云，悲痛之深，可为流涕。

澍按："刑天舞干戚"正误始于曾端伯，洪容斋、朱子、王伯厚皆从其说，独周益公以为不然。近世犹有伸周绌曾者，如何义门、汪洪度皆是。微论原作"刑夭"，字义难通。即依康节书作"形夭"，既云夭矣，何又云"无千岁"，夭与千岁，相去何啻彭殇，恐古人无此属文法也。若谓每篇止咏一事，则钦𬸪[1]、窫窳，固亦对举。若谓刑天争神，不得与精卫同论，未知断章取义，第怜其猛志常在耳。以此说诗，岂非固哉高叟乎？

---

① 何孟春曰：此疑已定于考亭矣。

巨猾肆威暴，钦𬸪违帝旨。

---

[1] 𬸪，原作"𩿧"，今据《山海经》改作"𬸪"。

窦窳[1]强能变,祖江遂独死。

明明上天鉴,为恶不可履。

长枯固已剧,鹪鹋岂足恃。①

① 汤注:钟山神其子曰鼓,是与钦䲹杀祖江于昆仑之阳。帝乃戮之,钦䲹化为大鹗,鼓亦化为鹪鸟,见即其邑大旱。窦窳音轵愈。龙首,居弱水中。注云:本蛇身人面,为贰负臣所杀,复化而成此物。澍按:祖江,今《山海经》作"葆江"。郭璞注:"葆江,或作祖江。"靖节所读之本,当即郭氏之或本也。张平子《思玄赋》:"吊祖江之见刘。"李善注引《山海经》亦作祖江。此篇为宋武弑逆作也。陈祚明曰:不可如何,以笔诛之。今兹不然,以古征之,人事既非,以天临之。

鹃鹅①见城邑,其国有放士。

念彼怀王世,当时数来止。②

青丘有奇鸟,自言独见尔。③

本为迷者生,不以喻君子。④

① 汤本云:当作"鸥鸰"。

② 姚宽曰:怀王世,谓屈原见放之时也。

③ 何校宣和本云:尔,一作"理"。

④ 汤注:柜山有鸟,其状如鸱,其名曰鸰,音朱。见则其县多放士。注:放,逐也。青丘之山有鸟,状如鸠,名曰灌灌,佩之不惑。澍按:诗意盖言屈原被放,由怀王之迷。青丘奇鸟,本为迷者而生。何但见鸥鸰,不见此鸟,遂终迷不悟乎? 寄慨无穷。

———————

[1] 窳,原作"窬",今据《山海经》改作"窳"。

岩岩显朝市,帝者慎用才。

何以废共鲧,重华为之来。

仲父献诚言,姜公乃见猜。①

临没告饥渴,当复何及哉。②

① 汤注:管仲请去三竖事。何注:易"桓"为"姜"者,避长沙公谥之嫌耳。

② 黄文焕曰:《读山海经》结乃旁及论史。"当复何及哉"一语,大声哀号,盖从晋室所由式微之故,寄恨于此,使后人寻绎,知引援故实以慨世,非侈异闻也。澍按:晋自王敦、桓温以至刘裕,共鲧相寻,不闻黜退。魁柄既失,篡弑遂成,此先生所为托言荒渺,姑寄物外之心,而终推本祸原,以致其隐痛也。

挽歌诗①

① 诸本作"拟挽歌辞"。《文选》作"挽歌诗",无"拟"字,今从之。李本有"三首"字。

有生必有死,早终非命促。

昨暮同为人,今旦在①鬼录。

魂气②散何之,枯形寄空木。

娇儿索父啼,良友抚我哭。

得失不复知,是非安能觉。

千秋万岁后,谁知荣与辱。

但恨在世时,饮酒不得足。

在昔无酒饮，今但①湛空觞。
春醪生浮蚁，何时更②能尝。
肴案盈我前，亲朋哭我傍。
欲语口无音，欲视眼无光。
昔在高堂寝，今宿荒草乡。③
一朝出门去，归来良未央。

① 汤本云：一作"旦"。
② 汤本云：一作"复"。
③ 汤本云：一本有"荒草无人眠，极视正茫茫"二句。"极"，又作"直"。

荒草何茫茫，白杨亦萧萧。
严霜九月中，送我出①远郊。
四面无人居，高坟正嶕峣。
马为仰天鸣，风为自萧条。②
幽室一已闭，千年不复朝。
千年不复朝，贤达无奈何。
向来相送人，各自还其家。
亲戚或余悲，他人亦已歌。
死去何所道，托体同山阿。

① 汤本云：一作"来"。

② 绿君亭本云：一作"鸟为动哀鸣，林为结风飚"。

李公焕引祁宽曰：昔人自作祭文挽诗者多矣，或寓意骋辞，成于暇日。宽考次靖节诗文，乃绝笔于祭挽三篇，盖出于属纩之际者，辞情俱达，尤为精丽，其于昼夜之道，了然如此。古之圣贤，唯孔子、曾子能之，见于曳杖之歌，易箦之言。嗟哉！斯人没七百年，未闻有称赞及此者。因表而出之，附于卷末。又引赵泉山曰："严霜九月中，送我出远郊"，与《自祭文》"律中无射"之月相符，知挽辞乃将逝之夕作，是以梁昭明采此辞入《选》，止题曰《陶渊明挽歌》，而编次本集者不悟，乃题云《拟挽歌辞》。曾端伯曰：秦少游将亡，效渊明自作哀挽。王平甫亦云："九月清霜送陶令。"此则挽辞决非拟作，从可知已。又曰：晋桓伊善挽歌，庾晞亦喜为挽歌，每自摇大铃为唱，使左右齐和。袁山松遇出游，则好令左右作挽歌。类皆一时名流达士习尚如此，非如今之人，例以为悼亡之语，而恶言之也。公焕曰：按苏、刘皆不和，岂畏死耶？

王世贞曰：陶徵士自祭预挽，超脱人累，默契禅宗，得蕴空解，证无生忍者，云"但恨在世时，饮酒不得足"，非牵障语，第乘谑去耳。

联　句

鸣雁乘风飞，去去当何极。

念彼穷居士，如何不叹息。<small>渊明</small>

虽欲腾九万，扶摇竟何力。①

远招王子乔，云驾庶可饬。<small>愔之</small>

顾侣正徘徊，离离翔天侧。

霜露岂不切，务从忘爱翼。<small>循之</small>

高柯濯条干，远眺同天色。

思绝庆未看，徒使生迷惑。[2]

① 汤本云：一作"无力"。

② 渊明□□何注：愔之、循之，集内不再见，莫知其姓。考《晋》、《宋》书及《南史》亦无此人。意必《晋书》潜本传所谓其乡亲张野及周旋人羊松龄、裴遵等辈中人也。

归田园居[1]

① 汤注：此江淹拟作，见《文选》。其音节文貌绝似。至"但愿桑麻成，蚕月得纺绩"，则与陶公语判然矣。

种苗在东皋，苗生满阡陌。

虽有荷锄倦，浊酒聊自适。

日暮巾柴车，路暗光已夕。

归人望烟火，稚子候檐隙。

问君亦何为，百年会有役。

但愿桑麻成，蚕月得纺绩。

素心正如此，开径望三益。[1]

① 陈正敏曰：《文选》有江文通《拟古》诗，如《拟休上人怨别》诗曰：

"日暮碧云合,佳人殊未来。"今人遂用为休上人诗故事。又《拟陶徵君田居》诗"种苗在东皋"一首,今此诗亦收在陶集中,皆误也。韩子苍曰:《田园》六首,末篇乃叙行役,与前五首不类。今俗本乃取江淹"种苗在东皋"为末篇,东坡亦因其误和之。陈述古本止有五首,余以为皆非也,当如张相国本题为《杂咏》六首。江淹《杂拟》诗亦颇似之。但"开径望三益",此一句为不类。故人唐子西向余如此说,余亦以为然。淹本无渊明情致,徒效其语耳,乃取《归去来》句以充入之,固应不类也。洪迈曰:《归园田居》末篇,乃江文通《杂体》三十篇之一,明言效陶徵君《田居》。盖陶三章云:"种豆南山下,草盛豆苗稀。晨兴理荒秽,带月荷锄归。"故江云:"虽有荷锄倦,浊酒聊自适。"正拟其意也。今《陶集》误编入,东坡据而和之。又"东方有一士"十六句,后重载于《拟古》九篇中,东坡遂亦两和之。皆随意而成,不复细考耳。何孟春曰:陈善《扪虱新语》云:"东坡和陶诗自谓不甚愧渊明,然坡语微伤巧,不若陶诗体合自然。要知陶渊明诗,观江文通《杂体》诗中拟陶作者,方是逼真。今自诸公观之,亦未见其能逼真也。"澍按:文通此诗载在《文选》,其不当入《陶集》甚明。惟子苍以《田园》六首,末首乃叙行役,不知所指何篇。张相国本今亦未见,识以俟考。

问来使①

尔从山中来,早晚发天目。
我屋南窗下,今生几丛菊。
蔷薇叶已抽,秋兰气当馥。
归去来山中,山中酒应熟。②

① 汤注:此盖晚唐人因太白《感秋》诗而伪为之。
②《容斋随笔》:《问来使》诗,诸本皆不载,惟晁文元家本有之。天目

疑非陶居处,李太白《感秋》云:"陶令归去来,田家酒应熟。"乃用此耳。王摩诘诗:"君从故乡来,应知故乡事。来日绮窗前,寒梅著花未?"杜公《送韦郎》云:"为问南溪竹,抽梢合过墙。"《忆弟》云:"故园花自发,春日鸟还飞。"王介甫云:"道人北山来,问松栽东冈。举手指屋脊,云今如许长。"古今诗人怀想故居,形之篇咏,必以松竹梅菊为比兴,诸子句皆是也。蔡絛《西清诗话》曰:《陶集》屡经诸儒手校,然有《问来使》一篇,世盖未见,独南唐与晁文元家二本有之。李白《寻阳感秋诗》:"陶令归去来,山中酒应熟。"其取诸此云。严羽《沧浪诗话》:此篇体制气象与陶不类,得非太白逸诗,后人漫取入《陶集》耳?郎瑛曰:此篇乃苏子美所作,好事者混入《陶集》中。

四　时

春水满四泽,夏云多奇峰。
秋月扬明晖,冬岭秀孤①松。②

　　① 汤本云:一作"寒"。
　　② 汤注:此顾凯之《神情》诗,《类文》有全篇。然顾诗首尾不类,独此警绝。刘斯立云:当是用此足成全篇,篇中惟此警绝,居然可知。或虽顾作,渊明摘出四句,可谓善择。李注:《许彦周诗话》曰:"此乃顾长康诗,误入《彭泽集》。"

卷之五　赋　辞

感士不遇赋并序

　　昔董仲舒作《士不遇赋》，司马子长又为之。①余尝以三余之日，②讲习之暇，读其文，慨然惆怅。夫履信思顺，生人之善行；抱朴守静，君子之笃素。③自真风告逝，大伪斯兴，闾阎懈廉退之节，市朝驱易进之心。怀正志道之士，或潜玉于当年；洁己清操之人，或没世以徒勤。故夷皓有安归之叹，④三闾发已矣之哀。⑤悲夫！寓形百年，而瞬息已尽；立行之难，而一城莫赏。此古人所以染翰慷慨，屡伸而不能已者也。夫导达意气，其惟文乎？抚卷踌躇，遂感而赋之。

　　咨大块之受气，何斯人之独灵。⑥禀神智以藏照，秉三五而垂名。或击壤以自欢，⑦或大济于苍生。靡潜跃之非分，常傲然以称情。世流浪而遂徂，物群分以相形。密网裁而鱼骇，宏罗制而鸟惊。彼达人之善觉，乃逃禄而归耕。山嶷嶷而怀影，川汪汪而藏声。望轩唐而永叹，甘贫贱以辞荣。淳源汩⑧以长分，美恶作以⑨异途。原百行之攸贵，莫为善之可娱。⑩奉上天之成命，师圣人之遗书。发忠孝于君亲，生信义于乡闾。推诚心而获显，不矫然而祈誉。嗟乎！雷同毁异，物恶其上。妙算者谓迷，直道者云妄。坦至公而无猜，卒蒙耻以受谤。虽怀琼而握兰，徒芳洁而谁亮。哀哉！士之不遇，已不在炎帝帝魁之世。⑪独祗修以自勤，岂三省之

131

或废。庶进德以及时,时既至而不惠。无爱生之晤言,念张季之终蔽。[12]愍冯叟于郎署,赖魏守以纳计。[13]虽仅然于心知,亦苦心而旷岁。审夫市之无虎,眩三夫之献说。[14]悼贾傅之秀朗,纡远辔于促界。[15]悲董相之渊致,屡乘危而幸济。[16]感哲人之无偶,泪淋浪以洒袂。承前王之清诲,曰天道之无亲。澄得一以作鉴,恒辅善而佑仁。夷投老以长饥,回早夭而又贫。伤请车以备椁,悲茹薇而陨身。虽好学与行义,何死生之苦辛。疑报德之若兹,惧斯言之虚陈。何旷世之无才,罕无路之不涩。[17]伊古人之慷慨,病[18]奇名之不立。[19]广结发以从政,[20]不愧赏于万邑。屈雄志于戚竖,[21]竟尺土之莫及。留诚信于身后,动[22]众人之悲泣。[23]商尽规以拯弊,言始顺而患入。[24]奚良辰之易倾,胡害胜其乃急。苍昊遐缅,人事无已,有感有昧,畴测其理。宁固穷以济意,不委曲而累己。既轩冕之非荣,岂缊袍之为耻。诚谬会以取拙,且欣然而归止。拥孤襟以毕岁,谢良价于朝市。

① 何注:董作《士不遇赋》,司马作《悲士不遇赋》,今见《艺文类聚》。而《古文苑》载董赋为备。

② 何注:《魏志》:董遇曰:"读书当用三余,冬者岁之余,夜者日之余,风雨者时之余。"

③ 焦本云:作"素业"。

④ 何注:《史记》:伯夷、叔齐隐于首阳山,作歌曰:"神农虞夏,忽焉没兮,我安适归矣。"《高士传》:四皓逃入蓝田山,歌曰:"唐虞世远,吾将安归?"

⑤ 何注:屈原《离骚》:其乱曰:"已矣哉!国无人莫我知兮,又何怀乎故都。"

⑥ 何注：《庄子》："大块载我以形，劳我以生。"注："大块，自然也。"

⑦ 李注：《韵语阳秋》曰："《艺经》云：壤以木为之，前广后狭，长尺四寸，阔三寸，其形如履。将戏，先侧一壤于地，远三四十步，以手中壤击之，中者为上。盖古戏也。"

⑧ 焦本云：汩一作"恒"。

⑨ 焦本云：一作"纷其"。

⑩ 何注：《后汉书》：东平王苍言为善最乐。

⑪ 何注：张平子《东京赋》："仰不睹炎帝帝魁之美。"注："炎帝，神农名。帝魁，神农后也。并古之君号。"《孝经·钩命诀》："佳已感龙生帝魁。"宋衷《春秋传》："帝魁，黄帝子孙也。"

⑫ 李注：爰盎、张释之。何注：《汉书》："张释之字季，为骑郎十年不得调，中郎将爰盎请徙释之补谒者。释之言便宜事，文帝称善，拜谒者仆射。"

⑬ 何注：汉冯唐为郎中署长，为文帝言，云中守魏尚坐上功，首虏差六级，下吏削爵，罚太重。帝令唐持节赦尚，复为云中守，而拜唐为车骑都尉。

⑭ 何注：《韩非子》："庞共与太子质于邯郸，谓魏王曰：'今一人言市有虎，王信乎？'曰：'不。''二人言，信乎？'曰：'不。''三人言，信乎？'曰：'寡人信之。'共曰：'市无虎，明矣，而三人言成市虎，愿王察之。'"

⑮ 何注：汉贾谊为梁怀王太傅，死时年三十三。刘向称谊通达国体，古之伊、管未能远过。使时见用，功化必盛，为庸臣所害，甚可悼痛。

⑯ 何注：汉董仲舒[1]为江都王相，易王素骄，仲舒以礼谊匡正，王敬重焉。胶西王尤纵恣，仲舒复相胶西王，王善待之。仲舒恐久获罪，病免。凡相两国，辄事骄王，正身以率下，数上疏谏争，教令国中，所居而治。

⑰ 李注：色立切，不滑也。

⑱ 焦本云：一作"痛"。

⑲ 何注：《楚辞》："老冉冉其将至兮，惧修名之不立。"

⑳ 何注：李广。

---

[1] 舒，原误作"书"。

㉑ 何注：谓卫青。

㉒ 一作"协"。

㉓ 何注：汉《李广传》："文帝曰：'惜子不遇时，若当高帝时，万户侯岂足道哉！'武帝时，征匈奴者尽封侯，而广不得爵邑。从大将军卫青击匈奴，失道，青使长史急责广上簿。广曰：'广结发与匈奴大小七十战，今幸从大将军出接单于兵，而大将军徙广部曲行回远，又迷失道，岂非天哉！'遂引刀自刭。百姓闻之，老壮皆为垂泣。赞曰：'彼其中心诚信于士大夫也。'"

㉔ 何注：《王商传》："成帝时，商为左将军。上美壮商之固守，数称其议。后为丞相，甚尊任之。而大将军王凤怨商，使人上书，言商闺门内事。会日食，大中大夫张匡上书罪状商，免相，发病欧血薨。"

张自烈曰："师圣人之遗书，不委曲而累己"，此二语足以津筏吾人。至于"夷投老以长饥，回早夭而又贫"，语气悲咽，每读至此，不觉泫然流涕，文之感人如此。

闲情赋并序①

初张衡作《定情赋》，蔡邕作《静情赋》，检逸辞而宗澹泊，始则荡以思虑，而终归闲正。将以抑流宕之邪心，谅有助于讽谏。缀文之士，奕代继作，并因②触类，广其辞义。③余园闾多暇，复染翰为之，虽文妙不足，庶不谬作者之意乎！

夫何瓌④逸之令姿，独旷世以秀群。表倾城之艳色，期有德于传闻。佩鸣玉以比洁，齐幽兰以争芬。淡柔情于俗内，负雅志于高云。悲晨曦之易夕，感人生之长勤。⑤同一尽于百年，何欢寡而愁殷。褰朱帏而正坐，泛清瑟以自欣。送纤指之余好,攘皓袖之缤纷。瞬美目以流盼,含言笑而不分。⑥曲调将半,景落西轩。悲商叩林,白云依山。仰睇天路,俯促鸣弦。神仪妩媚,举止详妍。激清音以感余,愿接膝以交言。欲自往以结誓,惧冒礼之为諐。⑦待凤鸟以致辞,恐他人之我先。⑧意惶惑而靡宁,魂须臾而九迁。⑨愿在衣而为领,承华首之余芳;悲罗襟之宵离,怨秋夜之未央。愿在裳而为带,束窈窕之纤身;嗟温凉之异气,或脱故而服新。愿在发而为泽,刷玄鬓于颓肩;悲佳人之屡沐,从白水以枯煎。愿在眉而为黛,随瞻视以闲扬;悲脂粉之尚鲜,或取毁于华妆。愿在莞而为席,安弱体于三秋;悲文茵之代御,方经年而见求。愿在丝而为履,附素足以周旋;悲行止之有节,空委弃于床前。愿在昼而为影,常依形而西东;悲高树之多荫,慨有时而不同。愿在夜而为烛,照玉容于两楹;悲扶桑之舒光,奄灭景而藏明。愿在竹而为扇,含凄飚于柔握;悲白露之晨零,顾衿袖以缅邈。愿在木而为桐,作膝上之鸣琴;悲乐极以哀来,终推我而辍音。考所愿而必违,徒契契⑩以苦心。拥劳情而罔诉,步容与于南林。栖木兰之遗露,⑪翳青松之余阴。傥行行之有觌,交欣惧于中襟。⑫竟寂寞而无见,⑬独悁想以空寻。敛轻裾以复路,瞻夕阳而流叹。步徙倚以忘趣,色惨凄而矜颜。叶燮燮以去条,气凄凄而就寒。日负影以偕没,月媚景于云端。鸟凄声以孤归,兽索偶而不还。悼当年之晚暮,⑭恨兹岁之欲殚。⑮思宵梦以从之,神飘飘而不安。若凭舟之失棹,譬缘崖而无攀。于时毕昂盈轩,⑯北风凄凄,恫恫不寐,⑰众念徘徊。起摄带以伺晨,繁霜灿于素阶。鸡敛翅而未鸣,笛流远以清哀。始妙密以闲和,终寥亮而藏摧。意夫人之在兹,托行云以送怀。行云逝而无语,时奄冉而就过。⑱徒勤思以自悲,终阻山而带河。迎清风以祛累,寄弱志于归波。尤《蔓草》之为会,诵《邵南》之余歌。坦万虑以存诚,憩遥情于八遐。

① 何本闲作"閒",非。

② 从张自烈本作"因",各本作"固"。

③ 何注:赋情始楚宋玉、汉司马相如,而平子、伯喈继之为《定》、《静》之辞。而魏则陈琳、阮瑀作《止欲赋》,王粲作《闲邪赋》,应玚作《正情赋》,曹植作《静思赋》,晋张华作《永怀赋》。此靖节所谓奕世继作,并固[1]触类,广其辞义者也。

④ 一作"懷",又作"環",皆非。

⑤ 何注:《楚辞》:"惟天地之无穷,哀人生之长勤。"

⑥ 李注:此章说庄姜容貌之美,所宜亲幸。

⑦ 李注:眚,过失也。《说文》:愆字俗作"僁"。

⑧ 何注:《楚辞》:"凤凰既受诒兮,恐高辛之先我。"

⑨ 何注:《楚辞》:"魂一夕而九逝。"

⑩ 许结切,焦本作"契阔"。

⑪ 何注:《楚辞》:"朝饮木兰之坠露。"

⑫ 一作"憬"。

⑬ 何注:《楚辞》:"野寂寞兮无人。"

⑭ 何注:《楚辞》:"恐美人之迟暮。"

⑮ 何注:《礼记》曰:"岁既殚矣。"注:"殚,尽也。"

⑯ 何注:《淮南子》:"西方其星毕昴。"

---

[1] 固,各本皆作"因",是。

觉今是而昨非。⑪舟遥遥⑫以轻飐,风飘飘而吹衣。问征夫以前路,恨晨光之熹微。⑬乃瞻衡宇,载欣载奔。僮仆欢迎,稚子候门。三径就荒,⑭松菊犹存。携幼入室,有酒盈罇。引壶觞以自酌,眄庭柯以怡颜。⑮倚南窗以寄傲,审容膝之易安。⑯园日涉以成趣,⑰门虽设而常关。策扶老以流憩,⑱时矫首而遐观。云无心以出岫,鸟倦飞而知还。景翳翳以将入,抚孤松而盘桓。⑲归去来兮,请息交以绝游。世与我而相违,⑳复驾言兮焉求。悦亲戚之情话,㉑乐琴书以消忧。农人告余以春及,将有事于西畴。㉒或命巾车,㉓或棹孤舟。既窈窕以寻壑,㉔亦崎岖而经丘。㉕木欣欣以向荣,泉涓涓而始流。㉖善万物之得时,感吾生之行休。已矣乎!寓形宇内复几时,曷不委心任去留?㉗胡为乎遑遑㉘欲何之?富贵非吾愿,帝乡不可期。㉙怀良辰以孤往,或植杖而耘耔。登东皋以舒啸,㉚临清流而赋诗。㉛聊乘化以归尽,㉜乐夫天命复奚疑!

① 李注:东坡曰:"俗传书生入官库,见钱不识。或怪而问之,生曰:'固知其为钱,但怪其不在纸裹中耳。'予偶读渊明《归去来辞》云:'幼稚盈室,缾无储粟。'乃知俗传信而有证。使瓶有储粟,亦甚微矣。此翁平生只于瓶中见粟也耶。"

② 李注:令长也。

③ 李注:衔建威命使都。

④ 澍按:家叔,当即《孟府君传》之叔父太常夔也。详见《谱考异》[1]。

⑤ 李注:当时刺史,得自采辟所部县令而版授之,故云。

⑥ 李注:详序意其艰窭就仕可知。《容斋随笔》:渊明在彭泽,悉令公

————————————
[1]《谱考异》当作《年谱考异》。

田种秫,曰:"吾常得醉于酒足矣。"妻子固请种粳,乃使二顷五十亩种秫,五十亩种粳。其自序云:"公田之利,足以为酒,故便求之。犹望一稔而逝。然仲秋至冬,在官八十余日,即自免去职。"所谓秫粳,盖未尝颗粒到口也,悲夫!

⑦ 李注:任广云:"程氏妹从夫姓也。"

⑧ 李注:韩子苍曰:"传言渊明以郡遣督邮至,即日解印绶去。而渊明自叙,以程氏妹丧,去奔武昌。余观此士既以违己交病,又愧役于口腹,意不欲仕久矣。及因妹丧即去,盖其友爱如此。世人但以不屈于州县吏为高,故以因督邮而去。此士识时委命,其意固有在矣,岂一督邮能为之去就哉?躬耕乞食,且犹不耻,而耻屈于督邮,必不然矣。"何注:《容斋随笔》曰:"《晋书》及《南史·陶潜传》皆云:潜为彭泽令,素简贵,不私事上官。郡遣督邮至,县吏白应束带见之,潜叹曰:'吾不能为五斗米,折腰拳拳事乡里小人。'即日解印绶去,赋《归去来》以遂其志。案《陶集》载此辞自有序云云,观其语意,乃以妹丧而去,不缘督邮。所谓矫厉违己之说,疑必有所属,不欲尽言之耳。辞中正喜还家之乐,略不及武昌,自可见也。"

⑨ 李善注:《淮南子》曰:"是形神俱役者也。"

⑩ 何注:许彦周曰:"此两句是此老悟道处,若人能用此两句,出处有余裕也。"

⑪ 李善注:《楚辞》曰:"回朕车而复路,及迷途之未远。"庄子谓惠子曰:"孔子行年六十而化,始时所是,卒而非之。未知今之所谓是之非五十九非也。"

⑫ 绿君亭本云:一作"摇摇"。

⑬ 熹,史作"希"。李善注:《声类》曰:"熹,亦熙字也。熙,光明也。"

⑭ 李善注:《三辅决录》曰:"蒋诩字元卿,舍中竹下开三径,唯求仲、羊仲从之游,皆挫廉逃名不出。"

⑮ 何注:《朱子语类》:"张以道曰:'眄庭柯眄字读如俛,读作盼者非。'"

⑯ 李善注:《韩诗外传》:"北郭先生妻曰:'今结驷列骑,所安不过容

膝；食方丈于前，所甘不过一肉。"

⑰ 趣、趋同。李善注：《尔雅》曰："堂上谓之行，堂下谓之步，门外谓之趋，中庭谓之走。"郭璞曰："此皆人行、步、趋、走之处，因以名。"趋，避声也。七喻反。

⑱ 何注：扶老，藤也。见《后汉书·蔡顺传》注。又《谈助》云："邛竹可为杖，礌砢不凡，谓之扶老。"

⑲ 何注：《吴正传诗话》曰："《归去来辞》'三径就荒，松菊犹存'下，复云'景翳翳以将入，抚孤松而盘桓'，系松于径荒景翳之下，其意可知矣。又好言孤松，如'冬岭秀孤松'，如'青松在东园，众草没奇姿'，下云'连林人不见，独树众乃奇'，皆以自况也。"

⑳ 《文选》作"遗"。

㉑ 李善注：《说文》曰："话，会合为善言也。"

㉒ 李善注：贾逵《国语》注曰："一井为畴。"

㉓ 李善注：《孔丛子》曰："孔子歌云：'巾车命驾，将适唐都。'"郑玄《周礼》注曰："巾，犹衣也。"

㉔ 孙志祖《文选考异》：寻壑，何云寻，《南史》作"穷"，"穷"字佳。《宋书》同"穷"。李善注：曹摅《赠石荆州》诗曰："窈窕山道深。"

㉕ 《埤苍》曰：崎岖不安之貌。

㉖ 李注：始，音试。

㉗ 李善注：《尸子》："老莱子曰：'人生于天地之间，寄也。'"《琴赋》曰："委性命分任去留。"

㉘ 各本此下有"兮"字，《文选》无。今从之。

㉙ 李善注：《庄子》曰：华封人谓尧曰："乘彼白云，至于帝乡。"

㉚ 李善注：阮籍《奏记》曰："将耕东皋之阳。"

㉛ 王楙曰：《漫录》云："渊明《归去来辞》'临清流而赋诗'，盖用嵇康《琴赋》中语。"仆谓渊明胸次度越一世，其文章率意而成，不应规放前人之语。其意到处，不无与古人暗合，非有意用其语也。若果如《漫录》所言，则"风飘飘而吹衣"，出于曹孟德；"泉涓涓而始流"，出于潘安仁。此类不一，

何独嵇康之语哉！

㉜李善注：《家语》："孔子曰：'化于阴阳，象形而发谓之生。化穷数尽，谓之死。'"

欧阳文忠公曰：晋无文章，惟陶渊明《归去来辞》而已。

李格非曰：《归去来词》沛然如肺腑中流出，殊不见有斧凿痕。

朱子曰：陶渊明有高志远识，不能俯仰时俗，故作《归去来辞》以见志。抑以其自谓晋臣，耻事二姓，自刘裕将移晋祚，遂不复仕，则其意亦不为不悲矣。其词意夷旷萧散，虽托楚声，而无尤怨切蹙之病。

李公焕曰：休斋曰："诗变而为骚，骚变而为辞，皆可歌也。辞则兼诗骚之声，而尤简邃焉者。汉武帝作《秋风辞》，一章三易韵，其节短，其声哀，此辞之权舆乎。陶渊明罢彭泽令，赋《归去来》，而自命曰辞，迨令人歌之，顿挫抑扬，自协声韵，盖其辞高甚，晋宋而下欲追蹑之不能。然《秋风辞》尽蹈袭《楚辞》，未甚敷畅。《归去来》则自出机杼，所谓无首无尾，无始无终，前非歌而后非辞，欲断而复续，将作而遽止，谓洞庭钧天而不澹，谓霓裳羽衣而不绮。此其所以超乎先秦之世，而与之同范也。"

晁以道答李持国书曰：足下爱渊明所赋《归去来辞》，遂同东坡先生和之，仆所未喻也。建中靖国间，东坡和《归去来辞》，初至京师，其门下宾客从而和者数人，皆自谓得意也，陶渊明纷然一日满人目前矣。参寥忽以所和篇示余，率同赋，谢之曰："童子无居位，先生无并行，与吾师共推东坡一人于渊明间可也。"参寥即索其文袖之，出，吴音曰："罪过！吾悔不先与公话。"今辄以厚于参寥者为子言。昔大宋相公谓陶公《归去来》是南北文章之绝唱,五经之鼓吹。近时绘画归去来者,皆大圣变。和其辞者,如即事遣兴小诗,皆不得中正者也。

王若虚曰:东坡酷爱《归去来兮辞》,既次其韵,又衍为长短句,又裂为集字诗,破碎甚矣。陶文信美,亦何必尔,是亦未免近俗也。

张子烈曰:王维《与魏居士书》云:"近有陶潜,不肯屈腰见督邮,解印绶弃官去。后贫,《乞食诗》云'叩门拙言辞',是屡乞而多惭也。当时一见督邮,则安食公田数顷。一惭之不忍,而终身惭乎?此亦人我攻中,不鞭其后之累也。"嗟乎!先生赋《归去来》,古今第一流襟期,王维安肆讥评,何哉?偶尔乞食,情同采薇。若有忍一惭之虑,直是后世宦路上人。展转妻子,狡兔屡营,到底不休,又何以成靖节也!澍按:言为心声,观维此论,所以不耻假郁轮袍进身,而终污禄山之伪命。顾亭林屡致其讥,有以夫!

林云铭曰:陶元亮作令彭泽,不为五斗米折腰,岂未仕之先,曾不知束带谒见之事,直待郡遣督邮,方较论禄之微薄,礼之卑屈耶?盖元亮仕于晋祚将移之时,世道人心,皆不可问,而气节学问无所用之,徒劳何益。五斗折腰之说,有托而逃,犹张翰因秋风而思莼鲈,所谓见几而作,不俟终日也。篇中曰"独悲",曰"自酌",曰"孤往",盖有世人不能少窥万一者。结曰乘化归尽,乐天知命,则素位而行,夭寿不贰矣。此文为《骚》之变体,《骚》哀而曲,此直而和。盖灵均于楚为宗臣,先生于晋为遗老。一为箕、比,一为夷、齐,所处故不同也。

澍按:先生之归,史言不肯折腰督邮,序言因妹丧自免。窃意先生有托而去,初假督邮为名,至属文,又迁其说于妹丧以自晦耳。其实闵晋祚之将终，深知时不可为，思以岩栖谷隐，置身理乱之外，庶得全其后凋之节也。故曰"景翳翳以将入，抚孤松而盘桓"，又曰"帝乡不可期"，一篇之中，三致意焉。特旨远辞文，未易窥测，今为拈出，读者自可以推寻而得之矣。

卷之六 记 传 述 赞

桃花源记并序①

① 李注：《桃源经》曰："桃源山在县南一十里，西北乃沅水曲流，而南有障山，东带钞锣溪，周回三十有二里，所谓桃花源也。"

晋太元中，武陵人捕鱼为业。①缘溪行，忘路之远近，忽逢桃花林。夹岸数百步，中无杂树，芳草②鲜美，落英缤纷。渔人甚异之。复前行，欲穷其林。林尽水源，便得一山。山有小口，仿佛若有光。便舍船从口入，初极狭，才通人。复行数十步，豁然开朗，土地平旷，屋舍俨然，有良田、美池、桑竹之属。阡陌交通，鸡犬相闻。其中往来种作，男女衣着，悉如外人。黄发垂髫，并怡然自乐。见渔人乃大惊，问所从来，具答之。便要还家，设酒杀鸡作食。村中闻有此人，咸来问讯。自云先世避秦时乱，率妻子邑人来此绝境，不复出焉，遂与外人间隔。问今是何世，乃不知有汉，无论魏晋。此人一一为具言所闻，皆叹惋。余人各复延至其家，皆出酒食。停数日，辞去。此中人语云："不足为外人道也。"既出，得其船，便扶③向路，处处志之。及郡下，诣太守说如此。④太守即遣人随其往，寻向所志，遂迷不复得路。南阳刘子骥，高尚士也，⑤闻之，欣然规⑥往，⑦未果，寻病终。后遂无问津者。

① 李注：渔人姓黄，名道真。

② 一作"华"，非。

③ 汤本云：一作"于"。

④ 李注：太守刘歆。澍按：见先生《搜神后记》。

⑤ 何注：刘驎之，字子骥。《晋书》有传。

⑥ 焦本云：一作"亲"，非。

⑦ 汤本云：一本有"游焉"二字。

嬴氏乱天纪，贤者避其世。

黄绮之商山，伊人亦云逝。

往迹浸复湮，来径遂芜废。

相命肆农耕，日入从所憩。

桑竹垂余荫，菽稷随时艺。

春蚕收长①丝，秋熟靡王税。

荒路暖交通，鸡犬互鸣吠。

俎豆犹古法，衣裳无新制。

童孺纵行歌，斑白欢游诣。

草荣识节和，木衰知风厉。

虽无纪历志，四时自成岁。②

怡然有余乐，于何劳智慧。

奇踪隐五百，一朝敞神界。③

淳薄既异源，旋复还幽蔽。

借问游方士，焉测尘嚣外。

愿言蹑轻风，高举寻吾契。

① 汤本云：一作"良"。

② 李注：唐子西曰："唐人有诗云：'山僧不解数甲子，一叶落知天下秋。'及观渊明诗云：'虽无纪历志，四时自成岁。'便觉唐人费力。如《桃源记》言：'尚不知有汉，无论魏晋'，可见造语之简妙。盖晋人工造语，而元亮其尤也。"

③ 李注：《桃花源记》言太元中事，诗云"奇踪隐五百"，韩退之《桃源图》诗又以为六百年。洪庆善曰："自始皇三十三年筑长城，明年燔诗书，又明年坑儒生，三十七年胡亥立，三年而灭于汉。二汉四百二十五年而为魏。魏四十五年而为晋。至孝武宁康三年，通五百八十八年。明年改元太元，至太元十二年，乃及六百年。"赵泉山曰："靖节、退之虽各举其岁盈数，要之六百载为近实。而桃花源事当在孝武帝太元十二年丁亥前数年间。"任安贫《武陵记》直据"奇踪隐五百"之语，辄改为太康中。彼不知靖节所记刘子骥者，正太元时人。

康骈曰：渊明所记桃花源，今鼎州桃花观即是其处。自晋宋来，由此上升者六人，山十里间无杂禽，惟二鸟往来观中，未尝有增损。每有贵客来，鸟辄先鸣庭间，人率以为占。渊明言刘子骥闻之，欲往不果。子骥见《晋书·隐逸传》，即刘驎之，子骥其字也，南阳人，好游山泽，志存遁逸。

赵与时曰：靖节所记桃花源，人谓桃花观即是其处，不知公盖寓言也。

东坡曰：世传桃源事多过其实。考渊明所记，止言先世避秦乱来此，则渔人所见，似是其子孙，非秦人不死者也。又云杀鸡作食，岂有仙而杀者乎？旧说南阳有菊水，水甘而芳，居民三十余家，饮其水皆寿，或至百二三十岁。蜀青城山老人村，有五世孙者，道极险远，生不识盐醯，而溪中多枸杞，根如龙蛇，饮其水故寿。近岁道稍通，渐能致五味，而寿益衰。盖此比也。使武陵太守得至焉，则已化为争夺之场久矣。常意天壤间若此者甚众，不独桃源。

胡仔《苕溪渔隐丛话》曰：东坡此论，盖辨证唐人以桃源为神仙，如王摩诘、刘梦得、韩退之诸《桃源行》是也。惟王介甫《桃源行》，与东坡之论暗合。

洪迈《容斋随笔》曰：渊明作《桃花源记》云云，自是之后，诗人多赋《桃源行》，不过称赞仙家之乐。唯韩公云："神仙有无何渺茫，桃源之说诚荒唐。世俗那知伪与真，至今传者武陵人。"亦不及渊明所以作记之意。按《宋书》本传云："潜自以曾祖晋世宰辅，耻复屈身后代。自宋高祖王业渐隆，不复肯仕，所著文章，皆题其年月。义熙以前，则书晋代年号。自永初以来，唯云甲子而已。"故五臣注《文选》用其说。又继之云："意者耻事二姓，故以异之。"此说虽经前辈所诋，然窃意桃源之事，以避秦为言，至云"无论魏晋"，乃寓意于刘裕，托之秦借以为喻耳。近时胡宏仁仲诗云："靖节先生绝世人，奈何考伪不考真。先生高步窘末代，雅志不肯为秦民。故作斯文写幽意，要似寰海离风尘。"其说得之矣。

吴师道《诗话》曰：愚早岁尝题《桃源图》云：古今所传避秦，如茹芝之老，采药之女，入海之童，往往不少。桃源事未必无，特所记渔父迷不复得路者，有似异境幻界，神仙家之云，此韩公所以有是言。愚观翁慨然叔季，寤寐羲皇，异时所赋，"路若经商山，为我少踌躇。多谢绮与甪，精爽今何如"，其于桃源固所乐闻，故今诗云："黄绮之商山，伊人亦云逝。""愿言蹑轻风，高举寻吾契。"于此可以知其心，而事之有无奚足论哉。颇与前辈之意相发。

晋故征西^①大将军长史孟府君传

君讳嘉，字万年，江夏鄂人也。^②曾祖父宗，以孝行称，仕吴司马。^③祖父揖，元康中为庐陵太守。宗葬武昌新阳县，子孙家焉，遂为县人也。君少失父，奉母二弟居。娶大司马长沙桓公陶侃第十女，闺门孝友，人无能间，乡闾称之。冲默有远量，弱冠，俦类咸敬之。同郡郭逊，以清操知名，时在君右，常叹君温雅平旷，自以为不及。逊从弟立，亦有才志，与君同时齐誉，每推服焉。由是名冠州里，声流京邑。太尉颍川庾亮，以帝舅民望，受分陕之重，^④镇武昌，并领江州，辟君部庐陵从事，下郡还，亮引见，问风俗得失。对曰："嘉不知，还传当问从吏。"亮以麈尾掩口而笑。诸从事既去，唤弟翼语之曰："孟嘉故是盛德人也。"君既辞出外，自除吏名，^⑤便步归家。母在堂，兄弟共相欢乐，怡怡如也。旬有余日，更版为劝学从事。时亮崇修学校，高选儒官，以君望实，故应尚德之举。太傅河南褚裒^[1]，简穆有器识，时为豫章太守，出朝宗亮，正旦大会，州府人士，率多时彦，君在坐次甚远。裒问亮："江州有孟嘉，其人何在？"亮云："在坐，卿但自觅。"裒历观，遂指君谓亮曰："将无是耶？"亮欣然而笑，喜裒之得君，奇君为裒之所得，乃益器焉。举秀才，又为安西将军庾翼府功曹，再为江州别驾、巴丘令、征西大将军谯国桓温参军。君色和而正，温甚重之。九月九日，温游龙山，参佐^⑥毕

---

[1] 裒，原作"褒"，《晋书》作"裒"，是，今据改，下同。

集,四弟二甥咸在坐。时佐吏并着戎服。有风⑦吹君帽堕落,温目左右及宾客勿言,以观其举止。君初不自觉,良久如厕,温命取以还之。廷尉太原孙盛为谘议参军,时在坐,温命纸笔令嘲之。文成示温,温以著坐处。君归,见嘲,笑而请笔作答,了不容思,文辞超卓,四坐叹之。⑧奉使京师,除尚书删定郎,不拜。孝宗穆皇帝闻其名,赐见东堂。君辞以脚疾,不任拜起,诏使人扶入。君尝为刺史谢永别驾,永,会稽人,丧亡,君求赴义,路由永兴。高阳许询有隽才,辞荣不仕,每纵心独往,客居县界,尝乘船近行,适逢君过,叹曰:"都邑美士,吾尽识之,独不识此人。唯闻中州有孟嘉者,将非是乎?然亦何由来此?"使问君之从者。君谓其使曰:"本心相过,今先赴义,寻还就君。"及归,遂止信宿,雅相知得,有若旧交。还至,转从事中郎,俄迁长史。在朝陨然,仗正顺而已。门无杂宾,尝会神情独得,便超然命驾,径之龙山,顾景酣宴,造夕乃归。温从容谓君曰:"人不可无势,我乃能驾御卿。"⑨后以疾终于家,年五十一。始自总发,至于知命,行不苟合,言无夸矜,未尝有喜愠之容。好酣饮,逾多不乱。至于任怀得意,融然远寄,傍若无人。温尝问君:"酒有何好,而卿嗜之?"君笑而答之:"明公但不得酒中趣尔。"又问听妓,丝不如竹,竹不如肉,答曰:"渐近自然。"⑩中散大夫桂阳罗含赋之曰:"孟生善酣,不愆其意。"光禄大夫南阳刘耽,昔与君同在温府,渊明从父太常夔⑪尝问耽:"君若在,当已作公不?"答曰:"此本是三司人。"为时所重如此。渊明先亲,君之第四女也。《凯风》寒泉之思,实钟厥心。谨按采行事，撰为此传。惧或乖谬，有亏大雅君子之德，所以战战兢兢，若履深薄云尔。赞曰：

孔子称"进德修业，以及时也"。君清蹈衡门，则令闻孔昭；振缨公朝，则德音允集。道悠运促，不终远业。惜哉！仁者必寿，岂斯言之谬乎！

① 李、何诸本作"西征"，误。

② 毛晋曰：《晋书》作"鄳"，鄂、鄳皆江夏县名。

③ 毛晋曰：《晋书》作"司空"。

④ 何注：袁焕《与曹植书》："召[1]公与周公，受分陕之任也。"

⑤ 李本、何本脱"名"字，非。

⑥ 何本云：一作"寮伍"。

⑦ 何本云：一本"风"下有"至"字。

⑧ 何注：其文不传，东坡尝为补亡，盛嘲嘉云："征西天府，重九令节。驾言龙山，宴凯群哲。壶歌雅奏，缓带轻袷。胡为中觞，一笑粲发，梗枏竞秀，榆柳独脱。骥骡交弩，驽骞先蹶。楚狂醉乱，陨帽莫觉。戎服囚首，枯顼苗发。惟明将军，度量宏达。容此下士，颠倒冠袜。宰夫扬觯，兕觥举罚。请歌《相鼠》，以侑此爵。"嘉解嘲云："吾闻君子，蹈常履素。晦明风雨，不改其度。平生丘壑，散发箕踞。堕车天全，颠沛何惧。腰适忘带，足适忘屦。不知有我，帽复奚数。流水莫系，浮云暂寓。飘然随风，非去非取。我冠明月，佩服宝璐。不缨而结，不簪而附。歌诗宁释，请歌《相鼠》。罚此陋人，俾出童羖。"二篇辞致，超卓古今。龙山当日之会，若有东坡此文，四坐之英，真可以绝倒矣。

⑨ 何注：东坡曰："晋士多浮虚而无实用，然其间亦有不然者，如孟嘉平生无一事。然桓温谓嘉：'人不可无势，我乃能驾御卿。'温平生轻殷浩，

---

[1] 召，原作"君"，为"召"之形误，今改。

岂妄许人哉？乃知孟嘉若遇，当作谢安。安不遇，不过如孟嘉也。"

⑩《晋书》作"渐近使之然。"东坡曰：渊明，孟嘉外孙，作《嘉传》云："或问听妓，丝不如竹，竹不如肉，何也？"曰："渐近自然。"今《晋书》乃云"渐近使之然"，则是闾里少年鄙语，虽至细事，然足以见许敬宗等为人。

⑪澍按：《魏书·司马氏传》曰："陶夔，寻阳人。德宗复立于江陵，改年义熙，尚书陶夔迎德宗，达于板桥。"又《太平御览》引《俗说》曰："陶夔为王孝伯参军。"当即此陶夔。先生《归去来辞》序家叔以余贫苦，亦疑谓夔也。惟尚书、太常官阶为异。

《容斋随笔》曰：自古奸雄得志，包藏祸心，窥窃神器，其势必嫉士大夫之胜己者，故常持"宁我负人，无人负我"之说。若蔡伯喈之值董卓，孔文举、祢正平、杨德祖之值曹操，嵇叔夜、阮嗣宗之值司马师、昭，温太真之值王处仲，谢安石、孟嘉之值桓[1]温，皆可谓不幸矣。伯喈仅仅脱卓手，终以之陨命。正平转死于黄祖，文举覆宗，德祖被戮，叔夜罹东市之害。嗣宗沉湎佯狂，至为《劝进表》以逃大咎。太真以智挫钱凤而免其危，若蹈虎尾。唯谢公以高名达识，表里至诚，故温敬之重之，不敢萌相窥之意。然尚有为性命忍须臾，及晋祚存亡在此一行之虞。孟嘉为人，夷旷冲默，名冠州里，称盛德人。仕于温府，历征西参军、从事中郎、长史，在朝陨然仗正，必不效郗超辈轻与温合。然自度终不得善其去，故放志酒中，如龙山落帽，岂真不自觉哉？温至云："人不可无势，我乃能驾驭卿。"老贼于是见其肺肝矣。嘉虽得全于酒，幸以考终，然才享年五十一，盖酒为之累也。陶渊明实其外孙，伤其道悠运促，悲夫！

---

[1] 桓，原误作"王"，当作"桓"，今改。

五柳先生传

先生不知何许人也，亦不详其^①姓字。宅边有五柳树，因以为号焉。闲靖少言，不慕荣利。好读书，不求甚解，每有会意，便欣然忘食。性嗜酒，家贫不能常得，亲旧知其如此，或置酒而招之。造饮辄尽，期在必醉。既醉而退，曾不吝情去留。环堵萧然，不蔽风日。短褐穿结，箪瓢屡空，晏如也。常著文章自娱，颇示己志。忘怀得失，以此自终。赞曰：

黔娄有言："不戚戚于贫贱，不汲汲于富贵。"其言兹若人之俦乎？^②酣觞赋诗，以乐其志。无怀氏之民欤，葛天氏之民欤？

① 何本云：一无"其"字。
② 一本作"味其言"，一本作"极其言"。今从李公焕本、毛晋本作"其言"。

《艺苑雌黄》曰：士人言县令事，多用彭泽五柳，虽白乐天六帖亦然。以余考之，陶渊明浔阳柴桑人也，宅边有五柳，因以为号。后为彭泽令，去家百里，则彭泽未尝有五柳也。予初论此，人或不然其说。比观《南部新书》云："《晋书·渊明本传》：潜少怀高尚，博学善属文，尝作《五柳先生传》以自况。先生不知何许人，不详姓字，宅边有五柳树，因以为号焉。则非彭泽令时所栽，人多于县令事使五柳，误也。"岂所谓先得我心之所同然者欤。

胡仔《苕溪渔隐丛话》曰：沈彬诗"陶潜彭泽五株柳，潘岳河阳一县花"，苏子由"指点县城如掌大，门前五柳正摇春"，皆误用也。

读史述九章

余读《史记》，有所感而述之。[①]

① 毛晋云：宋本无此二句。

夷　齐

二子让国，相将海隅。天人革命，绝景[①]穷居。采薇高歌，[②]慨想黄虞。贞风凌俗，爰感懦夫。[③]

① 何注：景、影同。
② 何注：《艺文类聚》作"高歌采薇"。
③ 事见《伯夷列传》。

箕　子

去乡之感，犹有迟迟。矧伊代谢，触物皆非。哀哀箕子，云胡能夷！狡童之歌，凄矣其悲。[①]

① 事见《殷本纪》。

管　鲍

知人未易，相知实难。淡美初交，利乖岁寒。管生称心，鲍叔必安。奇情双亮，令名俱完。①

① 事见《管晏列传》。

程 杵

遗生良难，士为知己。望义如归，允伊二子。程生挥剑，惧兹余耻。令德永闻，百代见纪。①

① 事见《赵世家》。

七十二弟子

恂恂舞雩，莫曰匪贤。俱映日月，共飡至言。恸由才难，感为情牵。回也早夭，赐独长年。

屈 贾

进德修业，将以及时。如彼稷契，孰不愿之。嗟乎二贤，逢世多疑。候詹①写志，感鹏献辞。②

① 何本作"怀沙"，云：一作"候瞻"，非。焦本作"候詹"。澍按：詹，谓太卜郑詹尹也。今从焦作"詹"。
② 事见《屈贾列传》。

韩 非

丰狐隐穴，以文自残。君子失时，白首抱关。巧行居灾，忮①辨[1]召患。哀矣韩生，竟死《说难》。②

[1] 辨：各本作"辩"，是。

① 焦本作"枝"。

② 事见《韩非传》。

鲁二儒

《易》代随时，^①迷变则愚。介介^②若人，特为贞夫。德不百年，污我诗书。逝然不顾，被褐幽居。

① 何注：代，《艺文类聚》作"大"，盖用《易》"随时之义大矣哉"，作"大"为是。

②《艺文类聚》作"芬芬"。

张长公

远哉^①长公，萧然何事？世路多端，^②皆为我异。^③敛辔揭来，独养其志。寝迹穷年，谁知斯意？^④

①《艺文类聚》作"达哉"。

②《艺文类聚》作"皆同"。

③《艺文类聚》作"而我独异"。

④ 事见《张释之传》。

东坡曰：《读史述九章》，《夷齐》、《箕子》盖有感而云，去之五百载，吾犹识其意也。

葛常之《韵语阳秋》曰：渊明《读史九章》，其间皆有深意，其尤章章者，如《夷齐》、《箕子》、《鲁二儒》三篇。《夷齐》云："天人革命，绝景穷居。""贞风凌俗，爰感懦夫。"《箕子》云："去乡之感，犹有迟迟。矧伊代谢，触物皆非。"《鲁二儒》

曰:"《易》代随时,迷变则愚。介介若人,特为贞夫。"由此观之,则渊明委身穷巷,甘黔娄之贫而不自悔者,岂非以耻事二姓而然耶?

王应麟曰:渊明《读史述》、《夷齐》、《箕子》云云,先儒谓食薇饮水之言,衔木填海之喻,至深痛切,读者不之察尔。颜延年诔渊明曰"有晋征士",与《通鉴纲目》所书同一意,《南[1]史》立传非也。

扇上画赞

荷蓧丈人　长沮桀溺　於陵仲子　张长公

丙曼容　郑次都　薛孟尝　周阳珪

三五道邈,①淳风日尽;九流参差,互相推陨。形逐物迁,心无常准,是以达人,有时而隐。四体不勤,五谷不分;超超丈人,日夕在耘。辽辽沮溺,耦耕自欣;入鸟不骇,杂兽斯群。至矣於陵,养气浩然;蔑彼结驷,甘此灌园。②张生一仕,曾以事还;顾我不能,高谢人间。③岩岩丙公,望崖辄归;匪骄匪吝,前路威夷。④郑叟不合,垂钓川湄;交酌林下,清言究微。⑤孟尝游学,天网时疏,眷言哲友,振褐偕徂。⑥英哉周子,称疾闲居;寄心清尚,悠然自娱。⑦翳翳衡门,洋洋泌流;曰琴曰书,顾盼有俦。饮河既足,⑧自外皆休。缅怀千载,托契孤游。⑨

---

[1] 南,原作"而"。王应麟《困学纪闻》(文渊阁《四库全书》本)作"南",今据改。

① 何注：三皇五帝。

② 何注：《高士传》："陈仲子居于於陵，楚王闻其贤，遣使聘之，欲以为相。仲子入告其妻，妻曰：'夫子左琴右书，乐在其中矣。结驷连骑，所甘不过一肉，而怀楚国之忧，可乎？'于是谢使者，遂相与逃而为人灌园。"

③ 何注：《汉书》张释之子挚，字长公，官至大夫免，以不能取容当世，终身不仕。

④ 何注：汉邴汉兄子曼容，养志自修，为官不肯过六百石，辄自免去。其名过出于汉。

⑤ 何注：后汉郑敬，字次都。都尉逼为功曹，辞病去，隐处精学。同郡邓敬为督邮，过存敬。敬方钓鱼于大泽，因折芰为坐，以荷荐肉，瓠瓢盈酒，言谈弥日。

⑥ 何注：后汉汝南薛包，字孟尝。建光中，公车特征，至拜侍中。包称疾不起，以死自乞。有诏赐告归，加礼如毛义。

⑦ 周阳珪事未详。何注：欲以周颙当之，恐非。

⑧ 何注：《庄子》："偃鼠饮河，不过满腹。"

⑨ 何注：《艺文类聚·隐逸部》赞类载"美哉周子"至末，以为周阳珪赞。而"清尚"作"清商"，"悠然"作"恬然"。"曰琴曰书，顾盼有俦"，作"日玩琴书，顾盼寡俦"，数字不同。

尚长禽庆赞①

尚子昔薄宦，妻孥共早晚。贫贱与富贵，读《易》悟《益》《损》。禽生善周游，周游日已远。去矣寻名山，上山岂知反？②

① 各本无此篇。何孟春据《艺文类聚》采附《扇上画赞》注中。今特补载卷后。何曰：此赞今本无之，岂唐初欧阳询所见本，至宋或有缺

脱耶？

　　② 何注：尚长见《高士传》，《后汉书》作"向长"，字子平，河内朝歌人，隐居不仕。性尚中和，读《易》至《损》、《益》卦，叹曰："吾已知富不如贫，贵不如贱，但未知死何如生耳。"男女嫁娶既毕，敕断家事勿相关，遂肆意与同好北海禽庆，俱游五岳名山，不知所终。

卷之七　疏　祭文

与子俨等疏

　　告俨、俟、份、佚、佟：天地赋命，生必有死。①自古圣贤，谁能独免。子夏有言：“死生有命，富贵在天。”四友之人，亲受音旨。②发斯谈者，将非穷达不可外求，寿夭永无外请故耶！吾年过五十，少而穷苦，每以家弊，东西游走。③性刚才拙，与物多忤，自量为己，必贻俗患。僶俛辞世，使汝等幼而饥寒。余尝感孺仲贤妻之言，败絮自拥，何惭儿子。此既一事矣。④但恨邻靡二仲，室无莱妇，⑤抱兹苦心，良独内愧。⑥少学琴书，偶爱闲静，开卷有得，便欣然忘食。见树木交荫，时鸟变声，亦复欢然有喜。常言五六月中，北窗下卧，遇凉风暂至，自谓是羲皇上人。意浅识罕，谓斯言可保。日月遂往，机巧好疏，缅求在昔，眇然如何？病患以来，渐就衰损，亲旧不遗，每以药石见救，自恐大分将有限也。汝辈稚小家贫，每役⑦柴水之劳，何时可免？念之在心，若何可言。然汝等虽不⑧同生，当思四海皆兄弟之义。鲍叔、管仲，分财无猜；归生、伍举，班荆道旧。遂能以败为成，因丧立功。他人尚尔，况同父之人哉。⑨颍川韩元长，⑩汉末名士，身处卿佐，八十而终，⑪兄弟同居，至于没齿。济北氾稚春，⑫晋时操行⑬人也，七世同财，家人无怨色。⑭《诗》曰：“高山仰止，景行行止。”虽不能尔，至心尚之。汝其慎哉！吾复何言。

① 梁元帝《金楼子》作"有生必终"。

② 何注：《孔丛子》："孔子四友，回、赐、师、由。"非子夏。而此云然者，特谓其同列耳。

③ 沈约《宋书》作"吾年过五十，而穷苦荼毒，家贫弊，东西游走"。无"少"字及"每以"二字。李注：赵泉山曰："五十当作'三十'。靖节从乙未十一年间自浔阳至建业，再返；又至江陵，再返。故云东西游走。及四十一岁，序其倦游，于《归去来》云：'心惮远役。'四十八岁，《答庞参军诗》云：'我实幽居士，无复东西缘。'若年过五十，时投闲十年矣，尚何游宦之有？"澍按：序云"少而穷苦"，乃追述之辞，岂谓东西游走在五十后哉？即依《宋书》无"少"字，非追述游走不定解作游宦，先生虽赋归，而与王抚军、殷晋安往来酬答，亦无妨以东西游走为言也。赵说似滞。五十不必改三十。

④ 李注：《东塾燕谈》曰：孺仲当作"儒仲"。《后汉书·王霸传》：霸字儒仲。又《列女传》："霸少立高节，光武时连征不仕。霸与同郡令狐子伯为友，后子伯为楚相，而其子为郡功曹，子伯遣子奉书于霸。客去，为久卧不起，妻怪问其故，曰：'向见令狐子容服甚光，举措有适，而我儿蓬发历齿，未知礼则。见客而有惭色，父子恩深，不觉自失耳。'妻曰：'君少修清节，不顾荣禄，今子伯之贵，孰与君之高？君躬勤苦，子安得不耕以养？既耕，安得不黄头历齿？奈何忘宿志而惭儿女子乎！'霸屈起而笑曰：'有是哉！'遂共终身隐遁。"

⑤ 李注：《东塾燕谈》曰：嵇康《高士传》："求仲羊仲，皆治车为业，挫廉逃名。蒋元卿之去兖州，还杜陵，荆棘塞门，舍中有三径不出，惟二人从之游，时人谓之二仲。"亦载《三辅决录》。又刘向《列女传》："楚老莱子逃世，耕于蒙山之阳。楚王欲使守楚国之政，妻曰：'妾闻之，可食以酒肉者，可随以鞭捶。可授以官禄者，可随以铁钺。今先生食人之酒肉，受人之官禄，此皆人之所制也。居乱世而为人所制，能免于患乎？'老莱子遂随其妻至于江南而止。"

⑥ 《金楼子》作"惘惘"。

⑦ 《宋书》作"无役"。

⑧ 从《宋书》作"不"。焦本同诸本作"曰",非。

⑨ 何注:靖节曰"同父之人",然则犹有庶子也。《责子》诗云"雍端年十三",此两人或异母尔。

⑩ 《金楼子》作"陈元长"。王应麟曰:谓韩融,韶子。见《后汉·韩韶传》。

⑪ 何注:"八"当作"七"。澍按:何盖据《后汉书·韩韶传》也。惠氏栋《后汉书补注》谓彼处"七"当作"八"。

⑫ 王应麟曰:谓氾毓,《晋书》有传。集作范误。《南史》氾幼春,盖避唐讳治字之嫌。

⑬ 《金楼子》作"积行"。

⑭ 何注:《晋书》:氾毓奕世儒素,敦睦九族,客居青州。逮毓七世,时人号其家,儿无常父,衣无常主。

李公焕曰:赵泉山言:"或疑此疏规规遗训,似过为身后虑者。是大不然。且父子之道天性也,何可废乎? 靖节当易箦之际,犹不忘诏其子以人伦大义,欲表正风化,与夫索隐行怪,徒洁身而乱大伦者异矣。

张自烈曰:与子一疏,乃陶公毕生实录,全副学问也。穷达寿夭,既一眼觑破,则触处任真,无非天机流行。末以善处兄弟劝勉,亦其至情,不容已处,读之惟觉真气盎然。

祭程氏妹文

维晋义熙三年,五月甲辰,程氏妹服制再周。渊明以少牢之奠,俛而酹之。呜呼哀哉! 寒往暑来,日月寝疏。梁尘委积,庭草荒芜。寥寥空室,哀哀遗孤。肴觞虚奠,人逝焉如？谁无兄弟，人亦同生；嗟我与尔，特百常情。①慈妣②早世，时尚孺婴，我年二六，尔才九龄。爰从靡识，抚髫相成。咨尔令妹，有德有操。靖恭鲜言，闻善则乐。能正能和，惟友惟孝。行止中闺，可象可效。我闻为善，庆自己蹈。彼苍何偏，而不斯报。昔在江陵，重罹天罚。③兄弟索居，乖隔楚越。伊我与尔，百哀是切。黯黯高云，萧萧冬月，白云掩晨，长风悲节。感惟崩号，兴言泣血。寻念平昔，触④事未远，书疏犹存，遗孤满眼。如何一往，终天不返。寂寂高堂，何时复践？藐藐孤女，曷依曷恃？茕茕游魂，谁主谁祀？奈何程妹，于此永已。死如有知，相见蒿里。⑤呜呼哀哉！

① 百一作“迫”。李注：《谢玄传》：“痛百常情。”作“迫”，非。

② 李注：庶母。

③ 李注：晋安帝隆安五年秋七月赴假[1]还江陵，是冬母孟氏卒。

④ 何校宣和本作“觞”，非。

⑤ 何注：墓地。

祭从弟敬远文

岁在辛亥，月惟仲秋，旬有九日，从弟敬远，卜辰云窆，永宁后土。①感平生之游处，悲一往之不返。情恻恻以摧心，泪愍愍而盈眼。乃以园果时醪，祖其将行。呜呼哀哉！於铄吾弟，有操有概。孝发幼龄，友自天爱，少思寡欲，靡执靡

[1] 假，李注原误作“驾”，据陶集各本改。

介。后己先人，临财思惠。心遗得失，情不依世。其色能温，其言则厉。乐胜朋高，好是文艺。遥遥帝乡，爰感奇心，绝粒委务，考槃山阴。淙淙^②悬溜，暧暧荒林，晨采上药，夕闲素琴。曰仁者寿，窃独信之；如何斯言，徒能见欺。年甫过立，奄与世辞。长归蒿里，邈无还期。惟我与尔，匪但亲友，父则同生，母则从母。^③相及龆龀，^④并罹偏咎，^⑤斯情实深，斯爱实厚。念彼昔日，同房之欢。冬无缊葛，夏渴瓢箪。相将以道，相开以颜。岂不多乏，忽忘饥寒。余尝学仕，缠绵人事，流浪无成，惧负素志。敛策归来，尔知我意，常愿携手，寘彼众议。^⑥每忆有秋，我将其刈。与汝偕行，舫舟同济。三宿水滨，乐饮川界。静月澄高，温风始逝。抚杯而言，物久人脆。奈何吾弟，先我离世。事不可寻，思亦何极。日徂月流，寒暑代息。死生异方，存亡有域。候晨永归，指涂载陟。呱呱遗稚，未能正言。哀哀嫠人，^⑦礼仪孔闲。庭树如故，斋宇廓然。孰云敬远，何时复还。余惟人斯，昧兹近情，著龟有吉，制我祖行。望旐翩翩，执笔涕盈。神其有知，昭余中诚。呜呼哀哉！

① 李本、何本作"右土"，何云："右"疑当作"吉"。焦本、毛本作"后土"。

② 李注：水声。

③ 李注：从音"纵"。《尔雅》曰："母之姊妹为从母。"澍按：《豫章书》曰："孟嘉以二女妻陶侃子茂之二子，一生渊明，一生敬远。"是敬远之母为先生从母也。

④ 李注：龆与龀义同，毁齿也。《家语》曰："男子八岁而龀。"龆音条，龀音槎。澍按：龆，髫之俗字。《玉篇》："髫，小儿发。龀，毁齿也。"李注以

䶍与龀义同。误。

⑤ 李注：靖节年三十七，母孟氏卒。是偏咎为失怙也。

⑥ 从焦本作"议"，诸本作"意"，非。

⑦ 李注：寡妇也。

自祭文①

① 李注：此文乃靖节之绝笔也。

岁惟丁卯，律中无射。①天寒夜长，风气②萧索。③鸿雁于征，草木黄落。④陶子将辞逆旅之馆，永归于本宅。故人凄其相悲，同祖行于今夕。羞以嘉蔬，荐以清酌。候颜已冥，聆音愈漠。呜呼哀哉！茫茫大块，悠悠高旻，是生万物，余得为人。自余为人，逢运之贫，箪瓢屡罄，绤绤冬陈。含欢谷汲，⑤行歌负薪，⑥翳翳柴门，事我宵晨。春秋代谢，有务中园，载耘载籽，乃育乃繁。欣以素牍，和以七弦。冬曝其日，夏濯其泉。勤靡余劳，心有常闲。⑦乐天委分，以至百年。惟此百年，夫人爱之。惧彼无成，愒日惜时。存为世珍，没亦见思。嗟我独迈，曾是异兹。宠非己荣，涅岂吾缁？捽兀穷庐，酣饮赋诗。识运知命，畴能罔眷？余今斯化，可以无恨。寿涉百龄，身慕肥遁，从老得终，奚所复恋。寒暑逾迈，亡既异存。外姻晨来，良友宵奔。葬之中野，以安其魂。窅窅⑧我行，萧萧墓门，奢耻宋臣，⑨俭笑王孙。⑩廓兮已灭，慨焉已遐，不封不树，日月遂过。匪贵前誉，孰重后歌。人生实难，死如之何。呜呼哀哉！

① 何注：九月。

② 一作"凉风"。

③ 李注：音瑟。

④ 李本、何本俱无此二句。

⑤ 何注：《汉书·地理志》："土狭而险，山居谷汲。"

⑥ 何注：《汉书》："朱买臣独行，歌道中，负薪墓间。"

⑦ 何注：《朱子语录》："晋宋间诗多闲澹，杜工部等常忙了。"陶云"身有余劳，心有常闲"，乃《礼记》身劳而心闲则为之也。

⑧ 李注：深目也。

⑨ 何注：《家语》："孔子在宋，见桓魋自为石椁，三年而不成，愀然曰：'若是其靡也。'"

⑩ 何注：《汉书》："杨王孙病且终，令其子曰：'吾欲赢葬，以反吾真，为布囊盛尸，入地七尺。既下，从足引脱其囊，以身亲土。'"后汉张奂《遗命》："奢非晋文，俭非王孙。推情从意，庶无咎吝。"

东坡曰：渊明《自祭文》，出语妙于旷息之余，岂涉死生之流哉！

张自烈曰：今人畏死恋生，一临患难，虽义当捐躯，必希苟免。且有旷息将绝，眷眷妻孥田舍，若弗能割者。嗟乎，何其愚哉！渊明非止脱去世情，真能认取故我，如"奚所复恋"，"可以无恨"，此语非渊明不能道。

五孝传

天子孝传赞

虞舜　夏禹　殷高宗　周文王

虞舜父顽母嚚，事之于畎亩之间，以孝烝烝，是以尧闻而授之。富有天下，贵为天子。以为不顺于父母，若穷而无归，惟顺亲可以得意。苟违朝夕，若婴儿之思恋，故称舜五十而慕。《书》曰："戛击鸣球，搏拊琴瑟以咏，祖考来格。"言思其来而训之。①爱敬尽于事亲，是以德教加于百姓，刑于四海。

夏禹有天下，以奉宗庙，然躬自菲薄，以厚其孝。孔子曰："禹，吾无间然矣。菲饮食而致孝乎鬼神，恶衣服而致美乎黻冕。"禹之德于是称闻。圣人之德，无以加于孝敬。孝敬之道，美莫大焉。

殷高宗谅阴，三年不言，百官总己而听于冢宰。三年而后言，天下咸欢，德教大行，殷道以兴。《诗》曰："一人有庆，兆民赖之。"其此之谓乎？

周文王之为世子也，朝于王季日三。鸡鸣至于寝门，问于内竖。内竖曰安，文王乃喜；不安，则色忧，行不能正履。日中、暮亦如之。食上，必视寒温之节；食下，必问所膳而后退。文王孝道光大，其化自近至远，刑于寡妻，以御于家邦。

故得万国之欢心，以事其先王矣。赞曰：

至哉后德，圣敬自天。陶渔致养，菲薄享先。亲瘠色忧，谅阴寝言。一人有庆，千载赖旆。

① 训，一作"谓"。

诸侯孝传赞

周公旦　鲁孝公　河间惠王

周公旦，武王之弟。成王幼少，周公摄政。制礼作乐，郊祀后稷以配天，宗祀文王于明堂，以配上帝。是以四海之内，各以其职来祭。《诗》曰："于穆清庙，肃雍显相。"言诸侯乐其位而敬其事也。仲尼曰："孝莫大于严父，严父莫大于配天。"则周公其人也。贵而不骄，位高弥谦，自承文武之休烈，孝道通于神明，光被四海。武王封之于鲁，备其礼乐，以奉宗庙焉。

鲁孝公之为公子，周宣王问公子能道训诸侯者立之。樊穆仲称其孝曰："肃恭明神，而敬事耆老，赋事行刑，必问于遗训，咨于故实。不干所问，不犯所咨。"王曰："然则能训理其民矣。"乃命之于夷宫，是为孝公。夫宗庙致敬，不忘亲也，有国不亦宜乎！

汉河间惠王，献王之曾孙也。西京藩臣多骄放之失，其名德者唯献王，而惠王继之，《汉书》称其能修献王之行。母薨，服丧尽礼。哀帝下诏书褒扬，以为宗室仪表，增封万户。礼，古之人皆然，至于末俗衰薄，固已贤矣，贵而率礼又难，其见褒赏,不亦宜乎。

赞曰:

贵骄殊途,不期而会。周公劳谦,乃成光大。二侯承鲁,遵俭去泰。河间率礼,汉宗是赖。

卿大夫孝传赞

孔子　孟庄子　颍考叔

孔子,鲁人也。入则事父兄,出则事公卿,丧事不敢不勉,故称曰:"孝乎惟孝,友于兄弟,是亦为政也。"君赐腥,必熟而荐之,虽蔬食而齐,祭如在。乡人傩,朝服立于阼阶,孝之至也。至德要道,莫大于孝,是以曾参受而书之,游、夏之徒,常咨禀焉。许止不尝药,书以杀父。宰我昼言减丧,责以不仁。言合训典,行合世范,德义可尊,作事可法,遗文不朽,扬名千载。

孟庄子,鲁人也。孔子称其孝。其他可能也,其不改父之政与父之臣,是难能也。夫孝子之事亲也,事亡如事存,故当不义则争之,存所不争,则亡亦不敢改。三年无改①父之道,犹谓之孝,况终身乎。

颍考叔,郑人也。庄公以叔段之故,与母誓曰:"不及黄泉,无相见也。"既而悔之。考叔为封人,闻之,有献于公。公赐之食,而舍肉。公问之,对曰:"小人有母,未尝君之羹,请以遗之。"公曰:"汝有母遗,繄我独无。"考叔曰:"何谓也?"公语之故,且告之悔。考叔曰:"若掘地及泉,隧而相见,其谁曰不然?"公从之,遂为母子如初。君子曰:"颍考叔,纯孝也,爱其母而施及庄公。"《诗》云:"孝子不匮,永锡尔类。"其是之谓乎?

赞曰:

仁惟本悌,圣亦基孝。恂恂尼父,固天攸造。[2]二子承亲,式礼遵诰。永锡纯懿,无改遗操。

① 诸本脱"三年无改"四字,从何校宣和本补。
② 一作"导"。

士孝传赞

高柴 乐正子春 孔奋 黄香

高柴,卫人也。丧亲,泣血三年,未尝见齿。所谓哭不偯,言不文也。为武城宰而化行,民有不服其亲者改之,行丧如礼。君子之德风也,以身先之,而民不遗其亲。

乐正子春,鲁人也。下堂伤足,既瘳,数月不出,犹有忧色,曰:"吾闻之曾子:'父母全而生之,己全而归之,可谓孝矣。'故君子一举足,一出言,不敢忘父母,不敢毁伤,孝之始也。夫能敬慎若斯,而灾患及者,未之有也。"

孔奋,扶风人也。少以孝行著名州里,供养至谨,在官唯母极甘美,妻息菜食,历位以清。[1]夫人情莫不欲厚其亲,然亦有分焉,奢[2]则难继,能致俭以全养者,鲜矣。

黄香,江夏人也。九岁失母,思慕鹄立。事父竭力以致养,冬无被袴,而尽滋味。暑则扇床枕,寒则以身温席。汉和帝嘉之,特加异赐。历位恭勤,宠禄荣亲。③可谓"夙兴夜寐,无忝尔所生"者也。

赞曰:

显允群士,行殊名钧。咸能夙夜,以义荣亲。率彼城邑,用化厥民。忠以悟主,其孝乃纯。

① 何注:《后汉书》:"奋位至武都太守。"
② 各本作"奋",非。从何本作"奢"。
③ 何注:《后汉书》:香位至魏郡太守。

庶人孝传赞

江革　廉範　汝郁　殷陶

江革,齐人也。汉章帝时避贼,负母而逃。贼贤之,不害而告其生路。竭力佣赁,以致甘暖,和颜悦色,以尽欢心。欲亲之安,自挽车以行。乡人归之,号曰江巨孝。位至五官中郎将,天子嘉焉,宠遇甚厚。告归,诏书褒美。就家礼其终身,以显异行。

廉範,①京兆人也。少孤,十五入蜀迎父丧,遇石船覆,範抱棺②而没。船人救之,仅免于死,遂以丧归。及仕郡,拯太守于危难,送故尽节。章帝时为郡守,百姓歌咏之。夫孝者,人之本,教之所由生也。是以範之临危也勇,宰民也惠,能以义显也。

汝郁,陈郡人也。五岁,母病不食,郁亦不食。母怜之,强食。郁能察色知病,辄复不食。族人号曰异童。年十五,著于乡里。父母终，思慕致毁，推财与兄弟，隐于草泽。君子以为难。况童龀孝于自然，可谓天性也。

殷陶，汝南人也。年十二，以孝称。遭父忧，率情合礼。有长蛇带其门，举家奔走。陶以丧枢在焉，独居庐不动。亲戚扶持晓喻，莫能移之，啼号益盛。由是显名，屡辞辟命。[3] 夫智者不惑，勇者不惧。陶孝于其亲，而智勇并彰乎弱龄，斯又难矣。

赞曰：

事亲尽欢，其难在色。彼养以禄，我养以力。义在[4]爱敬，荣不假饰。嗟尔众庶，鉴兹前式。

① 《后汉书》範作"范"。

② 一作"执骸"。

③ 何注：《后汉・范滂传》："滂事释，南归汝南。南阳士大夫迎之者数千两。同囚乡人殷陶、黄穆亦免俱归，并卫侍于滂，应对宾客。滂顾谓陶等曰：'今子相随，是重吾祸也。'"窃意此殷陶，必是此人。《广五行记》载殷仲文事，与此载陶事颇同。然仲文乃靖节近时人，其人靖节岂肯取之？陶事《范书》失载，蔚宗当时殆未见《靖节集》。若《广五行记》所载，或因陶事而误记为仲文，亦未可知，盖《晋书・仲文本传》无记所载事也。

④ 一作"存"。

圣贤群辅录序

陶靖节《圣贤群辅录》，一名《四八目》，其书每条末皆载所见原书出处。自北齐阳休之编录后，至明何文简孟春始为之注。按靖节此录虽系伪作，究为北齐以前人所依托，其中甄述两汉及东西《晋书》，皆非班、范史及唐人所撰之史也。如《三辅决录》、张璠《记》、谢承《书》之类。今全书虽佚，犹散见于群籍。以南北六朝及唐初诸子书，并李善《文选》注、虞世南《北堂书钞》、徐氏《初学记》、欧阳氏《艺文类聚》、《太平御览》、《册府元龟》等书考之，大半符合。何注所采，仅依据正史，颇多疏漏。如韦文高为韦豹之父，录中所引文高三子，见《京兆旧事》。考《前汉书》表及韦氏世系，文高当名浚。《京兆旧事》凡见《御览》十七条，即文高亦见《御览》，文简谓不知，岂偶未深考耶？又下卷"八俊"内有赵典，《范书》《党锢传》云，唯典名见而已。考典《范书》本有专传，又别见《郭泰》[1]、《皇甫规传》，安得云"唯以名见"，自相矛盾邪？盖名见者见于"八俊"也。顾亭林亦不得其解，乃谓有两赵典，是未尝考《华阳国志》及"三君""八俊"录也。而文简直以典事仅见《党锢》及《群辅录》，是并未全检《范书》矣，岂知典事见于谢承、司马彪《书》及常璩《志》，书籍所载，固有不胜录乎。如此之类，均考其同异，正其得失。校何注有增，不揣固陋，谨附所见如此，以质之博雅。安化陶澍叙。

---

[1] 郭泰，指范晔《后汉书·郭泰传》。后文"党锢"，指《后汉书·党锢传》。谢承、司马彪书，指谢承、司马彪《后汉书》。常璩《志》指《华阳国志》。上文张璠《记》指张璠《汉纪》。

卷之九

集圣贤群辅录上①

① 原注悉照李本。

　明由晓升级。①必育受税俗。②成博受古诸。③陨丘④受延禧。⑤

　　右燧人四佐。燧人出天,四佐出洛。⑥

① 宋均曰：级,等差,政所先后也。

② 宋均曰：受赋税及徭役所宜施为也。

③ 宋均曰：古诸侯职等也。

④ 一作"立"。

⑤ 宋均曰：延,长也。禧,兴也。主受此禄也。

⑥ 宋均曰：出天天所生也。出洛,地所生也。

　金提①主化俗。②鸟明主建福。③视默主灾恶。④纪通为中职。⑤仲起为海陆。⑥阳侯为江海。⑦

　　右伏羲六佐。六佐出世。⑧

① 一作"堤"。

② 宋均曰：为民除灾害也。

③ 宋均曰：福,利民也。

④ 宋均曰：为民除灾恶也。

⑤ 宋均曰：为田主，主内职也。

⑥ 宋均曰：主平地兼统海也。

⑦ 宋均曰：主江海事。一本作"江湖"。

⑧ 宋均曰：伏羲不及燧人，故增二佐。出世，人所生也。

风后受金法。①天老受天箓。②五圣受道级。③知命受纠俗。④窥纪受变复。⑤地典受州络。⑥力墨受准斥。⑦

右黄帝七辅。州选举翼佐帝德，自燧人四佐至七辅，见《论语摘辅象》。

① 宋均曰：金法，言能决理是非也。

② 宋均曰：箓，天教命也。

③ 宋均曰：级，次序也。

④ 宋均曰：纠，正也。

⑤ 宋均曰：有祸变能补复也。

⑥ 宋均曰：络，维络也。

⑦ 宋均曰：准斥，凡事也。力墨，或作"力牧"。

重。木正。该。金正。修。熙。并水正。

右少昊四叔，实能金木及水。使重为勾芒，该为蓐收，修及熙为玄冥，世不失职，遂济穷桑。见《左传》蔡墨辞。

羲仲。春。羲叔。夏。和仲。秋。和叔。冬。

右羲和四子。孔安国云："即尧之四岳，分掌四岳诸侯。"郑玄云："尧既分阴阳为四时，命羲仲、和仲、羲叔、和叔等为之官，又主方岳之事，是为四岳。"见郑《尚书》注。

伯夷为阳伯。①羲仲之后为羲伯。②弃为夏伯。③羲叔之
后为羲伯。④咎繇为秋伯。⑤和仲之后为和伯。⑥垂为冬伯。⑦

　　右八伯。自羲和死后，分置八伯。舜既即位，元祀，巡狩，每
至其方，各贡两伯之乐。《大传》，冬伯后阙一人。郑玄云："此上
下有脱辞，其说未闻。十有五祀，又百工相和而歌《庆云》，八伯
稽首而进者也。"见《尚书大传》。

　　① 乐舞侏离，歌曰招阳。
　　② 乐舞鼗哉，歌曰南阳。
　　③ 乐舞武漫哉，歌曰祈虑。一无"武"字。
　　④ 乐舞将阳，歌曰朱华。
　　⑤ 乐舞蔡俶，歌曰零落。
　　⑥ 乐舞未详。歌曰归来。何校宣和本作"乐舞玄鹤"。
　　⑦ 乐舞丹凤，一曰齐落。歌曰齐乐，一曰缦缦[1]。

　　讙兜。共工。鲧。三苗。
　　右四凶。

　　苍舒。隤敳。①梼戭。大临。龙降。②庭坚。③仲容。
叔达。④

　　右高阳氏才子八人。齐圣广渊，明允笃诚，天下之民谓之
八凯。

　　① 何注：《水经注》："益也。"

_____

[1] 缦缦，原脱一"缦"字，据他本补。

② 龙,各本作"龙",何校宣和本作"尨"。

③ 何注:皋陶子。

④ 何注:杜预《左传》注:"此即垂、益、禹、皋陶之伦。"

伯奋。仲堪。叔献。季仲。伯虎。仲熊。叔豹。季狸。①

右高辛氏才子八人。忠肃恭懿,宣慈惠和,天下之民谓之八元。从四凶至此,悉见《左传》季文子辞。

① 何注:杜云:"此即稷、契、朱虎、熊罴之伦。"

禹作司空。弃作稷。契作司徒。咎繇作士。益作朕虞。①垂作共工。伯夷作秩宗。龙作纳言。夔作典乐。

右九官。舜登帝位所选命。见《尚书》。②

① 汲古阁本无"朕"字。

② 何注:汉刘向曰:"舜命九官,济济相让。"

雄①陶。方回。续牙。伯阳。东不訾。②秦不虚。③灵甫。

右舜七友。并为历山雷泽之游。《战国策》颜歜云:"尧有九佐,舜有七友。"而《尸子》只载雄陶等六人,不载灵甫。皇甫士安作《逸士传》云:"视其友则雄陶、方回、续牙、伯阳、东不訾、秦不空、灵甫之徒,是为七子。"与《战国策》相应。

① 一作"雒"。

② 或云"不识"。

③ 或云"不空"。

禹。稷。契。皋陶。益。

右舜五臣。见《论语》。已列九官中。

禹。稷。契。皋陶。伯夷。垂。益。夔。

右八师。见《楚辞·七谏》。①

① 何注：东方朔《七谏》注。

伯夷。禹。稷。

右三后。伯夷降典，制民惟刑。禹平水土，主名山川。稷降播种，农殖嘉谷。三后成功，惟殷于民。汉太尉杨赐曰："昔三后成功，皋陶不与焉，盖客之也。"见《尚书·甫刑》、《后汉书》。

微子。箕子。比干。

右殷三仁。《论语》曰："微子去之，箕子为之奴，比干谏而死。孔子曰：'殷有三仁焉。'"

伯夷。太公。

右二老。《尚书大传》曰："太公避纣，居东海之滨，伯夷居北海之滨，①皆率其党曰：'盍归乎？吾闻西伯昌善养老。'此二人者，盖天下之大老也，往而归之，是天下之父归之也。天下之父归之，其子曷往。"孔融曰："西伯以二老开王业。"

① 俗本脱此句。

闳夭。太公望。①南宫适。散宜生。

右文王四友。《尚书大传》云："闳夭、南宫适、散宜生三子，学于太公望。望曰：'嗟乎！西伯，贤君也。'四子遂见西伯于羑里。"孔子曰："文王有四臣，丘亦得四友。"此四人则文王四邻也。②

① 何注：《左传释文》作"太颠"。
② 何注：《孔丛子》："文王有胥附、奔奏、先后、御侮，谓之四邻。"

伯达。伯适。仲突。仲忽。叔夜。叔夏。季随。季骒。

右周八士。见《论语》。①贾逵以为文王时，郑玄以为成王时也。②

① 何注：《国语》："文王询于八虞。"注："周八士皆在虞官，即此。"
② 何注：按刘向、马融以为宣王时。又《周书》注："武王贤臣也。"

伯邑考。武王发。管叔鲜。周公旦。蔡叔度。曹叔振铎。霍叔武。郕叔处。①康叔封。聃季载。②

右太姒十子。太史公曰："太姒十子，周以宗强。"见《史记》。③

① 澍按：《史记·管蔡列传》、班固《古今人表》、杜预《左传》注，皆作"成叔武"、"霍叔处"。

② 一本无"郕叔处",有"毛叔郑"。

③ 何注：按滕、毛、郜、雍、毕、酆、郇，皆文王子。《谱系》：文王十七子，原郇不在列。《传》以原郇为文王昭，《谱系》失传。

　　周公旦。邵公奭。太公望。毕公。毛公。^①闵公。太颠。南宫适。散宜生。文母。^②

　　右周十乱。见《论语》。^③其四人已列四友。

① 澍按：何晏《论语集解》作"荣公"。

② 太姒也。何注：刘原父谓子无臣母理。孔子所谓妇人，盖邑姜也。

③ 何注：乱，本作"乿"，古治字。

　　秦公牙。吴班。孙尤。大夫冉赞。公子縻。

　　右五王，并能相焉。《尸子》曰："古有五王之相。"乃谓之王，其贵之也。

　　狐偃。赵衰。颠颉。魏武子。司空季子。

　　右晋文公从亡五人。叔向曰："生十七年，^①有士五人。"见《左传》及晋太尉刘琨诗曰："重耳凭五臣。"

① 何本绿君亭本作"文公生十七年"。

　　奄息。仲行。鍼虎。

　　右三良，子车氏之子。秦穆公没，要以从死，诗人悼之，为赋《黄鸟》。见《左传》、《毛诗》。

子展赋《草虫》。^①子西赋《黍苗》。^②子产赋《隰桑》。^③公孙段赋《桑扈》。^④伯有赋《鹑之贲贲》。^⑤子太叔赋《野有蔓草》。^⑥印段赋《蟋蟀》。^⑦

右郑七穆，谓之七子。郑穆公子十有一人，罕、驷、丰、印、游、国、良七人，子孙并有才名，世任郑国之政，以免晋、楚之难，谓之七穆。叔向曰："郑七穆氏，其后亡乎？"及诸侯为宋之盟，郑伯享赵武于垂陇，^⑧七卿皆从。文子曰："七卿从君，以宠武也，请皆赋诗，以卒君贶，亦以观七子之志。"见《左传》。又吴质书曰："赵武过郑，七子赋诗。"

① 子罕子。
② 子驷子。
③ 子国子。
④ 子丰子。
⑤ 子良孙，子耳子。
⑥ 子游孙，子矫子。澍按：矫当作"蛴"。
⑦ 子印孙，子张子。
⑧ 何注：赵文子会宋，还过郑。

仲孙穀文伯。^①叔孙得臣庄叔。^②季孙行父文子。^③

右鲁桓公之曾孙，世秉鲁政，号曰三桓。孔子曰："三桓之子孙微矣。"见《论语》、《左传》。

① 献子、庄子、孝伯、僖子、懿子、武伯。
② 穆子、昭子、成子、武子、文子。
③ 武子、悼子、平子、桓子、康子。

赵无恤襄子。①范吉射昭子。②智瑶襄子。③荀寅文子。④
魏多襄子。⑤韩不信简子。⑥

右六族。世为晋卿，并有功名，此六人实弱晋国。淳于越
云："卒有田常六卿之臣。"刘向亦曰："田常复见于今，六卿必起
于汉。"见《左传》、《史记》、《汉书》。

① 赵衰始为卿，至无恤四世。澍按：李本、汲古阁本作"四世"，何本
作"七世"。据《世本》，成子衰生宣子盾，盾生庄子朔，朔生文子武，武生景
子成，成生简子鞅，鞅生襄子无恤。《史记》、《左传》并同。当从何作
"七世"。

② 士会始为卿，至吉射五世。澍按：《世本》：武子会生文子燮，燮生宣
子匄，匄生献子鞅，鞅生昭子吉射。凡五世。

③ 荀首始为卿，至瑶六世。澍按：《左传》：庄子首生武子罃，罃生朔
与悼子盈。襄公十四年《传》曰："于是知朔生盈而死。"杜注："朔，知罃之
长子。盈，朔弟。盈生而朔死。"是也。盈生文子跞，跞生宣子甲，甲生襄
子瑶。首至瑶凡六世。《世本》则云：罃生庄子朔，朔生悼子盈。是以盈
为朔子。首至瑶凡七世。按首已谥庄子，无缘其孙朔复谥庄。此从杜
氏也。

④ 荀林父始为卿，至寅四世。澍按：《世本》：林父生宣子庚，庚生献子
偃，偃生穆子吴，吴生文子寅，凡五世。四，当作"五"。

⑤ 魏绛始为卿，至多四世。澍按：《史记·魏世家》：魏绛生魏嬴，嬴生
魏舒，舒生魏襄子，凡四世。魏多，《左传》作"魏曼多"，《公羊传》哀十三年
作"魏多"，《史记》作"魏侈"。《索隐》曰：一本作"魏哆"。

⑥ 韩厥始为卿，至不信四世。澍按：《左传》：厥生宣子起，起生须，须
生简子不信，凡四世。

仪封人。荷蒉。晨门。楚狂接舆。长沮。桀溺。荷莜

丈人。①

右作者七人。《论语》曰："贤者避世,其次避地,其次避色,其次避言。"孔子曰："作者七人。"见包氏注。董威辇诗曰："洋洋乎盈耳哉,而作者七人。"②

① 一作伯夷、叔齐、虞仲、夷逸、朱张、柳下惠、少连。

② 何注:威辇名京,《晋书》载其诗:"便便君子,顾望而逝。洋洋乎满目,而作者七。"

德行:颜渊、闵子骞、冉伯牛、仲弓。
言语:宰我、子贡。
政事:冉有、季路。
文学:子游、子夏。
右四科。见《论语》。①

① 何注:世所谓十哲者,唐孔庙颜子配享,升曾子为十哲。及后曾子配享,升子张为十哲。

颜回。子贡。子路。子张。

右孔子四友。文王有胥附、奔奏、先后、御侮,谓之四邻。孟懿子曰："夫子亦有四邻乎?"子曰:"吾有四友焉。自吾得回,门人益亲,是非胥附乎? 自吾得赐,远方之士日至,是非奔奏乎? 自吾得师,前有光,后有辉,是非先后乎? 自吾得由,恶言不至于门,是非御侮乎?"见《孔丛子》。

颜回。冉伯牛。子路。宰我。子贡。公西华。

右六侍。仲尼志意不立，子路侍。仪服不修，公西华侍。礼不习，子贡侍。辞不辨，宰我侍。亡忽古今，颜回侍。节小物，冉伯牛侍。曰："吾以夫六子自厉也。"见《尸子》。

檀子。盼子。黔夫。种首。

右齐威王疆场四臣。齐威王与魏惠王会，田于郊。魏王问威王曰："王有宝乎？"威王曰："无有。"魏王曰："若寡人，国虽小，犹有径寸之珠，照前后车各十二乘者十枚。奈何为万乘之国，而无宝乎？"威王曰："寡人之所以为宝，与王异。吾臣有檀子者，使守南城，则楚人不敢为寇东取，泗上十二诸侯皆来朝。吾臣有盼子者，使守高唐，则魏人不敢东渔于河。吾臣有黔夫者，使守徐，则燕人祭北门，赵人祭西门，徙而从之者七十余家。吾臣有种首者，使备盗贼，则道不拾遗。以此为宝，将以照千里，岂直十二乘哉！"魏惠王惭，不怿而去。见《史记》及《春秋后语》。

齐孟尝君田文。魏信陵君无忌。赵平原君赵胜。楚春申君黄歇。

右战国四豪。见《史记》。

太子少傅留文成侯韩张良。相国酂文终侯沛萧何。楚王淮阴侯韩信。

右三杰。汉高祖曰："此三人，人之杰也。"见《汉书》。

园公。^①绮里季。夏黄公。^②甪里先生。

右商山四皓。当秦之末，俱隐上洛商山。皇甫士安云："并河内轵人。"见《汉书》及皇甫谧《高士传》。^③

① 姓园名秉，字宣明，陈留襄邑人。常居园中，故号园公。见《陈留志》。

② 姓崔名廓，字少通，齐人。隐居修道，号夏黄公。见《崔氏谱》。

③ 何注：四皓名载《史记》。其序：东园公、甪里先生、绮里季、夏黄公。诸家读绮里季夏一人，黄公一人。《高士传》作东园公、夏黄公、绮里季、甪里先生。又以夏字属黄公。《陈留志》亦然。志云："夏黄公姓崔名广，字少通，齐人。隐居夏里修道，故号夏黄公。"而《四明志》又云："黄公，鄞人。避秦，与东园公、绮里季夏、甪里先生，隐于商山。"又云："鄞之大隐山有黄公墓，公所葬地。"按今商山有四皓墓，真伪不可知。《史记·留侯传》曰："上有不能致者，天下有四人，逃匿山中云云。于是吕后令吕泽使人奉太子书，卑辞厚礼，迎此四人。"初不言匿何山及迎于何处也。然则商山后人所记，未足据。史称天下有四人，则彼四人者，不宜皆在一处。先辈论汉廷置酒时，太子所从四人，皆假衣冠尔。嗟乎！四皓其生，真伪且不可知，其死，葬地将谁与诘之？

太子太傅疏广，字仲翁。^①太子少傅疏受，字公子。^②

右二疏，东海人，宣帝时并为太子师傅。每朝，太傅在前，少傅在后，朝廷以为荣。授太子《论语》、《孝经》，各以老疾告退，时人谓之"二疏"。见《汉书》。

① 宣帝本始四年，魏相为御史大夫，荐广于霍光，时年六十，以元康三年告退，年六十七。

② 广兄子也。

重合令子舆。^①栎阳令子羽。^②东海太守子仲。^③兖州刺史子明。^④颍阳令子良。^⑤

右郡决曹掾汝南周燕少卿之五子，号曰"五龙"。各居一里，子孙并以儒素退让为业，天下著姓。见《周氏谱》及《汝南先贤传》。

① 居宋里。
② 居东观里。
③ 居宜唐里。
④ 居西商里。
⑤ 居遂兴里。

龚胜字君宾。龚舍字君倩。^①
右并楚人，皆治清节，世号"二龚"。见《汉书》。

① 或曰长倩。

唐林字子高。唐尊字伯高。
右并沛人，亦以洁履著名于成哀之世，号为"二唐"，比楚"二龚"。后皆仕王莽。见《汉书》。左思曰："二唐洁己，乃点乃污。"^①

① 何校宣和本、汲古阁本作"反污"。

平阿侯王谭。成都侯王商。红阳侯王章。曲阳侯王根。高平侯王逢时。

右并以元后弟同日受封,京师号曰"五侯"。[1]并奢豪富侈,招贤下士。谷永、楼护,皆为宾客。时人为之语曰:"谷子云之笔札,楼君卿之唇舌。"言出其门也。见《汉书》。张载诗曰:"富侈拟五侯。"

[1] 何注:成帝河平二年。

北海逢萌,字子康。[1]北海徐房,字平原。李昙,字子云。平原王遵,字君公。[2]

右皆怀德秽行,不仕乱世,相与为友,时人号之"四子"。见《后汉书》、嵇康《高士传》。

[1] 何注:《后汉书》作"子庆"。

[2] 何注:《逢萌传》:"萌与同郡徐房、平原李子云、王君公相友善。"此言徐房字平原,而李子云不言何郡。李盖平原人,以平原为房字者,殆传闻之误也。

求仲。羊仲。

右二人不知何许人,皆治车为业,挫廉逃名。蒋元卿[1]之去兖州,还杜陵,荆棘塞门。舍中有三径,不出,惟二人从之游,时人谓之"二仲"。见嵇康《高士传》。

[1] 澍按:赵岐《三辅决录》:"蒋诩,字元卿。"

太傅高密元侯南阳邓禹,字仲华。大司马广平忠侯南阳吴汉,字子颜。左将军胶东刚侯南阳贾复,字君文。建威大将军好畤愍侯扶风耿弇，字伯昭。①执金吾雍奴威侯上谷寇恂，字子翼。征西大将军阳夏节侯颍川冯异，字公孙。征南大将军舞阳壮侯南阳岑彭，字君然。②征虏将军颍阳成侯颍川祭遵，字弟孙。太常灵寿侯信都邳彤，字伟君。东郡太守东莞成侯钜鹿耿纯，字伯山。③上谷太守淮阴[1]颍川王霸，字元伯。④左中郎将朗陵愍侯颍川臧宫，字君翁。骠骑大将军栎阳侯冯翊景丹，字孙卿。骠骑大将军参蘧侯杜茂，字诸公。建议大将军鬲侯南阳朱祜，字仲先。⑤骠骑将军慎靖侯刘隆，字元伯。扬武将军全椒侯南阳马成，字君迁。大司空阜成侯渔阳王梁，字君严。卫尉安城忠侯颍川铫期，字次元。⑥左冯翊安平侯渔阳盖延，字巨卿。捕虏将军扬虚侯南阳马武，字子张。骁骑将军昌城侯钜鹿刘植，字伯先。左将军阿陵侯南阳任光，字伯卿。⑦豫章太守中水侯东莱李忠，字仲都。⑧左将军槐里侯扶风万修，字君游。琅邪太守祝阿侯南阳陈俊，字子昭。积弩将军昆阳威侯颍川傅俊，字子卫。扬化将军合肥侯颍川坚镡，字子伋。

　　右河北二十八将，光武所与定天下。见《后汉书》。张衡《东京赋》云："受钺四七，共工以除。"

　　① 惠栋云：《水经注》作"昭伯"。

　　② 澍按：《范书·岑彭传》作"舞阴侯"。《三十二人题名》作"舞阳侯"，未知孰是。此从《题名》也。

―――――――

[1]　"淮阴"下脱"侯"字。

③ 澍按:《后汉书》:纯封东光侯。章怀注:"东光,今沧州县也。"此作"东莞",疑误。

④ 澍按:《后汉书》:霸封淮陵侯。章怀注:"淮陵县属临淮郡。"此作"淮阴",疑误。

⑤ 澍按:《后汉书》作"建义"。

⑥ 澍按:《后汉书》:期字次况,封安成侯。章怀注:"安成县属汝南郡。"此成作"城",况作"元",疑误。

⑦ 澍按:《后汉书》作"左大将军"。惠栋曰:"《水经注》作'左将军',无'大'字。右大将军李忠,《东观记》无'大'字。"

⑧ 惠栋曰:表[1]宏《纪》云:字仲卿。

武威太守梁统,字仲宁。金城太守库钧,字巨公。张掖太守史苞,字叔文。酒泉太守竺曾,字巨公。敦煌太守辛彤,字大房。

右河西五守。是时更始已为赤眉所害,隗嚣密有异志。统等五人共推窦融为河西大将军,内抚吏民,外御寇戎,东伐隗嚣,归心世祖,克建功业。见《后汉书》及《善文》。

大鸿胪韦孟达。上党太守公孙伯达。河阳长魏仲达。

右扶风平陵人,同时齐名,世号"三达"。孟达名彪,丞相贤五世孙,明帝时人。见汉书及《决录》。

光禄大夫周举。光禄大夫杜乔。光禄大夫周栩。尚书栾巴。青州刺史冯羡。兖州刺史郭遵。太尉长史刘班。侍

---

[1] 表,乃"袁"字之讹。袁宏《纪》,指袁宏《汉纪》。

御史张纲。

　　右八使。汉顺帝时，政在权宦，官以贿成。周举等议遣八使，循行风俗，同日俱发，天下号曰"八使"。① 见张璠《汉纪》。

　　① 澍按：《后汉书》作"八使并发，天下号曰八俊"。

　　平舆令韦顺，字叔文。① 顺弟武阳令豹，字季明。② 豹弟广都长义，字季节。③

　　右清河太守韦文高之三子，皆以学行知名，时人号"韦氏三君"。见《京兆旧事》。④

　　① 历位乐平相，去官，以琴书自娱，不应三公之命，后为平舆令，吏民立祠社中。

　　② 友人罗陵，犍为县丞，卒官，丧柩流离，豹弃官致丧。归，比辟公府，辄弃去。司徒刘恺尤敬之。

　　③ 少好学，不求荣利，四十乃仕。三为令长，皆有惠化，以兄丧去官，比辟公府，不就。广都为立生祠焉。

　　④ 何注：《后汉书·韦彪传》载：义即彪族子，少与二兄齐名，而不载其名。非此，不知其父之为清河守也。澍按：《前汉书表》及《韦氏世系》，文高尝名浚。

　　杨震，字伯起。① 震子秉，字叔节。② 秉子赐，字伯献。③ 赐子彪，字文先。④

　　右杨氏四公。弘农华阴人。自孝安至献帝七世，父子以德业相继为三公。见《续汉书》。

① 以太常为司徒,迁太尉。
② 以太常为太尉。
③ 以光禄勋为公,再司徒,一太尉。
④ 以大中大夫为公,一司徒,一太尉。

袁安,字邵公。①安子敞,字叔平。②敞子汤,字仲河。③汤子逢,字周阳。④逢弟隗,字次阳。⑤

右袁氏四世五公。见《续汉书》。

① 以太仆为司空,迁司徒。
② 以光禄勋为司空。
③ 以太仆为司空,迁司徒。
④ 以屯骑校尉为司空。
⑤ 以太常为司空太尉。

处士豫章徐稚,字孺子。京兆韦著,字休明。汝南袁闳,字夏甫。彭城姜肱,字伯淮。颍川李昙,字子云。①

右太傅汝南陈公,时为尚书令,与诸尚书,悉名士也。共荐此五人,时号“五处士”。见《续汉书》及《善文》。

① 澍按:《后汉书·徐稚传》:“李昙,字云。”惠栋曰:“《续汉书》、嵇康《高士传》及《善文》俱云:‘昙字子云。’袁宏《纪》:‘子云,颍川阳翟人。’”何注:此与前李昙字子云,二人姓名字偶同。

周子居。黄叔度。艾伯坚。郅伯向。封武兴。盛孔叔。

右汝南六孝廉。太守李伥选此六人以应岁举，受版未行，伥死。子居等遂驻行丧。伥妻于枢侧下帷见之，厉以宜行。子居叹曰："不有行者，莫宣公。不有止者，莫恤居。"于是与伯坚即日辞行。封、黄四人留随枢车。见杜元凯《女诫》。

大将军槐里侯扶风平陵窦武，字游平。①太傅高阳乡侯汝南平舆陈蕃，字仲举。②侍中河间乐成刘淑，字仲承。③
右三君。

① 天下忠诚窦游平。
② 天下义府陈仲举。澍按：《后汉书》作"不畏强御陈仲举"。
③ 天下德宏刘仲承。

少傅颍川襄城李膺，字元礼。①司空山阳高平王畅，字叔茂。②太仆颍川城阳杜密，字周甫。③司隶校尉沛国朱寓，字季陵。④尚书会稽上虞魏朗，字少英。⑤沛国颍阴荀昱，字伯条。⑥大司农博陵安平刘祐，字伯祖。⑦太常蜀郡成都赵典，字仲经。⑧
右八俊。

① 天下模楷李元礼。
② 天下英秀王叔茂。澍按：《后汉书·党锢传》：英秀，作"俊秀"。
③ 天下良辅杜周甫。
④ 天下冰凌朱季陵。惠栋：曰：薛莹《后汉书》：寓，作"禹"。
⑤ 天下忠贞魏少英。惠栋曰：《三君八俊录》作"天下忠平魏少英"。
⑥ 天下好交荀伯条。

⑦ 天下稽古刘伯祖。

⑧ 天下才英赵仲经。何注：《后汉书》谓赵典名见而已，盖未考也。惠栋曰：顾炎武以为两赵典。栋按《华阳国志》曰："典与颍川李膺等并号八俊。"《群辅录》载当时语曰："天下才英赵仲经。"顾氏说非也。澍按：《范书》赵典有专传，《党锢传》乃谓仅以名见，似自相矛盾。详究范意，盖言典但名列八俊而已，实不在逮捕书名之数，故桓帝崩，典以藩国诸侯解印绶符策付县，驰到京师，公卿百寮方嘉典之义，表典笃学博闻，宜备国师。会病卒，其不列于钩党可知也。《典传》无一语及党事，读者可参考而得矣。

有道太原介休郭泰，字林宗。① 太常陈留圉夏馥，字子治。② 尚书令河南巩尹勋，字伯元。③ 河南尹太山平阳羊陟，字嗣祖。④ 议郎东郡阳发刘儒，字叔林。⑤ 冀州刺史陈国项蔡衍，字孟喜。⑥ 颍川太守勃海东城巴肃，字恭祖。⑦ 议郎南阳安众宗慈，字孝初。⑧

右八顾。⑨

① 天下和雍郭林宗。

② 天下慕恃夏子治。澍按：《后汉书》：馥未仕。此云太常，疑误。

③ 天下英藩尹伯元。

④ 天下清苦羊嗣祖。澍按：《后汉书》：陟，太山梁父人。此作"平阳"，太山郡属无平阳，疑误。

⑤ 天下珪金刘叔林。阳发，李本、何本、汲古阁本俱作"阳平"，何校宣和本作"阳发"。

⑥ 天下雅志蔡孟喜。

⑦ 天下卧虎巴恭祖。澍按：《后汉书》：肃，渤海高城人。此作"东城"，误。又肃历慎令、贝丘长，稍迁拜议郎。亦无为颍川太守事。

⑧ 天下通儒宗孝初。

⑨《后汉书》无刘儒,有范滂。

　御史中丞汝南召陵陈翔,字子鳞。①卫尉山阳高平张俭,字元节。②太尉掾汝南细阳范滂,字孟博。③蒙令山阳高平檀敷,字文友。④洛阳令鲁国孔昱,字世元。⑤太山太守渤海重合范康,字仲真。⑥太尉掾南阳棘阳岑晊,字公孝。⑦镇南将军荆州牧武城侯山阳高平刘表,字景升。⑧

　右八及。⑨

① 海内贵珍陈子鳞。澍按:《后汉书》作"子麟"。

② 海内忠烈张元节。

③ 海内謇谔范孟博。何注:《后汉书》作"征羌人"。澍按:章怀注引谢承《后汉书》作"汝南细阳人"。此用谢书也。

④ 海内通士檀文友。

⑤ 海内才珍孔世元。《后汉书》云字元世。

⑥ 海内彬彬范仲真。惠栋曰:范,当作"苑"。澍按:《范书·荀淑传》作"渤海苑康"。

⑦ 海内珍好岑公孝。

⑧ 海内所称刘景升。

⑨《后汉书》无范滂,有翟超。

　少府东莱曲城王商,字伯义。①郎中鲁国蕃向,字嘉景。②北海相陈留已吾秦周,字平王。③侍御史太山奉高胡母班,字季皮。④太尉掾颍川〔颍〕阴刘翊,字子相。⑤冀州刺史东平寿张王孝,字文祖。⑥陈留相东平寿张张邈,字孟卓。⑦

荆州刺史山阳湖陆度尚,字博平。⑧

右皆倾财竭己,解释怨结,拯救危急,谓之八厨。⑨从三君至此,并见《三君八俊录》。

① 海内贤智王伯义。《后汉书》作"王章"。澍按:今《范书·党锢传》,八厨有王章。又云:"郎中王璋,字伯仪。"惠栋曰:蔡邕《王子乔碑》有相国东莱王章,字伯义。《水经注》引作"王璋"。然则璋当作"章",仪当作"义"。义同谊,与仪异。澍谓古文璋章通,见《管子》。至义与智为韵,作"仪"误也。

② 海内修整蕃嘉景。章怀注:"蕃音皮。"顾炎武曰:皮,古音婆。汉人读鄱为婆,不知皮之为婆,遂读蕃为毗矣。胡三省以为皮字乃传写反字之误,亦非。

③ 海内贞良秦平王。

④ 海内珍奇胡母季皮。

⑤ 海内光光刘子相。澍按:《后汉书·独行传》:刘翊,颍川颍阴人。此疑脱一"颍"字。

⑥ 海内依怙王文祖。澍按:《后汉书·党锢传》作"王考"。

⑦ 海内严恪张孟卓。

⑧ 海内清明度博平。澍按:《三君八俊录》清明作"清平"。

⑨《后汉书》无刘翊,有刘儒。

太丘长颍川陈寔,字仲弓。寔子大鸿胪纪,字元方。纪弟司空掾谌,字季方。

右并以高名,号曰"三君"。见《甄表状》及邯郸淳《纪碑》。

卷之十

集圣贤群辅录下

　　太尉河南杜乔,字叔荣。①太常敦煌张奂,字然明。②侍中河内向诩,字甫兴。③太傅汝南陈蕃,字仲举,④太尉沛国施延,字君子。⑤少府颍川李膺,字元礼。⑥司隶沛国朱寓,字季陵。⑦太仆颍川杜密,字周甫。⑧大鸿胪颍川韩融,字元长。⑨司空颍川荀爽,字慈明。⑩司空清河房植,字伯武。⑪聘士彭城姜肱,字伯淮。⑫太尉下邳陈球,字伯真。⑬司空山阳王畅,字叔茂。⑭征士陈留申屠蟠,字子龙。⑮卫尉山阳张俭,字元节。⑯大司农北海郑玄,字康成。⑰征士乐安冉璆,字孟玉。⑱太尉汉中李固,字子坚。⑲有道太原郭泰,字林宗。⑳益州刺史南阳朱穆,字公叔。㉑尚书会稽魏朗,字少英。㉒聘士豫章徐稚,字孺子。㉓度辽将军安定皇甫规,字威明。㉔

　　右魏文帝初为丞相魏王所旌表二十四贤。后,明帝乃述撰其状。见文帝《令》及《甄表状》。

　　①《状》:乔治《易》、《尚书》、《礼记》、《春秋》,晚好《老子》。隐居不仕,年四十为郡功曹,立朝正色,有孔父之风。

　　②《状》:奂廉方亮直,学该群籍。前后七征十要,三为边将,财货珍宝,一无所取。矫王孙裸形,宋司马为石椁,幅巾时服,无棺而葬焉。澍案:李公焕本、汲古阁本作"前后七征十要",何孟春本作"前后仕进十要银艾"。惠栋《后汉书补注》引《甄表状》作"七征十要"。此何据《后汉书》十要银艾改耳。孔平仲曰:"银即印,艾即绿绶。谓之十要者,一官一佩之也。"

③《状》：诩博览群籍，兼好黄老玄虚，泊然肆志，不慕时伦，积三十年。澍按：《后汉书·独行传》作"向栩"。

④《状》：蕃瑰伟秀出，雅亮无伦，学该坟典，忠壮謇谔。又曰"明允贞亮"。与大将军窦武志匡社稷，几事不密，为群邪所害。

⑤《状》：延清公洁白，进士许国，临难不顾，名著汉朝。惠栋曰：《东观记》：延以选举贪污策罢，《甄表状》似非实录，故《范书》无传。

⑥《状》：膺承三公之后，生高洁之门，少履清节，非法不言，英声宣于华夏，高名冠于缙绅。

⑦ 一名诩。右一人访其中正，无识知行状者，告本郡访问，耆老识寓云："桓帝时遭难，无后。"

⑧《状》：密清高雅达，名播四海，历统五郡，恩爱化民。

⑨《状》：融聪识知机，发于岐嶷，时人名之曰穷神知化。兄弟同居，至于没齿。处卿相之位且二十年，本身守约，不陨厥问。

⑩《状》：爽年十二，随父在公府，群公卿校，咸丈人也。或遣进奏，或亲候从，儒林归服，究极篇籍。

⑪《状》：植少履清苦，孝友忠正，历位州郡，政成化行。既登三事，靖恭衮服，虽季文相鲁，晏婴在齐，清风高节，不是过也。

⑫《状》：肱禀履玄[1]知，立性纯固，事亲至孝，五十而慕。学综六艺，穷通究微，行隆华夏，名播四海。

⑬《状》：球清高忠直，孝灵中年，欲诛黄门常侍，以此遇害。

⑭《状》：畅雅性真实，以礼文身，居家在朝，节行异伦。

⑮《状》：蟠年九岁，丧父，号泣过于成人，未尝见齿。每至父母亡日，三日不食，在冢侧，致甘露白雉，以孝称，州郡表其门闾。不就征，年七十二终于家。

⑯《状》：俭体性忠实，闺门孝友，临官赏罚，清亮绝俗。

⑰《状》：玄含海岱之纯灵，体大雅之洪则，学无常师，讲求道奥，敷宣

---

[1] 禀，原脱。今据李公焕本补。玄，原避清讳作"元"，今改。

圣范,错综其数,作《五经注义》,穷理尽性也。

⑱《状》:璆体清纯之性,蹈高洁之行,前后十五辟,皆不就。除高唐令,色斯而举。时陈仲举、李元礼、陈仲弓皆叹其高风。澍按:《后汉书·陈蕃传》:周璆字孟玉。此作"冉",误。

⑲《状》:固当顺、桓之际,号称名臣。大将军梁冀恶直丑正,害其道。桓帝即位,遂死于谗。

⑳《状》:泰器量宏深,孝友贞固,名布华夏,学冠群儒,州郡礼命,曾不旋轨。辟司徒,征有道,并不屈。

㉑《状》:穆中正严恪,有才数明见。初补丰令,政平民和,有虙子贱之风。上书陈损益,辞切情至。

㉒《状》:朗资纯美[1]高亮,干辅国朝;忠謇正直之节,播于京师。

㉓《状》:稚妙德高伟,清英超世。前后三征,未尝降志。抗名山栖,养志浩然,有夷齐之高,蘧伯玉卷舒之术。

㉔《状》:规少有岐嶷正直之节,对策指斥黄门。梁冀不能用,退隐山谷,敦乐诗书。

太常敦煌张奂,字然明。①度辽将军安定皇甫规,字威明。太尉武威段颎,字纪明。

右凉州三明,并著威名于桓、灵之世,悉名士也。见《续汉书》。

① 为度辽将军,幽、并清静,吏民歌之。征拜大司农,赐钱,除家一人为郎,辞不受,愿徙居华阴,故始为弘农人。

韦权,字孔衡。权弟瓒,字孔玉。瓒弟矩,字孔规。

右太尉掾韦子才之三子。皆修仁义,兄弟孝友。逢盗贼,一

---

[1] 李公焕本"纯美"下有"之"字。

人病不能去，兄弟相慕，①兵至俱死。时人称之，号"韦三义"。见
《三辅决录》。

① 汲古阁本作"保"。

荀俭，字伯慈。①俭弟绲，字仲慈。②绲弟靖，字叔慈。③靖
弟焘，字慈光。④焘弟汪，字孟慈。⑤汪弟爽，字慈明。⑥爽弟
肃，字敬慈。⑦肃弟旉，字幼慈。⑧

右朗陵令颍川荀季和之八子，并有德业，时人号之"八龙"，
居西豪里。勃海苑康，⑨知名士也，时为颍阴令，美之曰"高阳氏
才子八人"。遂改所居为高阳里。见张璠《汉纪》及《荀氏谱》。

① 汉侍中悦之父。
② 济南相。汉光禄大夫彧之父，年六十六。
③ 或问汝南许劭："靖、爽孰贤？"劭曰："二人皆玉也，慈明外朗，叔慈内
润。"靖隐身修学，动必以礼，太尉辟，不就。年五十五。
④ 举孝廉，年七十。汲古阁本焘作"寿"。
⑤ 昆阳令，年六十。
⑥ 公车征为平原相，迁光禄勋、司空。出自岩薮，九十三日遂登台司。
年六十三。
⑦ 守舞阳令，年五十。
⑧ 司空掾，年七十。澍按：《后汉书》章怀注：旉，本作"敷"。
⑨ 澍按：《后汉书·荀淑传》作"苑康"。宛、苑通，作"范"则非也。

公沙绍，字子起。绍弟孚，字允慈。①孚弟恪，字允让。
恪弟逵，字义则。逵弟樊，字义起。

右北海公沙穆之五子，并有令名，京师号曰"公沙五龙，天下无双"。穆亦奇士也。见魏明帝《甄表状》及《后汉书》。[2]

①《北海耆旧传》称：孚与荀爽共约，出不得事贵势。而爽当董卓时，脱巾未百日，位至司空。后相见，以爽违约，割席而坐。

② 惠栋《后汉书补注》：袁山松书曰："公沙六龙，天下无双。"《范书·公沙穆传》亦云"六子皆知名"，与此异。

胶东令卢氾昭，字兴先。乐城令刚戴祁，字子陵。[1]颍阴令刚徐晏，字孟平。泾令卢夏隐，字叔世。州别驾蛇丘刘彬，字文曜。[2]

右济北五龙，少并有异才，皆称神童。当桓、灵之世，时人号为"五龙"。见《济北英贤传》。

① 各本作"戴祈"，何校宣和本作"戴祁"。

② 一云世州。

孝廉杜陵金敞，字元休。[1]上计掾长陵第五巡，字文休。[2]上计掾杜陵韦端，字甫休。[3]

右同郡齐名，时人号之"京兆三休"。并以光和元年察举。见《三辅决录》。

① 位至兖州刺史。

② 兴先之子。兴先名种，司空伯鱼之孙，名士也。不详巡位所至，时辟太尉掾。

③ 位至凉州牧、太尉。澍按：章怀《后汉书·荀彧传》注："端从凉州牧

征为太仆。"此作"太尉",疑误。

晋宣帝河南司马懿,字仲达。魏司空颍川陈群,字长文。中领军谯朱铄,字彦才。侍中济阴吴质,字季重。

右魏文帝四友。见《晋纪》。

魏步兵校尉陈留阮籍,字嗣宗。中散大夫谯嵇康,字叔夜。晋司徒河内山涛,字巨源。建威参军沛刘伶,字伯伦。始平太守陈留阮咸,字仲容。[①]散骑常侍河内向秀,字子期。司徒琅邪王戎,字濬仲。[②]

右魏嘉平中,并居河内山阳,共为竹林之游,世号"竹林七贤"。见《晋书》、《魏书》,袁宏、戴逵为传,孙统又为赞。

① 籍兄子。
② 各本作濬冲。何校宣和本作"濬仲"。澍按:诸书皆作"濬冲",惟《嵇康别传》作"濬仲",与此合。

吴范相风。[①]刘惇占气。[②]赵达算。[③]皇象书。[④]严子卿棋。[⑤]宋寿占梦。[⑥]曹不兴画。[⑦]孤城郑姥相。[⑧]

右吴八绝。见张勃《吴录》。

① 吴人。
② 河内人。
③ 河内人。
④ 广陵人。
⑤ 名昭,武卫尉畯从子。澍按:《三国志》注作"严武"。

⑥ 十不失一。

⑦ 为孙权画屏风,误落笔,点素因以为蝇。后张御坐,权以为真蝇,手弹不去,方知其非也。

⑧ 见王粲于童贱,谓仕必至师傅。后为太子太傅。

陈留董昶,字仲道。① 琅邪王澄,字平子。陈留阮瞻,字千里。② 颍川庾敳,字子嵩。陈留谢鲲,字幼舆。太山胡母辅之,字彦国。沙门于法龙。乐安光逸,字孟祖。

右晋中朝八达。近世闻之故老。③

① 澍按:《晋书·隐逸传》作"董养"。

② 一云阮八百,即瞻弟孚,字遥集。朗率多通,故大将军王敦云:"方瞻有减,故云八百。"

③ 何注:晋《光逸传》:"逸渡江依胡母辅之,初至,属辅之与谢鲲、阮放、毕卓、羊曼、桓彝、阮孚散发裸袒,闭室酣饮已数日。逸将排户入,守者不听。逸便于户外脱衣露头,于狗窦中窥之而大叫。辅之惊曰:'他人决不能尔,必我孟祖也。'呼入与饮,不舍昼夜,时人谓八达。"据此,则八达无董昶、王澄、庾敳、僧法龙及阮瞻,而瞻弟孚与焉。故并记之。

裴徽,字文秀。① 裴楷,字叔则。② 裴绰,字季舒。③ 裴瓒,字国宝。④ 裴邈,字景初。⑤ 裴遐,字叔道。⑥ 裴康,字仲豫。⑦ 裴颜,字逸民。⑧ 王祥,字休征。⑨ 王戎,字濬仲。⑩ 王澄,字平子。⑪ 王导,字茂弘。⑫ 王绥,字万子。⑬ 王衍,字夷甫。⑭ 王敦,字处仲。⑮ 王玄,字眉子。⑯

右河东八裴,琅邪八王,闻之于故老。⑰

① 魏冀州刺史。澍按：裴松之《魏志·裴潜传》注："潜少弟徽，字文季。"此作"秀"，疑误。

② 徽第三子，晋光禄大夫。

③ 楷弟，长水校尉。

④ 楷子，中书郎。

⑤ 楷孙，钦子，太傅左司马。澍按：景初，裴《志》作"景声"。

⑥ 瓒子，太傅主簿。澍按：裴松之《三国志注》及《晋书》皆以遐为裴绰子，此作"瓒子"，疑误。

⑦ 徽第二子，太子左率。

⑧ 楷孙，季子。晋尚书仆射。澍按：裴《注》：颀乃潜孙，秀子，楷其从父行。此云楷孙，当是"潜"之误字。又误"秀"为"季"也。

⑨ 晋太保。

⑩ 父浑，凉州刺史，祥族子，司徒。

⑪ 衍弟，裴绰女婿，荆州刺史。

⑫ 览孙，裁子，敦从弟，丞相。

⑬ 戎子，早亡，裴康女婿。

⑭ 父乂，平北将军，戎从弟，太尉。

⑮ 览孙，基第二子，大将军。

⑯ 衍子，陈留内史。

⑰ 何注：《世说》裴、王二族，盛于魏晋之世。八裴方八王：裴徽方王祥，裴楷方王衍，裴康方王绥，裴绰方王澄，裴瓒方王敦，裴遐方王导，裴颀方王戎，裴邈方王玄。裴康兄黎，弟楷、绰，并有盛名，又谓四裴。

　　魏司空王昶，字文舒。昶子汝南太守湛，字处冲。①湛子东海内史承，字安期。②承子骠骑将军述，字怀祖。③述子安北将军坦之，字文度。④

① 何注：太守当作"内史"。澍按：裴松之《魏志·王昶传》注亦作"太守"。

② 何注：内史当作"太守"。澍按：沈约《宋书·州郡志》有太守，有内史。东海称太守，不称内史。《晋书·百官志》："诸王国以内史掌太守之任。"《宋志》亦云："汉初，王国置太傅掌辅导，内史主治民，丞相统众官。成帝更令相治民，如郡太守，省内史。东汉亦置相一人，主治民。晋武帝改太守为内史，省相，是治王国者称内史。他郡称太守，其职一也。"时东海王越国东海，故承称东海内史，不称太守也。

③ 何注：述历尚书令，此骠骑将军赠官也。

④ 何注：坦之官中书令。此安北将军亦赠官。

　　魏尚书仆射杜畿，字伯侯。畿子幽州刺史恕，字务伯。恕子镇南将军预，字元凯。预子散骑常侍锡，字世嘏。① 锡子光禄大夫乂，字弘治。②

① 何注：《晋书·预传》：锡终尚书左丞，从前未尝官常侍。

② 何注：《晋书·外戚传》："乂字弘理，袭爵，辟公府掾，为丹阳丞，早卒。"金紫光禄大夫，其追赠官也。

　　右太原王，京兆杜，各称五世盛德。闻之于故老。凡书籍所载及故老所传，善恶闻于世者，盖尽于此矣。汉称田叔、孟舒等十人及田横两客、鲁二儒，史并失其名。夫操行之难，而姓名翳然，所以抚卷长叹，不能已已者也。

八　儒

　　夫子没后，散于天下，设于中国，成百氏之源，为纲纪之儒。居环堵之室,荜门圭窦,瓮牖绳枢,并日而食以道自居者,有道之儒,子思氏之所行也。衣冠中,动作顺,大让如慢,小让如伪者,子张氏之所行也。颜氏传《诗》为道,为讽谏之儒。孟氏传《书》为道,为疏通致远之儒。漆雕氏传《礼》为道,为恭俭庄敬之儒。仲梁氏传《乐》为道,以和阴阳,为移风易俗之儒。乐正氏传《春秋》为道,为属辞比事之儒。公孙氏传《易》为道,为洁净精微之儒。

三 墨

不累于俗,不饰于物,不尊于名,不忮于众,此宋铏、尹文之墨。裘褐为衣,跂蹻为服,日夜不休,以自苦为极者,相里勤、五侯子之墨。俱称经而背谲不同,相谓别墨以黑白,此苦获、以齿[1]、邓陵子之墨。①

① 宋庠《私记》曰:"八儒""三墨"二条,似后人妄加,非陶公本意。《四八目》之末陶自为说曰:"书籍所载,及故老所传,善恶闻于世者,盖尽于此。即知其后无余事矣。"

---

[1] 以齿,《庄子·天下篇》作"已齿",各本作"己齿"。

诸本评陶汇集

自李公焕本《靖节集》前有总论,诸本踵之,递有增录。今汇为一卷,删其重复,又续采数条附于其后。其已见本篇者,则悉略焉。

朱文公《语录》曰:"晋宋人物虽曰尚清高,然个个要官职,这边一面清谈,那边一面招权纳货。陶渊明真个能不要,此所以高于晋宋人物。"

又曰:"作诗须从陶柳门中来乃佳,不如是,无以发萧散冲澹之趣,不免于局促尘埃,无由到古人佳处。"

又曰:"陶渊明诗平淡出于自然,后人学他平淡,便相去远矣。某后生见人做得诗好,锐意要学,遂将渊明诗平仄用字,一一依他。做到一月后,便解自做,不要他本子,方得作诗之法。"

又曰:"韦苏州诗直是自在,其气象近道。陶却是有力,但诗健而意闲。隐者多是带性负气之人为之,陶欲有为而不能者也,又好名,韦则自在。"

杨龟山《语录》曰:"渊明诗所不可及者,冲澹深粹,出于自然。若曾用力学,然后知渊明诗非着力所能成也。"

真西山曰:"渊明之作,宜自为一编,以附于《三百篇》、《楚辞》之后,为诗之根本准则。"

魏鹤山曰:"世之辨证陶氏者曰,前后名字之互变也,死生岁月之不同也,彭泽退休之年,史与集所载之各异也。然是所当考而非其要也。其称美陶公者曰,荣利不足以易其守也,声味不足以累其真也,文辞不足以溺其志也。然是亦近之,而其所以悠然自得之趣,则未之深识也。风雅以降,诗人之辞乐而不淫,哀而不伤,以物观物,而不牵于物。吟咏性情,而不累于情。孰有能如公者乎?有谢康乐之忠,而勇退过之。有阮嗣宗之达,而不至于放。有元次山之漫,而不著其迹。此岂小小进退所能窥其际耶?先儒所谓经道之余,因闲观时,因静照物,因时起志,因物寓言,因志发咏,因言成诗,因咏成声,因诗成音者,陶公有焉。"

胡仔《苕溪渔隐丛话》曰:"东坡在颍州时,因欧阳叔弼读《元载传》,叹渊明之绝识,遂作诗云:'渊明求县令,本缘食不足。束带向督邮,小屈未为辱。翻然赋归去,岂不念穷独。重以五斗米,折腰营口腹。云何元相国,万钟不满欲。胡椒铢两多,安用八百斛。以此杀其身,何翅抵鹊玉。往者不可悔,吾其反自烛。'渊明隐约栗里柴桑之间,或饭不足也。颜延年送钱二十万,即日送酒家,与蓄积不知纪极,至藏胡椒八百斛者,相去远近,岂直睢阳苏合弹与蜣螂粪丸比哉。"

东坡曰:"孔子不取微生高,孟子不取於陵仲子,恶其不情也。渊明欲仕则仕,不以求之为嫌;欲隐则隐,不以去之为高。饥则扣门而乞食,饱则鸡黍以延客,古今贤之,贵其真也。"

又曰:"渊明作诗不多,然其诗质而实绮,癯而实腴,自曹、刘、鲍、谢、李、杜诸人,皆莫及也。"

黄山谷《跋渊明诗卷》曰:"血气方刚时,读此诗如嚼枯木,及绵历世事,知决定无所用智。"又云:"谢康乐、庾义城之诗,炉锤之功不遗余力。然未能窥彭泽数仞之墙者,二子有意于俗人赞毁其工拙,渊明直寄焉。持是以论渊明,亦可以知其关键也。"

又曰:"宁律不谐而不使句弱,用字不工不使语俗,此庾开府之所长也,然有意于为诗也。至于渊明,则所谓不烦绳削而自合者。虽然,巧于斧斤者多疑其拙,窘于检括者辄病其放。孔子曰:'宁武子其智可及也,其愚不可及也。'渊明之拙与放,岂可为不知者道哉!

道人曰：'如我按指，海印发光。汝暂举心，尘劳先起。'说者曰：'若以法眼观，无俗不真；若以世眼观，无真不俗。'渊明之诗，当与一丘一壑者共之耳。"

又曰："退之于诗，本无解处，以才高而好耳。渊明不为诗，写其胸中之妙耳。无韩之才与陶之妙，而学其诗，终乐天耳。"

又曰："钟嵘评渊明诗为古今隐逸诗人之宗。余谓陋哉斯言，岂足以尽之，不若萧统云：'渊明文章不群，词彩精拔，跌宕昭彰，独超众类，抑扬爽朗，莫之与京。横素波而傍流，干青云而直上。语时事则指而可想，论怀抱则旷而且真。加以贞志不休，安道苦节，不以躬耕为耻，不以无财为病，自非大贤笃志，与道污隆，孰能如是乎！'此言尽之矣。"

葛常之《韵语阳秋》曰："陶潜、谢朓诗皆平澹有思致，非后来诗人锐心刿目雕琢者所为也。老杜云'陶谢不枝梧，风骚共推激。紫燕自超诣，翠驳谁剪剔'是也。大抵欲造平淡，当自组丽中来。落其纷华，然后可造平淡之境。如此，则陶、谢不足进矣。今之人多作拙易诗，而自以为平澹，识者未尝不绝倒也。梅圣俞《和晏相诗》云：'因令适性情，稍欲到平澹。苦词未圆熟，刺口剧菱芡。'言到平澹处甚难也。李白云：'清水出芙蓉，天然去雕饰。'平澹而到天然处，则善矣。"

陈后山曰："鲍昭之诗，华而不弱。陶渊明之诗，切于事情，但不文耳。"

蔡宽夫《西清诗话》曰："渊明意趣真古，清淡之宗。诗家视渊明，犹孔门视伯夷也。"

休斋曰："人之为诗，要有野意。语曰：'质胜文则野。'盖诗非文不腴，非质不枯，能始腴而终枯，无中边之殊，意味自长。风人以来得野意者，渊明而已。"

《雪浪斋日记》曰："为诗欲词格清美，当看鲍昭、谢灵运；欲浑成而有正始以来风气,当看渊明。"

刘后村曰:"士之生世,鲜不以荣辱得丧挠败其天真者。渊明一生,惟在彭泽八十余日涉世故。余皆高枕北窗之日,无荣恶乎辱,无得恶乎丧,此其所以为绝唱而寡和也。二苏公则不然,方其得意也,为执政侍从。及其失意也,至下狱过岭。晚更忧患,于是始有和陶之作。二公虽惓惓于渊明,未知渊明果印可否?"

又曰:"柳子厚之贬,其忧悲憔悴之叹发于诗者特为酸楚,卒以愤死,未为达理。白乐天似能脱屣轩冕者,然荣辱得失之际,铢铢校量,而自矜其达,每诗未尝不著此意,是岂真能忘之者哉?亦力胜之耳。惟渊明则不然,观其《贫士》《责子》,与其他所作,当忧则忧,当喜则喜,忽然忧乐两忘,则随所寓而皆适,未尝有择于其间,所谓超世遗物者。要当如是而后可。观三人之诗,以意逆志,人岂难见?以是论贤不肖之实,何可欺乎!"

又曰:"所贵于枯淡者,谓外枯而中膏,似淡而实美,渊明、子厚之流是也。若中边皆枯,亦何足道。佛言譬如食蜜,中边皆甜。人食五味,知其甘苦,皆是。能分别其中边者,百无一也。"

汤文清公曰:"按诗中言本志少,说固穷多,夫惟忍于饥寒之苦,而后能存节义之闲,西山之所以有饿夫也。世士贪荣禄,事豪侈,而高谈名义,自方于古之人,余未之信也。"

以上李公焕原采总论

朱子曰:"张子房五世相韩,韩亡,不爱万金之产,弟死不葬,为韩报仇。虽博浪之谋不遂,衡阳之命不延,然卒藉汉灭秦诛项,以摅其愤,然后弃人间事,导引辟谷,托意寓言,将与古之形解销化者,相期于八纮九垓之外,使千载之下,闻其风者,想像叹息,不知其心胸面目为何如人,其志可谓壮哉!陶元亮自以晋世宰辅子孙,耻复屈身后代，自刘裕篡夺势成，遂不肯仕。虽功名事业，不少概见，而其高情逸想，播于声诗者，后世能言之士，皆自以为莫能及也。盖古之君子，其于天命民彝君臣父子大伦大法所在，惓惓如此。是以大者既立，而后节概之高，语言之妙，乃有可得而言者。如其不然，则纪逯、唐林之节非不苦，王维、储光羲之诗非不翛然清远也，然一失身于新莽、禄山之朝，则其平生之所辛勤而仅得以传世者，适足为后人嗤笑之资耳。"

真西山曰："予闻近世之评诗者，渊明之辞甚高，而其旨则出于庄老。康节之辞若卑，而其旨则原于六经。以余观之，渊明之学正自经术中来，故形之于诗有不可掩。如《荣木》之忧，逝水之叹也。《贫士》之咏，箪瓢之乐也。《饮酒》末章有曰：'羲农去我久，举世少复真。汲汲鲁中叟，弥缝使其淳。'渊明之智及此，岂虚玄之士可望耶？虽其遗荣辱，一得丧，真有旷达之风，细玩其辞，时亦悲凉感慨，非无意世事者。或者徒知义熙以后不著年号，为耻事二姓之验，而不知其惓惓王室，盖有乃祖长沙公之心，独以力不得为，故肥遁以自绝。食薇饮水之言，衔木填海之喻，至深痛切，顾读者弗之察耳。渊明之志若是，又岂毁彝伦而外名教者，所可同日语乎！"

何孟春曰："以靖节为老庄语出朱子，而真氏为之辨如此。盖朱语门人所录，未可信。靖节人品未可轻议，吴临川《跋朱子书陶诗》亦云：'朱子尝言陶靖节见趣多是老子意，此直晦庵一时所见如此耳，非遂有所贬也。"

陈善《扪虱新语》曰："文章以气韵为主，气韵不足，虽有辞藻，要非佳作也。昨读渊明诗，颇似枯淡，久而有味，东坡晚年极好之，谓李杜不及也。此无他，韵而已。"

《严沧浪诗话》曰："汉魏古诗，气象混沌，难以句摘。晋以还方有佳句；如渊明'采菊东篱下，悠然见南山'，谢灵运'池塘生春草'之类。谢所以不及陶者，康乐之诗精工，渊明之诗质而自然耳。"

《许彦周诗话》曰："陶彭泽诗，颜、谢、潘、陆皆不及者，以其平昔所行之事赋之于诗，无一点愧辞，所以能尔。"

黄彻《䂬溪诗话》曰："渊明非畏枯槁，其所以感叹时化推迁者，盖伤时人之急于声利也。杜老非畏乱离，其所以愁愤于干戈盗贼者，盖以王室元元为怀也。俗士何足以识之！"

《敖陶孙诗评》曰："陶彭泽诗如绛云在霄，舒卷自如。"

郑厚《艺圃折衷》曰："陶渊明诗如逸鹤任风，闲鸥忘海。"

《刘后村诗话》曰："陶公如天地间之有醴泉庆云，是惟无出，出则为祥瑞，则饶坡公一人和陶可也。"

《松石轩诗评》曰："陶潜之作，如清澜白鸟，长林麋鹿，虽弗婴笼络，可与其洁。而隐显未齐，厌欣犹滞，直适乎此而不能忘隘乎彼者耶。"

何孟春曰："陶公自三代而下为第一流人物，其诗文自两汉以还为第一等作家。惟其胸次高，故其言语妙。而后世慕彼风流，未尝不钦厥制作。钦厥制作，未尝不尚论其人之为伯夷，为黔娄，为灵均、子房、孔明也。"

以上何孟春《陶集》附录及总论所增

钟嵘《诗品》曰："宋征士陶潜诗，其源出于应璩，又协左思风力。文体省静，殆无长语，笃意真古，辞兴婉惬。每观其文，想其人德。世叹其质直，至如'欢言酌春酒'，'日暮天无云'，风华清靡，岂直为田家语耶？古今隐逸诗人之宗也。"

苏东坡曰："观陶彭泽诗，初若散缓不收，反复不已，乃识其奇趣。每体中不佳，辄取读，不过一篇，惟恐读尽后，无以自遣耳。"

李献吉曰："靖节高才豪逸人也，而复善知几，厥遭靡时，潜龙勿用。然予读其诗，有俯仰悲慨，玩世肆志之心焉。"

李宾之曰："陶诗质厚近古，愈读而愈见其妙。"

王元美《艺苑卮言》曰："渊明托旨冲澹，其造语有极工者，乃大入思来，琢之使无痕迹耳。后人苦一切深沉，取其形似，谓为自然，谬以千里。"

茅鹿门曰："间读陶先生所著《归去来辞》并《五柳先生传》，千年来共谓古之栖逸者流，而以诗酒自放者也。已而予三复之。及读《咏三良》、《咏荆轲》，与《感士不遇赋》，其中多鸣咽感慨之旨。予独疑其晋室之倾，窃欲按张子房故事，以五世相韩故，而行击博浪沙中者。然子房创谋虽无成，犹藉真人起丰沛，附风云，稍及依汉以亡秦也。嗟乎！先生独不偶，故其言曰：'一朝长逝后，愿言同此归。'又曰：'惜哉剑术疏，奇功遂不成。其人虽云没，千载有余情。'又曰：'伊古人之慷慨，病奇名之不立。屈雄志于戚竖，竟尺土之无及。'然则先生岂盼盼然歌咏泉石，沉冥麴蘗者而已哉！吾悲其心，悬万里之外，九霄之上，独愤翮之絷而蹄之蹶，故不得已以诗酒自溺，踯躅徘徊，待尽丘壑焉耳。"

刘朝箴曰："靖节非儒非俗，非狂非狷，非风流，非抗执，平淡自得，无事修饰，皆有天然自得之趣，而饥寒困穷，不以累心，但足其酒，百虑皆空矣。及感遇而为文词，则率意任真，略无斧凿痕、烟火气。千载之下诵其文，想其人，便爱慕向往，不能已已。"

潜玉曰："靖节先生孤士也。篇中曰孤松，曰孤云，皆自况语。人但知义熙以后，先生耻事二姓，孤隐于醉石五柳间，而不知义熙以前，虽与镇军、督邮同尘错处，而先生之孤自若。故其诗云：'自我抱兹独，俯仰四十年。'又云：'此士胡独然，实由罕所同。'慨不生炎帝帝魁之世，而赋感士不遇，云'拥孤襟以卒岁，谢良价于朝市'，盖合晋宋而发慨也，岂其参军事、令彭泽，即云'良价'哉？颜延年曰：'物尚孤生。'先生真孤生也。"

以上毛晋绿君亭本《陶集》总评所增

叶少蕴梦得《石林诗话》曰："《诗品》论渊明以为出于应璩，此语不知其所据。应璩诗不多见，惟《文选》载其《百一诗》一篇，所谓'下流不可处，君子慎厥初'者，与陶诗了不相类。五臣注引《文章录》云：'曹爽用事，多违法度，璩作此诗以刺在位，意若百分有补于一者。'渊明正以脱略世故，超然物外为意，顾区区在位者，何足概其心哉？且此老何曾有意欲以诗自名，而追取一人而模仿之？此乃当时文士与世进取竞进而争长者所为，何期此老之浅，盖嵘之陋也。"

《兰庄诗话》曰："钟嵘品陶潜诗：'文体省静，殆无长语，笃意真古，辞与婉惬，古今隐逸诗人之宗也。'可谓知言矣，而置之中品。其上品十一人，如王粲、阮籍辈，顾右于潜耶？论者称嵘洞悉元理，曲臻雅致，标扬极界，以示法程，自唐而上莫及也。吾独惑于处潜焉。"

林君复通曰："陶渊明无功德及人，而名节与功臣义士等，何耶？盖颜子以退为进，宁武子愚不可及之徒欤。"

《东坡诗话》曰："古之诗人有拟古之作矣，未有追和古人者也，追和古人则始于东坡。吾于诗人无所甚好，独好渊明之诗。渊明作诗不多，然其诗质而实绮，癯而实腴，自曹、刘、鲍、谢、李、杜诸人，皆莫及也。吾前后和其诗凡百有九篇，至其得意，自谓不甚愧渊明。然吾之于渊明，岂独好其诗也哉？如其为人，实有感焉。渊明临终

疏告俨等,'吾少而穷苦,每以家弊,东西游走。性刚才拙,与物多
忤,自量为己必贻俗患,俛俛辞世,使汝等幼而饥寒。'渊明此语盖实
录也。吾真有其病,而不蚤自知,半世出仕,以犯大患。此所以深愧
渊明,欲晚节师范其万一也。"

范元实《潜溪诗眼》曰:"东坡《和贫士》诗:'夷、齐耻周粟,高歌
诵虞、轩。禄产彼何人,能致绮与园。古来辟世士,死灰或余烟。末
路益可羞,朱墨手自研。渊明初亦仕,弦歌本诚言。不乐乃径归,视
世嗟独贤。'此言夷、齐自信其去,虽武王不能挽之使留。四皓自信
其进,虽产禄之聘亦为之出。盖古人无心于功名,信道而进退,故其
名之传,如死灰之余烟也。后之君子既不能以道进退,又不能忘世
俗之毁誉,多作文以自名其出处,故曰'朱墨手自研'。若'渊明初亦
仕,弦歌本诚言',盖无心于名,虽晋末亦仕,合于绮园之出。其去
也,亦不待以微罪行,'不乐乃径归',合于夷、齐之去,其进退盖相
似。使其易地,未必不追踪二子也。东坡作文,工于命意,必超然独
立于众人之上,非如昔人称渊明以退为高耳。"

《朱子文集》曰:"渊明诗所以为高,正在不待安排,胸中自然流
出。东坡乃篇篇句句依韵而和之,虽其高才似不费力,然已失其自
然之趣矣。"

都元敬穆《南濠诗话》曰:"陈后山谓'陶渊明之诗切于事情,但
不文耳',此言非也。如《归园田居》云:'暧暧远人村,依依墟里烟。
狗吠深巷中,鸡鸣桑树颠。'东坡谓如大匠运斤无斧凿痕。如《饮酒》
其一云:'衰荣无定在,彼此更共之。'山谷谓类西汉文字。其五云:
'结庐在人境,而无车马喧。问君何能尔,心远地自偏。'王荆公谓诗
人以来无此四句。又如《桃花源记》云:'不知有汉,无论魏晋。'唐子
西谓造语简妙,复曰晋人工造语,而渊明其尤也。后山非无识者,其
论陶诗特见之偶偏,故异于苏、黄诸公耳。"

《姜白石诗说》曰:"渊明天资既高,趣诣又远,故其诗散而庄,澹而腴,断不容作邯郸步也。"

《蔡宽夫诗话》曰:"渊明诗,唐人绝无知其奥者,唯韦苏州、白乐天尝有效其体之作,而乐天去之亦自远甚。太和后风格顿衰,不特不知渊明而已。然薛能、郑谷乃皆自言师渊明。能诗云:'李白终无敌,陶公固不刊。'谷诗云:'爱日满阶看古集,只应《陶集》是吾师。'"

释惠洪《冷斋夜话》曰:"东坡尝云:渊明诗初视若散缓,熟视有奇趣。如曰:'日暮巾柴车,路暗光已夕。归人望烟火,稚子候檐隙。'又曰:'采菊东篱下,悠然见南山。'又曰:'霭霭远人村,依依墟里烟。犬吠深巷中,鸡鸣桑树颠。'大率才高意远,则所寓得其妙,遂能如此,如大匠运斤,无斧凿痕。不知者疲精力,至死不悟。如曰:'一千里色中秋月,十里军声半夜潮。'又曰:'蝴蝶梦中家万里,子规枝上月三更。'又曰:'深秋帘幕千家雨,落日楼台一笛风。'皆寒乞相,一览便尽,初如秀整,熟视无神气,以其字露也。东坡作对则不然,如曰'山中老宿依然在,案上《楞严》已不看'之类,更无龃龉之态,细味之,对偶亲的,而字不露也。此真得渊明之遗意耳。"

都元敬《南濠诗话》曰:"东坡拈出渊明谈理之语有三:'采菊东篱下,悠然见南山','笑傲东轩下,聊复得此生','客养千金躯,临化消其宝。'皆以为知道之言。予谓渊明不止于知道,而其妙语亦不止是。如云:'纵浪大化中,不喜亦不惧。应尽便须尽,无复独多虑。''望云惭高鸟,临水愧游鱼。真想初在襟,谁谓形迹拘。''朝与仁义生,夕死复何求','及时当勉励,岁月不待人','前途当几许,未知止泊处','古人惜寸阴,念此使人惧'。盖真有得于道者,非寻常人能蹈其轨辙也。"

陈善《扪虱新语》曰："山谷尝云：'白乐天、柳子厚俱效渊明作诗，而惟子厚诗为近。'然以予观之，子厚语近而气不近，乐天学近而语不近。子厚气凄怆，乐天语散缓。各得其一，要于渊明诗未能尽似也。东坡亦尝和陶诗百余篇，自谓不甚愧渊明。然坡诗语亦微伤巧，不若陶语体合自然。要知陶渊明，须观江文通杂体诗中拟渊明作者，方是逼真。"

又曰："余每论诗，以陶渊明、韩、杜诸公皆为韵胜。一日见林倅于径山，夜话及此。林倅曰：'诗有格有韵，故自不同。如渊明诗是其格高，谢灵运池塘春草之句，乃其韵胜也。格高似梅花，韵胜似海棠花。'予听之，瞿然若有悟。"

杨廷秀万里《读渊明》诗有句云："故文了无改，乃似未见宝。貌同觉神异，旧玩出新妙。"

陈伯敷绎曾《文章欧冶》曰："渊明心存忠义，身处闲逸，情真景真意真事真，几于《十九首》矣。至其工夫精密，而天然无斧凿痕，又有出于《十九首》之表者，盛唐诸家风韵皆出此。"

宋景濂曰："陶元亮天分之高，其先虽出于太冲、景阳，究其所自得，直超建安而上之。高情远韵，殆有太羹充铏，不假盐醢而至味自存者也。"

王彝《跋临流赋诗图》曰："陶渊明临流则赋诗，见山则忘言，殆不可谓见山不赋诗，临流不忘言；又不可谓见山必忘言，临流必赋诗。盖其胸中似与天地同流，其见山临流皆其偶然，赋诗忘言亦其适然。故当时人见其然，渊明亦自言其然。然而为渊明者，亦不知其所以然而然也。又何以知其然哉？盖得诸其胸中而已。"

李宾之《怀麓堂诗话》曰："陶诗质厚近古，愈读而愈见其妙。韦应物稍失之平易，柳子厚则过于精刻。世称陶、韦，又称韦、柳，特概言之。惟谓学陶者须自韦、柳而入，乃为正耳。"

赵钝叟维寰曰："渊明大节自足不朽。要以兴会所到，悠然得句，意不在诗，亦如琴不必弦，书不甚解云尔。必以为字字句句皆关君父，又乌知陶诗不坠经生刻画苦海乎？"

杨用修《升庵诗话》曰："《晋书》云：陶渊明读书不求甚解。此语俗士之见，后世不晓也。余思其故：自两汉来训诂盛行，说五经之文至于二三万言。陶心知厌之，故超然真见，独契古初。而晚废训诂，俗士不达，便谓其不求甚解矣。又是时周续之与学士祖企、谢景夷，从刺史檀韶聘，讲《礼》城北，加以雠校，所住公廨，近于马肆。渊明示以诗云：'周生述孔业，祖谢响然臻。马队非讲肆，校书亦以勤。'盖不屑之也。观其诗云'先师遗训，今岂云坠'，又曰'诗书敦宿好'，又云'游好在六经'，又云'泛览《周王传》，流观《山海图》'，其著《圣贤群辅录》、《五孝传赞》，考索无遗，又跋之云'书传所载，故老所传，尽于此矣'，岂世之卤莽不到心者耶？予尝言人不可不学，但不可为讲师溺训诂。见《渊明传》语深有契耳。"

陆树声《长水日抄》曰："陶渊明《饮酒》、《田园》诸作，见者若疑其为闲淡绝物，散诞自居也。而不知其雅操坚持，苦心独复处。观其诗曰：'凄凄失群鸟，日暮犹独飞。徘徊无定止，夜夜声转悲。厉响思清远，去来何依依。'又云：'劲风无荣木，此荫独不衰。托身已得所，千载不相违。'其特立惕厉若此。至其会意忘言处，心境廓然，此正独复从道处，亦所谓忧世乐天，并行不悖。"

江进之盈科《雪涛诗评》曰："陶渊明超然尘外，独辟一家，盖人非六朝之人，故诗亦非六朝之诗。"

张尔公洁生曰："渊明无之非寄，凡《获稻》、《饮酒》、《乞食》、《读书》皆寄耳，诗又寄之寄也。岂必铢铢两两与余人较工拙、论喜憎哉?"

　　顾炎武《日知录》曰:"末世人情弥巧,文而不惭,固有朝赋《采薇》之篇,而夕有捧檄之喜者。苟以其言取之,则车载鲁连、斗量王蠋矣。曰是不然,世有知言者出焉。则其人之真伪,即其言辨之,而卒莫能逃也。《黍离》之大夫,始而摇摇,中而如噎,既而如醉,无可奈何,而付之苍天者,真也。汨罗之宗臣,言之重,辞之复,心烦意乱,而其辞不能以次者,真也。栗里之征士,淡然若忘于世,而感愤之怀,有时不能自止,而微见其情者,真也。其汲汲于自表暴而为之言者,伪也。"

　　黄维章文焕《陶诗析义》序曰:"古今尊陶,统归平淡。以平淡概陶,陶不得见也。析之以炼字炼章,字字奇奥,分合隐现,险峭多端,斯陶之手眼出矣。钟嵘品陶徒曰'隐逸之宗',以隐逸蔽陶,陶又不得见也。析之以忧时念乱,思扶晋衰,思抗晋禅,经济热肠,语藏本末,涌若海立,屹若剑飞,斯陶之心胆出矣。若夫理学标宗,圣贤自任,重华、孔子,耿耿不忘;六籍无亲,悠悠生叹,汉魏诸诗,谁及此解? 斯则靖节之品位,竟当俎豆于孔庑之间,弥朽而弥高者也。开此三例,悬之万年,佳咏本原,方免埋没。否则摩诘、韦、孟,群附陶派,谁察其霄壤者?"

以上吴瞻泰《陶诗汇注》所增

　　钟伯敬曰:"陶诗闲远,自其本色,一段渊永淹润之气,其妙全在不枯。"

　　赵钝叟曰:"渊明、灵运同为晋室勋臣之裔。灵运浮沉禅代,袭爵康乐,晚乃自悔,有韩亡秦帝之语。博浪未椎,身名并陨,以坠家声,惜哉! 独渊明解组,肆志鸿冥,鼎革之间,不友不臣,易纪元以甲子,凛然《春秋》大义,虽寄怀沉湎,而德辉弥上,殆首阳之展禽,箕山

217

之接舆也。”

以上蒋熏陶诗总论所增

施彦执《北窗炙輠录》曰："人见渊明自放于田园诗酒中，谓是一疏懒人耳。不知其平生学道至苦，故其诗曰：'凄凄失群鸟，日暮犹独飞。徘徊无定止，夜夜声转悲。厉响思清越，去来何依依。因植孤生松，敛翮遥来归。劲风无荣木，此荫独不衰。系身已得所，千载莫相违。'其苦心可知。既有会意处，便一时放下。"

又曰："周正夫云：人言陶渊明隐，渊明何尝隐？正是出耳。"

又曰："正夫书论杜子美、陶渊明诗云：'子美读尽天下书，识尽万物理，天地造化古今事物，盘礴郁积于胸中，皓乎无不载，遇事一触，辄发之于诗。渊明随其所见，指点成诗，见花即道花，遇竹即说竹，更无一豪作为。'故予尝有诗云：'子美学古胸，万卷郁含蓄。遇事时一麾，百怪森动目。渊明澹无事，空洞抚便腹。物色入眼来，指点诗句足。彼岂发其藏，此但随所触。二老诗中雄，同人不同曲。'盖本于正夫之论也。"

渊明诗云："山气日夕佳，飞鸟相与还。此中有真意，欲辨已忘言。"时达磨未西来，渊明早会禅。此正夫云。同上。

王坧《稗史》曰："诗本触物寓兴，吟咏情性，但能输写胸中所欲言，无有不佳。而世多役于组织雕镂，故语言虽工，而淡然无味，与人意了不相关。尝观渊明《告子俨等疏》云：'少学琴书，偶爱闲静，开卷有得，便欣然忘食。见树木交荫，时鸟变声，亦复欣然有喜，尝言五六月中，北窗高卧，遇凉风暂至，自谓是羲皇上人。'此皆其平生真意。及读其诗，所谓'孟夏草木长，绕屋树扶疏。众鸟欣有托，吾亦爱吾庐。既耕亦已种，时还读我书。'又'微雨从东来，好风与之俱'，直是倾倒所有，借书于手，初不自知为语言文字，此其所以不可及。人谁无三间屋，夏月饱眠睡，凭几读书，藉木阴听鸟声，而唯渊明独知为至乐。则知世间好事，人所共有，而不能自受用者，何可胜数！吾今岁辟东轩，自伐林间大竹为小榻，一夫负之可趋。择美木佳处，即曲肱跣足而卧，殆未觉有暑气，不知与渊明所享孰多少，但恨无此诗耳。"①

　　① 此条见叶梦得《石林诗话》。凡王氏所采，皆前人旧说，不一一细标出处也。

　　又曰："情之所蓄，无不可吐出；景之所触，无不可写入。晋惟渊明，唐惟少陵，叙事者如画师肖貌，各随其形之妍媸。议论者如老吏断狱，悉得其情之本末。汉惟子长，宋惟子瞻。"

　　又曰："陶渊明诗如'白日掩柴扉，虚室绝尘想'，固可见其有道气象。而'万物各有托，孤云独无依'，可以见其孤忠自许。《咏荆轲》一篇，盖借之以发孤愤耳，故朱子谓此篇始露本象。其自作《挽诗》，刘坦之以曳杖易箦比之，岂溢美哉。李太白'对影成三人'之句，亦出渊明'欲言无予和，挥杯劝孤景'，盖其志有非他人窥测者。世道衰降，不能少见于行事，读其诗可以得其心焉。"

　　又曰："陶诗淡不是无绳削，但绳削到自然处。故见其淡之妙，不见其削之迹。李诗逸不是无雕饰，但雕饰到自然处，故见其逸之趣，不见其饰之痕。"

　　又曰：杜有全学陶者，陶云"亲戚或余悲，他人亦已歌"；又云"众鸟欣有托，吾亦爱吾庐"。而杜写怀云"万古一骸骨，邻家递歌哭"；又云"群生各一宿，飞动自俦匹。吾亦驱其儿，营营为私实"，明明自陶脱出来。但读陶后二语，殊觉杜之为烦。

　　又曰：李白亦多用陶语。陶云"挥杯劝孤影"，而李云"独酌劝孤影";陶云"但得琴中趣,何劳弦上声",而李云"但得酒中趣,勿为醒者传"。

　　冯钝吟《杂录》曰:陶公读书,止观大意,不求甚解。所谓甚解者,如郑康成之《礼》,毛公之《诗》也。世人读书正苦大意未通耳,乃云吾师渊明,不惟自误,更以误人。

以上新增

卷末

靖节先生年谱考异上

宋李巽岩焘撰《靖节新传》三卷，今其书已佚。陈振孙《书录解题》有吴仁杰斗南《年谱》，蜀人张缜季长为作《辨证》。今吴《谱》独传，而《辨证》仅见李公焕注中。先是王雪山质著《绍陶录》，亦撰《栗里年谱》，陶南村载入《辍耕录》。国朝新安吴东岩瞻泰撰《陶诗汇注》，以二谱并冠卷首。今按二谱各有发明，而考核之精，王不如吴。余于先生出处之际，尝事搜讨，偶有一孔之见，窃仿季长《辨证》之例，以王、吴二谱并列于前，参考宋、元以来诸家所说，为《考异》如右。

王《谱》："元亮高风，发于晋宋去就之际，君曾祖事晋，懋著勋劳，自宋武帝芟玄复马，逆揣其末流，即不出。武帝将收贤士以系人心，见要，亦不应。陶、谢皆世臣，君世地色言俱避，而灵运为武帝秉任，最后乃欲诡忠义，杂江海。远师送君过虎谿，而却灵运不入莲社，素心皆所鉴知。谱具左方。"

吴《谱》："先生晋大司马长沙郡侃公之曾孙。按梁昭明太子著先生传云：'自以曾祖晋世宰辅，耻复屈身后代，自宋高祖王业渐隆，不复肯仕。'惟先生大节如此，故义熙初元，去彭泽，末有著廷之命亦不拜，时晋犹未禅也。先生虽晋臣，未尝一食宋粟，然其卒在元嘉中，故《晋书》有本传。沈约《宋书》、李延寿《南史》又皆有传。后世因以先生为宋人，《隋·经籍志》称'宋聘士《陶潜集》'，吴氏《西斋录》称'宋彭泽令《陶潜集》者'，误也。今取晋故官表之篇端,从先生本志云。"

澎按:颜延之为先生诔,称"有晋征士浔阳陶渊明",隐示史笔。沈约撰《宋书》,收入《隐逸传》,特著其耻事二姓之节,亦以表微。是在当时何尝以先生为宋人哉?惟颜《诔》直称渊明,沈《传》则云陶潜字渊明,或云渊明字元亮。盖渊明其本名,后更名潜耳。说具元嘉三年下。

澍又按:先生为桓公曾孙,见于《命子》诗,而晋宋诸史皆无异辞。自元李公焕于《赠长沙公诗序》"祖同大司马"注云:"谓汉高帝时陶舍。"①近时太原阎氏父子遂据其说,历辨先生非桓公之裔。长洲何焯《读书记》、嘉定钱大昕《读陶诗跋》,力辟其诬妄,然不知误始于公焕也。钱之跋曰:"靖节为桓公曾孙,载于晋宋之书,千有余年,从无异议。近有山阳阎咏,乃据《赠长沙公诗序》'昭穆既远,已为路人'二语,辨其非侃后。且谓元亮自有祖,何必藉侃以重。咏既名父子,②说又新奇,恐后来通人惑于其说,故不可不辨。靖节自述世系,莫备于《命子》诗,首溯得姓之始,次述远祖愍侯舍、丞相青,然后颂扬勋德,即以祖考承之。此士行为渊明曾大父之实证也。六朝最重门第,百家之谱,皆上于吏部。沈休文撰宋史,在齐永明之世,亲见谱牒,故于本传书之。梁昭明太子作《靖节传》,不过承《宋书》旧文,而阎乃云始于昭明误读《命子》诗,其谬一也。昭明《传》云:'自以曾祖晋世宰辅,耻于屈身异代。'此亦出《宋书》之文,而阎以訾昭明,则是《宋书》亦未寓目。曾不知休文卒时,昭明才十有三岁,即使《传》有舛误,亦当先訾休文,况《传》本不误乎。其谬二也。且使士行与元亮果属疏远如路人也者,则《命子》篇中何用述其勋德?攀援贵族,乡党自好者不为,元亮千秋高士,岂宜有此!③其谬三也。阎所据者,惟有《赠长沙公诗序》,而序固言'同出大司马’矣。大司马之称，非侃而谁？虽阎亦知其不可通也。词遁而穷，因检《史》《汉表》陶舍曾以右司马从汉王，遂谓序中大司马当作右司马，谓舍非谓侃也。不知汉初军营有左右司马，品秩最卑，不过中涓舍人之比，舍位为列侯，不称侯而称右司马，在稍通官制者且知其不可，岂得以诬靖节乎？夫擅改古书以成曲说，最为后儒之陋，况此大司马又万无可改之理。④其谬四也。惟是长沙公与靖节属小功之亲，而云‘昭穆既远，已为路人’，似有衅隙可指。⑤今以《晋书》考之，士行虽以功名终，而诸子不协，自相鱼肉，再传之后，视如路人，⑥固其宜矣。昭穆犹言两世，两世未远，而情谊已疏，故有‘慨然寤叹，念兹厥初’之句。⑦其云‘昭穆既远’者，隐痛家难，不忍斥言之耳。若以为同出于舍，则自汉初分支，已阅六百余年，人易世疏，又何足怪。其谬五也。阎又云：‘侃，庐江人。元亮，浔阳人[1]柴桑人，其址贯不同。’考浔阳郡即庐江所分，南渡后移于江南。士行生于未分之前，元亮生于侨立郡之后。史各据实书之，似异而实同也。⑧颜延之作《靖节诔》虽不叙先世，而其词曰：‘韬此洪族，蔑彼名级。’苟非宰辅之胄，焉得洪族之称？此亦一证也。”按辛楣此论，反复以箴阎氏之失，最为明晰。近时洪稚存作《陶氏族谱序》，仍用阎说，正辛楣所云“新奇易惑”也。

　　① 李公焕虽以大司马为愍侯，然仍以先生为桓公曾孙，观《命子诗》注引陶茂麟《家谱》可见。

　　② 咏为百诗之子。

　　③ 澍按：如果攀援贵族，则司空、溧阳、宛陵、康乐，何以不并数。

　　④ 澍按：右司马乃愍侯始官，正与初入关时左司马曹无伤等耳。其封则以中尉从击燕、代。《百官公卿表》：“中尉，秦官，掌徼循京师。武帝太和

────────────

[1] 人，当是衍文。

元年改名执金吾,秩中二千石。"纵不称侯,亦当称中尉。世未有称人官爵,不从其后历之尊,而从其始进之卑者,况子孙之于祖宗乎?

⑤ 澍按:延寿为桓公玄孙,先生为曾孙,缌服非小功也。《礼》:"大夫绝想[1]。"谓大夫于旁亲之服,无缌服。若依吴《谱》为延寿之子,则与先生直无服矣,故云"昭穆既远,已为路人",犹今律言五服之外同凡论也。

⑥ 澍按:"诸子鱼肉",亦出庾亮之诬,未可尽信。

⑦ 澍按:《赠长沙公》诗殆因长沙公路过浔阳,修理家庙,而赠之诗,故有"允构斯堂"之语。以为情谊已疏,慨然寤叹,未免以辞害意。

⑧ 澍按:《晋书·地理志》:"永兴元年,分庐江之浔阳、武昌之柴桑二县置寻阳郡,置江州。"阎氏以地理自诩。而云址贯不同,何也?

又按:《晋书·陶桓公传》:"有子十七人。"惟洪、瞻、夏、琦、旗、斌、称、范、岱见旧史,余者并不显。先生传云:"祖茂,武昌太守。"①父名爵则史未载。李公焕《命子》诗注引陶茂麟《家谱》,以先生祖名岱,为散骑员外,父名逸,为姿城太守,生五子。又引赵泉山云:"靖节之父,史轶其名,惟见于茂麟《家谱》。"今按茂麟《家谱》,仅见于《宋史·艺文志》,其书久不传。惟宋邓名世《古今姓氏书辨证》云:"后世陶氏望出丹阳,晋太尉侃之祖父同,始居焉。同生丹,②吴扬武将军,柴桑侯,遂居其地。生侃,字士行,娶十五妻,生二十三子,二子少亡,二十一子官至太守。侃生员外散骑岱。岱生晋安城太守逸。逸生彭泽令、赠光禄大夫潜。潜生族人熙之,宋度支尚书。熙之生梁邵陵内史测。测生吏部尚书旻。旻生隋散骑常侍元安。元安生陈夔州都督、尚书令、金陵县公琮。琮生唐韶州始兴令处寂、滁江二州刺史锐、③贺州录事参军文桢。处寂生唐滕王府陪戎副尉先期。先期生光庭。光庭生如革及江

---

[1] 想,当作"缌"。

州刺史祥。如革生进金。进金生淮南威毅第二十将茂麟。茂麟
生左中卫将军若思。若思生左骁卫将军鉴。"公焕、泉山所引,当
即名世此篇也。但径以为茂麟《家谱》,则似未然。今昌邑《陶氏
族谱》,有宋仁宗至和元年江州从事赞皇李庆孙旧序,茂麟孙鉴立
石。其文曰:"夫晋④自东晋太尉陶公,迄于今日,所谓本支百世
也。太尉之传备于晋史,又节史而为录,载于《建康》,有识皆知。
今仅六百年,有孙曰鉴,仕圣朝为左班殿直,公暇,因出数纸示仆,
仆览焉,且见或中而断,或尾而续,或行而阙,或字而破,虽罗虫鼊
溃蚀,然有可究其一二者。第一行则有'浔阳'二字,次行则缺其
左,只右有'同'字,⑤下云'娶十五妻,生二十',此下无字,不知二
十者男耶? 只曰'太守以上,梁天监二年'而已。⑥次行曰'历台省
官六百一十八人'。次行曰'今浔阳郡西北山下,乃吴朝太子舍人
丹之墓,即侃之父也'。次有九行,即大略唐朝以来名公纪颂祭吊
之事。十行曰'祖妣江夏孟氏,五男'。次行曰'十代祖熙之,南宋
仕本州别驾,除武陵内史'。次行曰'大府度支尚书、大中正'。⑦
次行曰'祖妣琅琊王氏'。次行曰'九代祖侧⑧梁朝本州别驾、邵陵
内史、开国侯、广府都督,食邑七百户。祖妣琅琊王氏。八代祖
旻,梁大同二年,州辟主簿,授望蔡县主簿。西台承制,授金部郎
中、开远将军、左散骑常侍、义安太守,封重安县开国侯,食邑三百
户。陈宣帝即位,赐金紫光禄大夫、度支吏部二尚书、黄门侍郎。
祖妣清河张氏。父崇本,别驾。七代祖元安,隋朝州辟主簿,除户
部员外郎,迁左散骑常侍。祖妣乐安任氏。父奭,左散骑常侍。
六代祖琮,唐武德二年州辟主簿,补右门府步兵校尉。初以隋之
失驭,擢琮为盟主,上柱国、开国公、匡州刺史,诏使王弘让改本州
别驾、大中正、夔州都督兼中书令、仪同三司。祖妣汝南周氏。五
代祖处寂,唐韶州始兴县令。祖妣安城刘氏。叔祖锐,左散骑常

侍、江州刺史。叔祖文祯，唐贺州录事。四代祖先期，唐滕王府陪戎副尉。三代祖光庭，不仕，精习《五经》。祖如革，考进金，并不仕。叔祖祥，唐进士及第，授秘书省校书郎、屯田郎中。唐僖宗乾符四年，除江州刺史。遇寇盗起，诏归京，留别手札一道，衣段巾冠等物，留题五柳先生庙，皆有祝辞。'此上即断简之中所略载者。所有前之九行，中云唐乾符四年，远孙江州刺史祥，祭拜有文。唐颜鲁公、白太傅、孔侍郎、李中丞，前后贤达经过，悉留诗榜。自经兵燹，放失不可复记。既而有嗣孙茂麟，为江州左威毅裨将。《江南纪年》曰：吴王杨溥，太和五年九月五日，列状诉节度使、中书令杨公彻，具述太尉坟寝，乞禁樵采。幸中书令杨公判曰：'陶太尉声光克盛，门族显然，矧彼子孙，在明朝宜加委用。顾惟坟寝在藩室，不为保持，何以敬前贤？何以劝后世？'余云云。自茂麟而后，又几代云云。其家藏数世诏书纶诰约十通，有叔可大，携之江南，应进士举，沉湎于酒，沦弃而不收一纸。且古语有之：'礼失求诸野。'又曰'天子失官，守在四夷，太史公登龙门、探禹穴，网罗天下放佚旧闻，然后为《史记》一百三十卷。嵩山有落简之类，皆古昔国史家谱，因事不守，故俾圣贤遑遑孜孜，而探讨之勤如此'云云。今直殿陶君，以仆从事于史氏之后，乃命谱之，以永陶氏之世。谨序。"今按此序即据茂麟所编录出，自熙之以上世系剥落不全，至其孙鉴已无从稽考，故序之如此。疑以传疑，信以传信，《春秋》"夏五""郭公"之义也。鉴既以序勒石，则其[1]其谱即用乃祖剥落之本可知，而邓氏所云"祖岱，散骑常侍。父逸，安城太守。先生赠光禄大夫，生族人熙之"，似皆非鉴谱所有。邓氏书成于绍兴四年，去鉴勒石时八十余载，其所载生族人熙之等语，亦似有脱

---

[1] 此"其"字或为衍文。

落非全文。岂当日更有别本,据以成书耶?

① 《江西通志》引《豫章书》,亦云孟嘉以二女妻陶侃子茂之二子,一生渊明,一生敬远。

② 澍按:丹见《晋书·侃母湛氏》及《朱伺传》。

③ 澍按:《资治通鉴》:"锐于天宝中为大鸿胪。"似又是一人。

④ 澍按:此"晋"字疑当作"陶"。

⑤ 邓书则云:"望出丹阳,侃祖父同始居焉。"

⑥ 邓书则云:"生二十三子,二子少亡,二十一子官至太守。"

⑦ 邓氏书则云:"潜生族人熙之,宋度支尚书。"

⑧ 邓氏书作"测"。

又按:李公焕《命子》诗注谓先生"父姿城太守,生五子",邓氏书谓先生"生族人熙之",旧序十行曰"祖妣江夏孟氏,五男",次行曰"十代祖熙之"。先生生母夫人孟氏,从弟敬远母亦孟氏,皆孟嘉女,未知此孟氏是先生母,抑敬远母也。熙之亦未知是孟氏下一代,抑二代。如系一代,即五男之一,或先生同母兄弟,或敬远同母兄弟。如系二代,即五男中一男所生,或先生同母兄弟之子,或敬远之子,敬远同母兄弟之子,俱未可定,要不得以为先生子也。先生子五人,俨、俟、份、佚、佟,小名舒、宣、雍、端、通,无名熙之者。茂麟系出熙之,似非先生嫡派矣。又姿城,邓作安城。考《晋书·地志》、《宋书·州郡志》,皆无姿城,惟安城太守领县七,吴孙皓宝鼎二年分置。当以安城为是。

又按:安成旧属长沙郡,今为江西吉安府庐陵、安福各境。府志载安福有陶渊明读书台,或幼随父任,读书于此耶?

晋哀帝兴宁三年乙丑

王《谱》："君生于浔阳柴桑，今德化县楚城市是。^①父轶名。《命子诗》：'於穆仁考，澹焉虚止。寄迹风云，置兹愠喜。'陶氏自侃以武功授世，后裔稍涉故风，多流乱岐。盖折翼之祥，发之旁派，传淡，传君父子，皆以隐德著称。侃女适孟嘉，嘉女适君父，是生君。其气所传，造化必有可言者。"

① 澍按："市"当作"乡"。

吴《谱》："先生生于是年。"

澍按：李公焕《陶集总论》引祁宽曰："先生以义熙元年秋为彭泽令，其冬解绶去职，时四十一岁矣。后十六年，晋禅宋。又七年，卒，是为宋文帝元嘉四年。《南史》及梁昭明《传》不载寿年，《晋书·隐逸传》及颜延之《诔》皆云年六十三。以历推之，生于晋哀帝兴宁三年乙丑岁。"今考先生年六十三，始见于沈约《宋书》，昭明《传》因之，《晋书》亦因之。惟《文选》载颜延之《诔》作春秋若干。此云昭明不载寿年，颜《诔》年六十三，当是误记颜《诔》为萧《传》也。

又按：李公焕注引张缜云："先生辛丑《游斜川诗》：'开岁倏五十。'若以诗为正，则先生生于壬子岁。自壬子至辛丑为年五十，迄丁卯考终，是得年七十六。"并记之。按"开岁倏五十"，当从汤东㵎本作"五日"为是。若以先生为生于壬子，则集中"是时向立年"等句，合之时事皆不可通。近见余姚黄璋^①著辨数则，力主季长以壬子为是。然既据《饮酒》诗"投耒去学仕，是时向立年"之句，谓先生为州祭酒时年二十九，不思诗固又云"冉冉星气流，亭亭复一纪"、"世路廓悠悠，杨朱所以止"，是先生之止，止于四十也。若生壬子,则二十九为州祭酒,岁当庚辰,少日自解去,中间州召主簿不就,并未仕也,何待历十余年至四十始赋止。且既止矣,何又历十余年至五十复出为参军乎?惟生乙丑,至彭泽解绶正四十一岁。

① 宗羲之子。

　　澍又按:《宋书》、昭明《传》皆云先生寻阳柴桑人,而《晋书》不载,为失之。今考先生故居,旧说有三处。《名胜志》曰:"君旧宅在柴桑山,晋史'家于柴桑',即今之楚城乡也。去宅北三里,有靖节墓。唐白居易有《访陶公旧宅》诗。"《明一统志》曰:"元亮故里在新昌县东二十五里。《图经》云:'元亮始家宜丰,后徙柴桑,暮年复归故里。'宜丰,今新昌也。《舆图备考》曰:'新昌义钧乡之七里山,有元亮读书室、洗墨池、藏书垲,遗迹尚存。'"又《江州志》云:"先生始居上京山,星子西七里。戊午①六月火,迁柴桑山,九江西南九十里,古栗里,今之楚城乡也。旧碑题晋陶靖节先生故里。'"澍考集中有《移居》诗及《还旧居》诗,其首句曰"畴昔家上京",则《江州志》所说为信。当是始居上京,因火而徙柴桑之南村,后又还居上京也。《图经》谓始家宜丰,未知所本。

① 当作"戊申"。

海西公太和元年丙寅二岁
太和二年丁卯三岁
太和三年戊辰四岁
太和四年己巳五岁

太和五年庚午六岁

太和六年辛未七岁

吴《谱》："是年冬，简文即位，改元咸安。"

简文帝咸安二年壬申八岁

澍按：先生《祭从弟敬远》文曰："相及龆龀，并罹偏咎。"汤东澗注："龆与龀义同，毁齿也。《家语》曰：'男子八岁而龀。'靖节年三十七，母孟氏卒，是偏咎为失怙也。"按颜延之《陶征士诔》有"家贫"、"母老"、"捧檄"、"致亲"云云，则以偏咎为失怙，良是。惟"龆"乃髫之俗字，《玉篇》："髫，小儿发。"《广韵》："髫，小儿发，俗作龆。"不与龀通。则先生失怙，不定在八岁时。又按先生诗凡两用"偏"字，此云"偏咎"，又有"始室丧偏"之语，盖妻之言齐，丧一则偏，具庆失一，故曰偏咎也。

孝武帝宁康元年癸酉九岁

宁康二年甲戌十岁

宁康三年乙亥十一岁

太元元年丙子十二岁

王《谱》："君年十二失母。《祭妹文》曰：'慈妣早世，我年二六。'"

吴《谱》："《祭程氏妹》文云：'慈妣早世，我年二六。'先生生于乙丑，至是十有二岁，丁母夫人孟氏忧。夫人晋故征西大将军孟嘉第四女，大司马侃外孙也。事见集中《孟府君传》。"[1]

① 吴瞻泰本无"事见"以下八字。

澍按：颜延之《诔》云："母老子幼，就养勤匮。远惟田生致亲之义,追悟毛子捧檄之怀。"似为州祭酒以后,母夫人尚在。若十二岁即失母,无所为"田生"、"毛子"云云也。延之与先生同时,宜所审知。及考汤东磵注《祭妹文》,以慈姒为庶母,于"昔在江陵,重罹天罚"注云:"晋安帝隆安五年秋七月,赴江陵假还。是冬母夫人孟氏卒。"于是积年之疑始释。然则"慈姒早世"者,盖程氏妹之生母,而先生之庶母也。又先生诗"久游恋所生",盖谓母孟夫人,故有"凯风负我心"之句,即集中《孟府君传》曰:"渊明先亲,君第四女,《凯风》寒泉之思,实钟厥心也。"乃吴、王二谱并以江陵之丧为丁太公忧,岂知凯风念母,则是父先母亡。故《命子》诗"于皇仁考",即云"嗟予寡陋,瞻望弗及"。若隆安五年太公始卒,则是年先生已三十七岁,胡得云弗及乎?说者亦知难通,乃以颜《诔》之"母老"为继母,曾不思州辟之时,太公果在,则当云"亲老子幼",乌得舍父而尚称继母乎?此云"慈姒",或是程氏妹生母,乃先生慈母。《丧服传》:"慈母如母。"断非谓孟夫人也。

太元二年丁丑十三岁

太元三年戊寅十四岁

太元四年己卯十五岁

太元五年庚辰十六岁

太元六年辛巳十七岁

太元七年壬午十八岁

太元八年癸未十九岁

太元九年甲申二十岁

　　王《谱》:"君年二十,失妾。《楚调》诗云:'弱冠逢世阻,始室丧其偏。'妻翟氏偕老,所谓'夫耕于前,妻锄于后'当是翟汤家。汤、庄、矫、法赐四世，以隐行知名。"①

① 原注：亦柴桑。[1]

澍按：此谓失妾非也。汤东磵《楚调》注云："其年二十丧偶，继取翟氏。"据颜《诔》"居无仆妾"，则汤说近是。古人不当有未妻先妾之事，况年仅弱冠耶？吴斗南亦以此为悼亡，而引杜元凯《春秋传》注"偏丧曰寡"，以释"偏"义。其实本诗明言"始室"，古者男有室，指妻而言。若继配则曰继室，妾则曰侧室。此云"始室"，非元配而何？又斗南以丧偏为三十岁事，盖以"始室"、"弱冠"为偶句，义亦可通。

太元十年乙酉二十一岁

吴《谱》："《示庞主簿邓治中》诗云：'弱冠逢世阻。'按《晋纪》及《五行志》，太元八年春三月，始兴、南康、庐陵大水，南康平地五尺。十年夏五月，大水。秋七月，旱饥。先生时年方冠，连年旱饥馑，故云。"

澍按：是时秦兵入寇，天下分裂，所谓"世阻"，固不止于旱潦饥馑也。

太元十一年丙戌二十二岁

[1] "原注亦柴桑"五字王质《栗里谱》无"原注"二字，"亦柴桑"作"亦柴桑人"，在前"知名"二字下，为《栗里谱》正文（见《绍陶录》卷上，文渊阁四库全书本。）又1956北京古籍刊行社本戚焕埙校作："原注：翟汤，柴桑人。汤子庄，庄子矫，矫子法赐。汤见《晋书·隐逸传》，法赐并见《宋书·隐逸传》。"未知所据何本。

太元十二年丁亥二十三岁

太元十三年戊子二十四岁

太元十四年己丑二十五岁

太元十五年庚寅二十六岁

太元十六年辛卯二十七岁

吴《谱》："有《始春怀古田舍》诗二首。集本作'癸卯'，字之误也。此诗首联曰：'在昔闻南亩，当年竟未践。'则是此年方有事于田畴，故明年有'投耒学仕'之语。按本传称先生躬耕自资，亦在为镇军参军之前。以此知始践南亩，决非癸卯岁，集本误明矣。"

澍按：先生躬耕自资，史叙于辞州主簿之后，而诗云"投耒去学仕"，是前此已躬耕矣。《癸卯怀古田舍》乃曰："在昔闻南亩，当年竟未践。"岂前此所谓躬耕，不过隐于陇亩之辞，实未尝沾体涂足耶？吴说不为无见。然径以《怀古田舍》诗系于辛卯，谓此年方有事于田畴，则似不免于滞。躬耕本无年可纪也。

太元十七年壬辰二十八岁

太元十八年癸巳二十九岁

吴《谱》："是岁为江州祭酒，未几辞归。州复以主簿召，不就。《饮酒》诗曰：'畴昔苦长饥，投耒去学仕。'又云：'是时向立年。'盖先生以二十九岁始出仕，实癸巳岁也。本传云：'亲老家贫，起为州祭酒，不堪吏职，少日自解归。'此《饮酒》诗下句，所谓'拂衣归田里'者也。"

澍按：汤东磵《赴假还江陵夜行涂口》诗注亦云癸巳为州祭酒。以《饮酒》诗"是时向立年"推之，则东磵、斗南之说为然也。王景文不能定其为何年，但云当在壬辰、癸巳之间。然考《饮酒》

诗云"亭亭复一纪",自癸巳数至乙巳适一纪,于年为合。

太元十九年甲午三十岁

王《谱》:"君年三十,有《归园田》诗曰:'误落尘网中,一去三十年。'初为州祭酒,当在其前。不堪乃解归,故云'久在樊笼里,复得返自然'。寻亦却主簿。"

澍按:景文之意,以堕地为尘网,故系此诗于年三十,说近释氏。先生胸中无此尘网,当以仕途言之。刘坦之履曰:"'一去三十年',三当作'逾',或在'十'字下。"何燕泉孟春曰:"太元十八年,靖节起为州祭酒,时年二十九,正合《饮酒》诗'投耒去学仕,是时向立年'之句。以此推之,至彭泽退归才十三年。此云三十年,误矣。"按吴《谱》亦以《归园田》诗为义熙二年彭泽归后所作。景文引本传"不堪吏职,少日乃解归"二语,夫"少日"亦不得云久在樊笼,均未审也。

吴《谱》:"是年先生三十矣,有悼亡之戚,故《示庞主簿邓治中》诗云:'始室丧其偏。'《礼》:'三十曰壮,有室。'《左传》:'齐崔杼[1]生成及强而寡,娶东郭氏。'杜注:'偏丧曰寡。'先生《与子俨等疏》云:'汝等虽不同生,当思四海兄弟之义。他人尚尔,况共父之人哉。'先生盖两娶,本传称:'其妻翟氏,志趣亦同,能安苦节,夫耕于前,妻锄于后。'则继室实翟氏。"

澍按:先生长子俨,盖前妻所生,余或翟出,故疏言"虽不同

---

[1] 杼,原作"子"。按,《左传》襄公二十七年作"杼",吴《谱》亦作"杼"。作"杼"是,今据改。

生"。若份、佚同岁,以颜《诔》"居无仆妾"证之,当是孪生耳。

太元二十一年乙未三十一岁

澍按:汤东㵎于先生《还旧居》诗注引赵泉山曰:"自乙未佐镇军幕,迄今六载。"又《辛丑赴江陵》诗"闲居三十载"注云:"是年靖节年三十七,中间除癸巳为州祭酒,乙未至庚子参镇军事,三十载家居矣。"是皆以先生为镇军参军在乙未岁。景文、斗南则以《始作镇军参军经曲阿》诗作于庚子岁。然不题庚子于此诗之首,而题于《规林阻风》诗首,以乙巳为建威参军题例之,知《曲阿》诗非作于庚子,始为参军亦不在庚子也。说具后。

太元二十一年丙申三十二岁
安帝隆安元年丁酉三十三岁
隆安二年戊戌三十四岁
隆安三年己亥三十五岁

澍按:始作镇军参军当在是年。说具后。

隆安四年庚子三十六岁
王《谱》:"君年三十六。五月有《从都还阻风规林》诗,当是参镇军,衔命自京都上江陵,故在《始作镇军参军经曲阿》诗后。父在柴桑,故云'一欣侍温颜',又云'久游恋所生'。父为人度不肯适都,当是己舍单行。见《还旧居》诗。军僚差强郡吏,故云'时来苟冥会,婉恋憩通衢。投策命晨装,暂与田园疏。'"

澍按：先生垂髫失怙，何得此时有父在柴桑？诗云"久游恋所生"，如果庚子始作参军，此诗作于庚子五月，亦不得云"久游"。说具后。

吴《谱》："始作镇军参军，有《经曲阿》诗。曲阿，今丹阳县也。本传称：'躬耕自资，遂抱羸疾。复为镇军、建威参军事。'按晋官制，镇军、建威皆将军官，各置属掾，非兼官也。以诗题考之，先生盖于此年作镇军参军。①至乙巳岁作建威参军，史从省文耳。《文选·经曲阿》诗李善注云：'宋武帝行镇军将军。'按裕元兴元年为建威将军，三年行镇军将军，与此先后岁月不合，先生亦岂从裕辟者？善注引用非是。此年五月又有《从都还阻风规林》诗云'一欣侍温颜'，则先生就辟，至是乃挈家居京师，故《还旧居》诗有'畴昔家上京'之句。葛文康云：'先生《阻风规林》诗落句云："静念园林好，人间良可辞。"是岁春秋三十六。明年《夜行涂口》诗云："投冠旋旧庐，不为好爵萦。"卒践其言，自彭泽归，优游里巷者二十二年。'"

① 按当在己亥，吴氏所考为差一耳。

澍按：挈家京师一语误甚。先生未尝有居京师之事，上京乃山名，非上都也。说具后。

隆安五年辛丑三十七岁

王《谱》："君年三十七。正月，有《游斜川》诗云：'开岁倏五十。'方三十七，作'五日'是。当是故岁五月还浔阳，今岁七月还江陵，有《赴假还江陵夜行涂口》诗。留浔阳逾年，当是予告在乡，至是往赴。云'闲居三十载'，自未参镇军以前，得三十六年。当是不堪劳役，遂起归意，故云：'诗书敦宿好，园林无俗情。如何舍此去，遥遥至南荆。'失父。《祭妹文》云：'昔在江陵，重罹天罚。触事未远，书疏犹存。'当是妹自武昌报江陵，时父在柴桑。"

吴《谱》："有《七月赴假还江陵夜行涂口》诗。《文选》此诗'遥遥至西荆'，李善注云：'时京都在东，故谓荆州为西也。'今集本作南荆者，非。叶少蕴左丞云：'渊明隆安庚子从都还，明年赴假还江陵。荆州刺史自隆安三年桓玄袭杀殷仲堪，即代其任，至于篡，未别授人。渊明之行在五年，岂尝仕于玄耶？传云为镇军参军，按刘裕以大亨三年逐桓玄，行镇军将军事，岂又尝仕于裕耶？桓玄、刘裕之际，而渊明皆或从仕，世多以为疑，此非知渊明之深者。无论实为玄、裕否，渊明在隆安之前，天下未有大故，且不肯仕，自庚子至乙巳，正君臣易位，人道反覆之时，渊明乃肯出仕乎？盖浔阳上流用武之地，玄与裕所由交战出入往来者也。渊明知自足以全节而不伤生，故迫之仕则仕，不以轻犯其锋。弃之归则归，不以终屈其己。岂区区一节之士，可以窥其间哉！自去彭泽，刘裕大业以成，天下亦少定，遂不复出。后十四年，召为著作佐郎，则渊明可以终辞矣。'仁杰按：先生为镇军非从刘裕，已具去岁谱中。至仕于江陵，则又有不然者。先生以庚子岁作镇军参军，乙巳岁去彭泽不复仕，故《还旧居》诗云：'畴昔家上京，六载去还归'，自庚子至乙巳，凡六年。既云'家上京'，又有《从都还阻风》诗，则是未尝居江陵。使先生果仕于玄，不应居京师。设居江陵，不应以为上京。故先生《答庞参军》序云：'庞从江陵使上都，过浔阳。'凡言京都，皆指建业，则先生未尝居江陵明甚。其《祭程氏妹》文云：'昔在江陵，重罹天罚。兄弟索居，乖隔楚越。伊我与尔，百哀是切。'以先生《阻风》诗推之，'一欣侍温颜，再喜见友于'，则先生盖有兄弟至江陵。丁外艰，而兄弟乖隔，独与女弟居丧者，盖先生兄弟在京师，而女弟居江陵。岂先生亲闻因

过其女，以疾留江陵，遂不起耶？先生以七月还江陵，而《祭妹文》有
'萧萧冬月'之语，则居忧在是岁之冬。"

　　澍按：王《谱》以赴江陵为赴官，叶少蕴以安帝隆安三年桓玄
袭杀荆州刺史殷仲堪，即代其任，疑赴江陵为尝仕玄。又以刘裕
大亨三年逐桓玄行镇军将军，疑作镇军参军为尝仕裕。吴《谱》谓
裕元兴元年为建威将军，三年行镇军将军，与此前后岁月不合，先
生亦岂从裕辟者，证叶之误，并规李善《文选》注以镇军为刘裕之
失。其说当矣，抑犹未尽。按先生历仕之迹，初为州祭酒，自解
归。继召主簿，不就。既乃为镇军参军，又为建威参军，终于彭泽
令，赋《归去来》，未尝更为别官。其《始作镇军参军》诗，编于庚子
之前，庚子有《五月中从都还阻风规林》诗，则作参军在庚子前可
知。题曰"经曲阿"，曲阿，今丹阳县，则镇军之为何人，开府何地，
亦可推寻而得。考晋、宋二书《晋孝武帝》、《安帝》、《宋武帝本
纪》，王恭、刘牢之、桓玄等传，太元十五年庚寅二月，以中书令王
恭为都督青、兖、幽、并、冀五州诸军事、前将军、青兖二州刺史、假
节，镇京口。安帝隆安二年戊戌七月，王恭举兵，以讨王愉、司马
尚之兄弟为辞。九月，车骑将军刘牢之背恭归朝廷，使子敬宣击
败恭。恭死，遂代恭为都督，镇京口。三年己亥十一月，妖贼孙恩
作乱于会稽，前将军刘牢之东讨，牢之以刘裕参府军事。四年庚
子十一月，以前将军刘牢之为镇北将军。五年辛丑五月，孙恩寇
吴国，杀内史袁山松，牢之使参军刘裕讨之。元兴元年壬寅正月，
桓玄举兵犯京师。三月，牢之降于玄，玄以为征东将军、会稽太
守。牢之自缢而死，桓玄从兄修以抚军镇丹徒。三年甲辰二月，
刘裕举义兵讨玄，玄司徒王谧，推裕行镇军将军、徐州刺史、都督
扬、徐、兖、豫、青、冀、幽、并八州诸军事、假节，镇石头。辅国将

军、晋陵太守刘牢之子敬宣,与诸葛长民破桓歆于芍陂,迁建威将军、江州刺史,镇寻阳。义熙元年乙巳三月,加镇军将军刘裕为侍中、车骑将军、都督中外诸军事。十月,旋镇丹徒。东晋各镇,虽皆握兵柄,尤以北府为盛,其镇在京口。先生《始作镇军参军》诗题曰“经曲阿”,镇军在京口,故曲阿有必经也。自太元十五年庚寅至隆安二年戊戌九月,镇京口者为王恭。赵泉山、汤东涧谓先生以乙未作参军,则仕于恭者四年。自戊戌十年至元兴元年壬寅三月,镇京口者为刘牢之。王景文、吴斗南谓先生以庚子作参军,则仕于牢之者二年。要其参牢之军,固有年可纪也。若桓玄未举兵之前,镇在夏口,先生如参玄军,不得途经曲阿。若谓至江陵为仕玄,则题固云“赴假还江陵”。《集韵》:“假,休沐也。”应劭《汉官仪》:“五日一假,休沐。”《晋书·王尼传》:“护军与尼长假。”岂得反以假还为趋职?意必以事使江陵,路出浔阳,事毕,便道请假归视,其辞简,犹曰“赴假还自江陵”云尔。至刘裕则辛丑方为牢之参军,甲辰始行镇军将军。先生以辛丑冬月居忧,甲辰服阕,次年乙巳三月,有《为建威参军使都》诗。盖因居忧浔阳,值敬宣以建威将军刺江州,镇浔阳,先生旧参牢之军,与敬宣世好,故敬宣即辟参其军。若裕甲辰行镇军时镇石头,至乙巳十月始旋镇丹徒,先生正在彭泽赋《归去来》矣,何得有参裕军事也?惟东晋为镇军将军者,郗愔以后,至裕始复见此号。①故李善《文选》注引臧荣绪《晋书》曰:“宋武帝行镇军将军,辟公参其军事。”以镇军为裕,遂以臆谓公参其军。②考《晋书·百官志》,有左右前后军将军,左右前后四军为镇卫军。王恭、刘牢之皆为前将军、正镇卫军,即省文曰“镇军”,亦奚不可。先生《赠庞参军》诗序曰:“庞为卫军参军。”其时卫将军王弘,省文曰“卫军”,即其例矣。吴斗南谓先生岂肯从裕辟者,裕之辟否无可考,若先生未参裕军,取诗与史互勘自明。惟裕为牢之参军，先生亦为牢之参军。③又别有参军刘袭、张畅之。④晋制：将军开府位从公，为持节、都督者，增参军为六人。先生与裕同僚，则有之耳。

① 孝武帝太元元年春正月，以领军将军郗愔为镇军大将军。六年十一月，以镇军大将军郗愔为司空。会稽人檀元之反，镇军参军谢蔼之讨平之。自愔后，无以镇军为号者。

② 《选》注"辟公参其军事"，非《晋书》原文也。《文献通考》："刘裕起兵讨桓玄，为镇军将军，渊明参其军事。"即因李善之误注而沿其谬。

③ 澍按：《晋书·王恭传》："恭为都督兖、青、冀、幽、并、徐州、晋陵诸军事、平北将军，兖青二州刺史、假节，镇京口。初，都督以'北'为号者，累有不祥，故桓冲、王坦之、刁彝之徒，不受镇北之号。恭表让军号，以超受为辞，而实恶其名，于是改号前将军。"据此，则牢之不称镇北而称镇军，盖时忌也。

④ 《牢之传》："欲据江北以拒玄，集众大议，参军刘袭不可。"又《会稽王道子传》："元显回入宣阳门，刘牢之参军张畅之率众击之。"

又按：王恭自隆安元年丁酉四月举兵，以讨王国宝、王绪为名。二年戊戌，又举兵为刘牢之所败，诛死。牢之因代其任。先生若是乙未即参恭军，岂容数年之间见恭包藏祸心，而不拂衣告去，乃因循濡忍，坐观恭之举兵以至于死，即非从乱，不亦有昧知几乎？况恭死由牢之，恭败即转仕牢之，揆诸故吏之义，亦有愧于栾布之哭彭越矣。是则泉山、东㵎以先生参军在乙未岁者，未尝细考先生所参谁军，与镇军之为何人也。今为反复推寻，先生始作参军实在己亥，镇军实为牢之。①盖戊戌九月，恭死，而牢之代其任，开府京口，即在此时。先生《还旧居》诗曰"六载去还归"，曰"今日始复来"，明乙巳以前去来靡定，从甲辰逆数至己亥，正六载，而《始作参军诗》编于庚子之前，亦可知为己亥。惟己亥佐牢之军,庚子五月假还,辛丑七月再还,至甲辰又为建威参军,去而归,归而还,所谓"六载去还归"也。己亥十一月,孙恩陷会稽,牢之率众东讨。先生《饮酒》诗曰:"在昔曾远游,直至东海隅。此行谁使然,似为饥所驱。"正追赋其尝从军讨恩,驰驱海隅事也,足为先生参牢之军之明证。特先生无汗马功,故史但载刘裕从行,不及先生耳。其时牢之威名甚盛,幕府正可藉以进身,非先生所欲,庚子五月即乞假归省,故曰"恐此非名计,息驾归闲居",正追赋其乞假事也。盖牢之末路不终,先生早已窥见其微。自辛丑假还,继以居忧,去职久矣,不能相累,所谓见几之哲非欤?统计先生参军不及三载,注家以为六年,误也。又按吴《谱》谓先生未尝居江陵,据《祭妹文》,女弟在江陵,疑亲闻过女,先生因省亲赴之。亲以疾留江陵,遂不起,故《祭妹文》有"萧萧冬月"之语,于情事亦近。但玩诗中"如何舍此去,遥遥至西荆。怀役不遑寐,中宵尚孤征"等语,似因奉使宵征,不见有特为省亲乞假之意,与《规林诗》之欣侍温颜、喜见友于者不类。尝通考先生出处前后,始参镇军,就辟京口,故有《始作镇军参军经曲阿》诗。镇军在京口,故经曲阿。庚子五月,请假回里,途必由建康,故有《从都还阻风规林》诗,怀所生而念友于,遂留浔阳逾年,故明年辛丑正月有《游斜川》诗。疑旋入都免假,至七月有江陵之役。自都往江陵必由浔阳,故有《赴假还江陵》诗。而王事靡盬,只可便道乞假,不能久留,故其辞意与《国风·小雅》行役告劳相似。考《晋书》是年六月,孙恩寇丹阳,进围建康,中外戒严,时桓玄以荆州刺史镇江陵,上表请入卫,会恩退,朝廷以诏书止之。恩退在六月,先生江陵之行在七月,或即奉诏止玄之役耶?李善《文选》注引《江图[1]》:"自沙阳

---

[1] 图,原作"国",《文选》作"图",是。今改正。

县下流一百五十里至赤圻,赤圻二十五里至涂口。"今武昌府之嘉鱼、蒲圻二县,皆晋沙阳县地。嘉鱼县北尚有沙阳故城遗址。以里计之,塗口当在九江府上流八九十里。② 桓玄不臣久著,先生若是使彼,固宜其词之有憾矣。然亦未有以见为必然,姑识所疑如此。近日阳湖恽子居元[1]据本传"州召主簿,不就",谓此诗即是以疾乞假,至假满则赴之,而终以疾辞。时桓玄方兼领荆、江二州刺史,驻南郡,先生以辞主簿至江陵云云。不知先生此时方参镇军,及服阕,复参建威军,皆在辞主簿之后,有本传及诗题岁月可考。若此时方辞主簿,则为参军又在何年邪?且既辞主簿,称疾不就,则正宜家居不起,乃反千里诣府,天下有如是之称疾辞官者邪?至吴《谱》力辨先生未尝参佐桓玄,恽氏反谓其诬先生佐桓玄,而著论以非之,则是未见吴氏原书,近于道听途说矣。

① 澍又按:《通鉴》:元兴元年三月,刘牢之遣敬宣诣桓玄降。玄入京师,以牢之为会稽内史。牢之曰:"始尔便夺我兵,祸其至矣。"私告刘裕:"当北就高雅之于广陵举兵,卿能从我乎?"裕曰:"将军以劲卒数万,望风降服,朝野人情已去,广陵可得至耶? 裕当反服回京口耳。"何无忌谓裕曰:"我将何之?"裕曰:"吾观镇北必不免,卿可随我回京口。"牢之帅部曲北走,至新洲,缢死。按牢之此时已进号前将军,而裕以其必败,故仍呼为镇北耳。

②《桓石绥传》:"桓玄败石绥,走江西塗中。"疑即此塗口也。王鸣盛谓塗中当作"涂",即今滁州,恐未是。

元兴元年壬寅三十八岁

吴《谱》:"桓玄举兵犯京师,政自己出,改元大亨。是年先生居忧。"

---

[1] 元,《灵峰草堂丛书》本作"敬",是。

元兴二年癸卯 三十九岁

王《谱》："君年三十九。正月,有《始春怀古田舍》诗。当是自江陵归柴桑,复适京都,宅忧居家,思溢城,故有《怀古田舍》,又云'良苗亦怀新',十二月,有《与从弟敬远》诗云:'寝迹衡门下。'在都亦当是处野。"

澍按:先生未尝有挈眷居京师事,其《庚子从都还阻风规林》诗曰:"行行循归路,计日望旧居。一欣侍温颜,再喜见友于。"是眷属皆在旧居明证。规林地今无考。诗曰:"凯风负我心,戢枻守穷湖。高莽渺无界,夏木独森疏。谁言客舟远,近瞻百里余。延目识南岭,空叹将焉如。"则去旧居不过百里。穷湖无界,疑即彭蠡官亭。南岭疑即采菊东篱悠然所见之南山矣。若眷属已在京师,何归而有侍温颜、见友于之喜?若谓至京师者妻子,留旧居者母与兄弟,则舍老亲而以妻子自随,尤非情事。且先生为参军未久,庚子五月从都还,辛丑正月有斜川之游,七月赴假还江陵,即以是冬居忧,壬寅、癸卯皆在忧中。王《谱》既以从都还为还浔阳,游斜川为留浔阳逾年,则固知旧居之在浔阳矣。又以《癸卯怀古田舍》之作,为自江陵归柴桑,复适京都,宅忧居家,思溢城。夫在官则迟回于故里,居忧反留恋于京师,揆之人情,殊为不近。况平畴良苗,即事多欣,乃田家实景,即寝迹衡门,邈与世绝,亦岂在京师语邪?于是求其说而不得,则谓"在都亦当是处野",总缘误以《还旧居》诗之"畴昔家上京,六载去还归",上京为上都,谓先生六载居京师,不知上京非上都也。

又按:"怀古田舍",古人文简语倒,当是于田舍中怀古也。观诗中称颜子、丈人、先师可见。王氏似以旧居为古,则于文为不辞。

吴《谱》："先生服阕闲居,有《饮酒诗》二十首。内一篇上云'是时向立年',下云'亭亭复一纪'。又别篇云'行行向不惑',是年三十九矣。十二月桓玄篡晋,改元永始。是月先生《与从弟敬远》诗云:'寝迹衡门下,邈与世相绝。'又《饮酒》诗称'夷叔在西山,且当从黄绮',皆有激而云。"

　　澍按:是年癸卯二月辛丑,建威将军刘裕破徐道覆于东阳。乙卯,桓玄自称大将军。八月,又自号相国、楚王。十一月壬午,迁帝于永安宫[1]。十二月壬辰,篡位,以帝为平固王。辛亥,帝蒙尘于寻阳。

　　澍按:"行行"句,斗南谓《饮酒》诗作于是岁,较王说为是。盖《饮酒》诗作于秋月,明年先生为建威参军,非闲居矣。况明年桓玄出奔,乘舆已反正,亦不应复有"夷叔"、"西山"等语也。又诗中"悠然见南山",考南山即指庐阜。证以"拂衣归田里"句,及与父老问答语,决非在都可知。益见景文之误。

元兴三年甲辰四十岁

王《谱》："君年四十有《连雨独饮》诗云:'偃傺四十年。'有《饮酒》诗云:'是时向立年,志气多所耻。遂尽介然分,终死归田里。'当是在壬辰、癸巳为州祭酒之时,所谓'投耒去学仕',又云'冉冉星气流,亭亭复一纪',至是得十二年。"

吴《谱》："先生四十岁。有《荣木》及《连雨独饮》诗。是岁桓玄伏诛,晋帝反正于江陵。未几,桓振反。"

---

[1] 宫,原误作"官",今改正。

澍按：甲辰是年二月，帝在寻阳。乙卯，建武将军刘裕帅沛国刘毅、东海何无忌等，举义兵，斩桓修于京口、桓宏于广陵。丁巳，义师济江。三月，桓玄溃而逃。庚申，刘裕置留台，具百官。壬戌，桓玄司徒王谧，推刘裕行镇军将军、徐州刺史、都督扬、徐、兖、豫、青、冀、幽、并八州诸军事，假节。裕以谧领扬州刺史、录尚书事。辛未，桓玄逼帝西上。四月己丑，大将军武陵王遵承制，总万机。庚寅，帝至江陵。何无忌等大破贼将，桓玄复逼帝东下。五月癸酉，刘毅破玄于峥嵘洲。己卯，帝复幸江陵。辛巳，帝居南郡。壬午，督护冯迁斩玄于貃盘州，乘舆反正于江陵。闰月，桓振陷江陵，刘毅、何无忌退守寻阳，帝复蒙尘于江陵。

义熙元年乙巳四十一岁

王《谱》："君年四十一。有《为建威参军使都经钱溪》诗，当是故岁自都还里即吉，庚子始事镇军，继事建威，中经罢忧，至是得六年，复衔命至都，其家尚未归柴桑。《还旧居》诗曰：'畴昔家上京，六载去还归。'往来时经乡里，不常留，稍成疏，故云'阡陌不移旧，邑屋或时非。履历周故居，邻老罕复遗'。至是始定居，断他适。十一月，有《归去来辞》。九月，家留柴桑，身往彭泽，至是免归。当是不堪军役，故求县。不堪县役，故归家。所谓'风波未定，心惮远役，彭泽去家百里，公田足以为酒，少日，眷然有归与之情'，平生之志始决，见序及辞甚详。失妹，所谓'情在骏奔，自免去职'。是岁刘将军录尚书。"①

① 澍按：刘将军未知所指何人。若刘裕，则是年三月，为侍中、车骑将军、都督中州诸军事。至四年正月甲辰，始以车骑将军为扬州刺史、录尚书

事也。

　　澍按：义熙[1]元年乙巳，帝在江陵，南阳太守鲁宗之起义兵，袭破襄阳。己丑，刘毅次于马头，桓振以帝屯于江津。宗之次纪南，为贼所败。振武将军刘道规击桓谦，破之。乘舆反正。帝与琅玡王幸道规舟。戊戌，下诏奖镇军将军裕，大赦，改元义熙。又案：李公焕《还旧居》诗注引《南康志》云："近城五里，地名上京，有渊明故居。"又《名胜志》："南康城西七里，为玉京山，亦名上京，有渊明旧居。其诗曰：'畴昔家上京'，即此。当湖之滨，一峰最秀，东西云山烟水数百里，浩淼萦带，皆列几席前。"又《朱子语录》："庐山有渊明古迹曰上原，《渊明集》作'京'，今土人作'荆'。江中有一盘石，石上有痕，云渊明醉卧其上，名渊明醉石。"又朱子在南康与崔嘉彦书云："前日出山，在上京坡遇雨，巾屦沾湿。"又吴师道《礼部诗话》："上京在栗里原，去郡一舍。"据诸说，则上京之为山，山有先生旧居，凿然无疑。惟《答庞参军》诗"作使上京"是京师耳。王景文、吴斗南均误旧居之上京为京师，故有挈妻子入都，父留柴桑诸臆说。辨见前。

　　又按《归去来辞》序曰："家叔以余贫苦。"家叔，即当《孟府君传》所谓叔父太常夔也。《太平御览》引《俗说》曰："陶夔为王孝伯参军，三日曲水集，陶在前行坐，有一参军督护在坐，陶于坐作诗，随得三五句，后坐参军督护随写取。诗成，陶犹更思补缀。后坐写其诗者先呈，陶诗经日方呈。大怪，收[2]陶参军乃复写人诗。陶愧愕不知所以。王后知陶非滥，遂弹去写诗者。"又《魏书·司马氏传》曰："德宗复立于江陵，改年义熙。尚书陶夔迎德宗达于

---

[1] 熙，原误作"兴"，今改正。
[2] 收，《太平御览》（文渊阁《四库全书》本）卷二四九引《世说》作"笑"。按：作"笑"是。

板桥,大风暴起,龙舟沉没,死者十余人。"当亦即此陶夔。惟太常
与尚书应是前后所历官不同耳。

　　吴《谱》:"三月,建威将军刘怀肃讨振斩之,天子乃还京师。是
年怀肃以建威将军为江州刺史,先生实参建威军事,从讨逆党于江
陵。有《使都经钱谿》诗,盖自江陵以使事如建业。寻归浔阳,有《还
旧居》诗。八月,起为彭泽令,在官八十余日,解印绶去,有《归去来
辞》并序。颜延之为先生诔云:'母老子幼,就养勤匮。远惟田生致
亲之义,追悟毛子捧檄之怀。幼辞州府三命,后为彭泽令。'按先生
十二岁失所怙,今延之言其母老,盖继母也。韩子苍舍人云:'以《渊
明传》及诗考之,自庚子岁始作建威参军,为彭泽,遂弃官归。凡为
吏者六岁,故云"六载去还归"。然渊明乙巳岁尚为参军,十一月去
彭泽,而云"家贫,耕植不足以自给",何也?'仁杰以《归去来》序考
之,不言由参军为彭泽,盖自使都之后,去官还浔阳,其云六载去还,
盖在京师居者六年,已而归浔阳旧居,故有《还旧居》诗。既归而耕
植不给,于是有弦歌之意,所谓'脱然有怀,求之靡途'是也。东坡先
生言:'孔子不取微生高,孟子不取于陵仲子,恶不情也。陶渊明欲
仕则仕,不以求之为嫌;欲隐则隐,不以去之为高。古今贤之,贵其
真也。'先生自庚子岁作镇军参军,至辛丑秋居忧,癸卯外除,值桓氏
乱,闲居弥年。此年春,方在建威府,未几,复辞去。虽六载居京,其
实为吏之日少。子苍疑其遽有不给之叹,顾第弗深考。又以镇军为
建威,亦误也。先生之去彭泽也,不知者以为不能为五斗米折腰乡
里小儿,其知者以为为女弟之丧也。乃若先生之意,则有在矣。方
是时,刘寄奴自以复晋鼎于桓氏窃据之余,规模所建渐广,决非臣事
晋者,故先生见几而作耳。其诲颜延之曰:'独正者危,至方则碍。'
然则先生之不欲为苟去,岂非得明哲保身之道也哉?"①

① 此条吴瞻泰本误连上年甲辰"未几桓振反"下,今从汲古阁本,系于是耳。

澍按：吴瞻泰曰："《年谱》：'是年刘怀肃为建威将军、江州刺史,辟公参军。'考《宋书·怀肃传》,其年为辅国将军,无建威之说。惟《晋书·刘牢之传》云：'刘敬宣与诸葛长民破桓歆于芍陂,迁建威将军、江州刺史,镇寻阳。'《宋书·刘敬宣传》所载亦同。实安帝元兴三年甲辰,则公为敬宣建威参军,未可知也。《年谱》失考。"今按斗南谓是年刘怀肃以建威将军为江州刺史,先生实参怀肃军事,从讨逆党于江陵。盖据《晋书》义熙元年乙巳三月,桓振袭江陵,荆州刺史司马休之奔于襄阳,建威将军刘怀肃讨振斩之,而先生诗题云"乙巳三月为建威将军使都",故遂以此事当之。东岩谓怀肃为辅国将军,无建威之说,误也。惟怀肃虽亦号建威将军,而时为淮南、历阳二郡太守,非江州刺史。江州刺史则敬宣以建威将军为之,镇寻阳,已先在甲辰三月。先生为江州柴桑人,得佐本州戎幕,且素参牢之军事,敬宣为牢之子,与先生世好,其特辟先生,有由也。斗南谓先生从讨江陵,亦与题云"使都"相戾。"使都"何能从讨乎？东岩又以乙巳年事系于甲辰,亦误。今从汲古阁本改列于此。

澍又按：是年乙巳正月,帝在江陵,改元义熙。二月,留台备法驾迎帝于江陵。三月,桓振复袭江陵,建威将军刘怀肃讨斩之。帝至自江陵。乙未,百官诣阙请罪,刘裕及何无忌等抗表逊位,不许。庚子,以琅玡王德文为大司马,武陵王遵为太保,加刘裕为侍中、车骑将军、都督中外诸军事。夏四月,刘裕旋镇京口。戊辰,馂于东堂。五月,桓玄故将桓亮、苻宏、刁预寇湘州,守将击走之。

澍按：《通鉴》：元兴三年甲辰三月,刘裕等复京师。桓玄挟帝西上。刘敬宣来归,以为晋陵太守。四月,玄兄子歆引氏帅入寇,敬宣与诸葛长民等共破之。刘裕以长民都督淮北诸军,镇山阳,以敬宣为江州刺史。五月,刘毅等遇玄于峥嵘洲,大败之。玄故将刘统、冯稚等聚党四百人,袭破寻阳城。毅遣建威将军刘怀肃讨平之。怀肃,怀敬之弟也。玄挟帝单舸走江陵。玄旋为益州都护冯迁所杀,传首大桁。闰月,桓振复陷江陵,何无忌等进击,大败,退还寻阳,与刘毅等上笺请罪。又曰:刘敬宣在寻阳聚粮缮船,无忌等虽败,赖以复振。玄兄子亮自称江州刺史,寇豫章,敬宣击破之。刘毅、何无忌、刘道规等复自寻阳西上。十二月,刘毅等进克巴陵。义熙元年正月,诸军至马头,桓振挟帝出屯江津。桓谦留冯该守江陵,毅等击破之,入江陵。振逃于涢川,刘怀肃追斩冯该于石头。二月丁巳,留台备法驾迎帝于江陵。甲午,帝至建康。是月,桓振袭江陵,建威将军刘怀肃引兵与振战于沙桥。敬宣遣将助之[1],临阵斩振,复取江陵。又曰:初,刘毅尝为敬宣宁朔参军,人或以雄杰许之,敬宣谓不然,毅闻而恨之。及敬宣为江州,辞以无功,不宜先毅等,裕不许。毅使人言于裕曰:"敬宣不豫建义,闻已授郡,实为过优。寻复为江州,尤用骇惋。"敬宣不自安,自表解官,乃召为宣城内史。四月,刘裕旋镇京口。

澍按:桓亮、符宏寇湘州,《安帝本纪》但言守将击走之,未言何人。按《刘敬宣传》:"破桓歆于芍陂,迁建威将军,镇寻阳。又破桓亮、符宏于湘中。安帝反正,征拜冠军将军,宣城内史,领襄城太守。谯纵反,以敬宣督军与臧喜西伐,入自白帝,所向皆克"云云,则是湘中守将乃敬宣也。敬宣自义熙元年五月破桓亮等,三年八月以冠军将军、持节监征蜀诸事也。

---

[1]《通鉴》卷一一四谓刘毅遣广武将军唐兴助之。非刘敬宣。

靖节先生年谱考异下

义熙二^[1]年丙午 四十二岁

吴《谱》："有《归园田居》诗五首。其诗盖自彭泽归明年所作也。首篇云：'误落尘网中，一去三十年。'按太元癸卯①先生为州祭酒，至乙巳去彭泽而归，才岁星一周，不应云三十年。当作'一去十三年'。此诗今本有六首，韩子苍云：'陈述古本止五首，俗取江淹"种苗在东皋"为末篇，乃序行役，与前五首不类。东坡亦因其误和之。'按江淹拟先生田居诗，见《文选》。"

① 按"卯"当作"巳"。

澍按：韩云《田园》六首，末篇乃序行役，与前五首不类，今俗本乃取江淹"种苗在东皋"为末篇云。斗南割取，不甚明晰，但亦不知子苍所所见何本，行役诗已逸尚存也。

义熙三年丁未 四十三岁

王《谱》："君年四十三。有《祭程氏妹》文。自乙巳至所^[2]，所谓'服制再周'。"

吴《谱》："晋史本传云：'义熙三年，解印去县，赋《归去来辞》'。按先生自序去县以乙巳岁，实元年，此史误也。五月，有《祭程氏妹》文。"

---

[1] "二"，原误作"元"，今改正。
[2] 所，《辍耕录》作"是"，是。戚焕塨校本作"此"。

义熙四年戊申<small>四十四岁</small>

王《谱》:"君年四十四。有《六月遇火》诗云:'奄出四十年。'"

澍按:李公焕《陶集》注云:"先生旧居居于柴桑县之柴桑里,至是属回禄之变。越后年,徙居于南里之南村。"按徙居年岁,李氏不知何据。

吴《谱》:"六月有《遇火》诗。"

义熙五年己酉<small>四十五岁</small>

王《谱》:"君年四十五。有《九日》诗。"
吴《谱》:"有《九日》诗。"

澍按:是岁宋公灭燕。九月,加太尉。韩范曰:"裕起布衣,灭桓复晋,今伐燕,所向皆克,此殆天授,非人力也。"遂降于裕。张邵称裕曰:"主公命世人杰。"知此时宋公不臣之节已形,先生诗中"哀蝉"、"丛雁"及"念之心焦"等句,盖亦有为而言与?

义熙六年庚戌<small>四十六岁</small>

王《谱》:"君年四十六。有《西田获早稻》诗。"
吴《谱》:"九月,有《西田获早稻》诗。"

澍按:是岁海寇自始兴东下,进泊淮口。江州、豫章两郡为卢循等出入抄掠之地,使先生尚为彭泽令,岂止"折腰"之烦哉?故诗曰:"田家岂不苦,庶无异患干。"又曰:"遥遥沮、溺心,千载乃相关。"盖是岁宋武受黄钺,诗中所云,皆非无故之呻吟也。

又按:《莲社高贤传》,同隐刘遗民卒于是岁,则集中《酬刘柴

桑》两诗,当作于是岁前。又《祭从弟敬远文》曰:"每忆有秋,我将
其刈。与汝偕行,舫舟同济。三宿水滨,乐饮川界。"疑即是岁获
稻时也。

义熙七年辛亥四十七岁

王《谱》:"君年四十七。有《祭从弟敬远文》云:'绝粒委务,考槃
山阴。晨采上药,夕闻素琴。'当时同志,见文甚详。"

吴《谱》:"有《与殷晋安别》诗。其序云:'殷先作晋安南府长史
掾,因居浔阳。后作太尉参军,移家东下,作此以赠。'按《宋武帝
纪》,此年改授太尉。又按《殷景仁传》,为宋武帝太尉行参军。则所
谓殷晋安即景仁也。先生方辟世,而景仁乃就辟,故其诗云:'语默
自殊势,亦知当乖分。'又云:'兴言在兹春。'则此诗在春月作。八
月,有《祭从弟敬远文》。"

澍按:裕辟景仁事在三月。诗题下原注云:"景仁名铁。"考
《刘湛传》,湛党刘敬文父居诣殷景仁求郡,敬文谢湛曰:"老父悖
瞀,遂就殷铁干禄。"又《南史·范泰传》,泰卒,议赠开府,殷景仁
曰:"泰素望未重,不可。"王弘抚棺哭曰:"君生平重殷铁,今以此
为报。"刘知几《史通·模拟篇》曰:"凡列姓名,罕兼其字,苟前后
互举,则观者自知。"裴子野《宋略》,上书桓玄,则下云敬道。后叙
殷铁,则先著景仁。此必殷本名铁,后或以字行耳。

义熙八年壬子四十八岁

吴《谱》:"有杂诗十一①首。有句云:'奈何五十年,忽已亲此
事。'又有《示周掾祖谢诗》。周掾名续之,隐庐山,与先生及刘遗民
号'浔阳三隐'者。江州刺史檀韶苦请续之出州,与学士祖企、谢景

夷三人,共在城北讲《礼》,加以校雠。所住公廨,近于马队,故其诗云:'周生述孔业,祖谢响然臻。马队非讲肆,校书亦已勤。'诮之也。事见萧德施所著先生传。按《南史》,檀韶从征广固及讨卢循有功,后拜江州刺史。征广固在义熙五年,讨卢循在六年,则韶为江州,当在此年以后。"

① 按:当作"十二"。

澍按:是岁先生年四十八,诗言五十,吴《谱》系于是年,误也。檀韶为江州在义熙十二年秋,说具后。又《与子俨疏》,李公焕引赵泉山说,《答庞参[1]军诗》在四十八岁,不知何据。

义熙九年癸丑四十九岁

吴《谱》:"有《与子俨等疏》云:'告俨、俟、份、佚、佟,吾年过五十'云云。《南史》本传载此文,末云:'又为《命子》诗以贻之。'今按《命子诗》是初得子俨时作,与《疏》不合。惟《责子》诗有五男儿,然俨时方年十六,俟年十四,份、佚皆年十三,佟八岁耳。先生悼亡在壮岁,而前夫人有所出,则《责子》诗当是四十后所作,亦非与子俨等疏时也。东坡云:'渊明临终,疏告俨等。'今按疏称'年过五十',而先生享年六十有三,则此文又非属纩时语。疏云:'疾患以来,渐就衰损,自恐大分将有限。'则是因多病早衰之故,预作治命耳。此后十三年,先生方物故。《自祭文》及《拟挽歌辞》,乃绝笔也。"

澍按:先生是年四十九。斗南以《与子俨疏》系于是年,误。

---

[1] 参,原本脱,今据正文补。

又斗南谓"前夫人有所出",俨为长子,必前夫人出也。先生悼亡在壮岁,计得俨必在三十以前,《命子诗》曰:"於皇仁考。"必太公已前没,故称"仁考"。江陵罹罚在辛丑岁,先生年已三十七。王、吴二谱谓丁外艰,则得俨时,太公尚在,讵有预称为考者耶?

义熙十年甲寅 五十岁

王《谱》:"君年五十。有《杂诗》云:'奈何五十年。'弃官来归,至是得十年,故云'荏苒经十载,暂为人所羁。'"

澍按:先生《杂诗》有"奈何五十年"句,李公焕注云:"此诗靖节年五十作也,时义熙十年甲寅。初,庐山东林寺主释慧远,集缁素百二十有三人,于山西岩下般若台精舍结白莲社,岁以春秋二节朝宗灵像。及是秋七月二十八日,命刘遗民撰《同誓文》以申严斯事。其间誉望尤著,为当世推重者,号社中十八贤,刘遗民、张诠、雷次宗、宗炳、周续之、张野等预焉。时秘书丞谢灵运才学为江左冠,而负才傲物,少所推挹。一见远公,遽改容致敬。因于神殿后凿二池,植白莲,以规求入社。远公察其心杂,拒之。灵运晚节疏放不检,果不克令终。中书侍郎范宁直节立朝,为权贵潜忌,出守豫章,远公移书邀入社,宁辞不至,盖未能顿委世缘也。靖节与远公雅素为方外交,而不愿齿社列,远公遂作诗博酒,郑重招致,竟不可诎。按梁僧慧皎《高僧传》,远公持律精苦,虽豉酒米汁及蜜水之微,且誓死不犯。乃钦靖节风概,顾我能致之者,力为之不暇恤。靖节反麾而谢之,或与樵苏田父班荆道旧,于何庸流能窥其趣哉!靖节每来社中,一日,谒远公,甫及事[1]外,闻钟声,

---

[1] 事,一本作"寺"。是。

不觉辇容，遽命还驾。法眼禅师晚参示众云：'今夜撞钟鸣，复来有何事？若是陶渊明，攒眉却回去。'此靖节洞明心要，惟法眼特为揄扬。张商英有诗云：'虎溪回首去，陶令趣何深。'谢无逸诗云：'渊明从远公，了此一大事。下视区中贤，略不可人意。'远公居山余三十年，影不出山，迹不入俗，送宾游履，常以虎溪为界。他日，倾[1]靖节、简寂禅观主陆修静语道，不觉过虎溪数百步，虎辄骤鸣，因相与大笑而别。石恪遂作《三笑图》。东坡赞之。李伯时《莲社图》，李元宗纪之，足摽一时之风致云。"澍按：先生与远公往还，无岁月可考。而刘程之《誓愿文》则作于是年七月，远公亦旋以十二年八月示寂，姑依李注，附次于此。

义熙十一年乙卯 五十一岁

王《谱》："君年五十一。有《与子俨等疏》云：'年过五十。'又云：'见树木交荫，时鸟变声，亦复欣然。五六月北窗下卧，遇凉风暂至，自号羲皇上人。'见《疏》甚详。"

澍按：吴《谱》以《疏》作于癸丑固非，王《谱》系于是年，恐亦未然。李公焕于《与子俨等疏》引赵泉山曰："'吾年过五十，少而穷苦，每以家敝，东西游走。'五十当作三十，乃追叙少壮之时。盖靖节从此十一年间[2]，自浔阳至建康，返；又赴江陵，再返。故云'东西游走'。及四十一岁，序其倦游。于《归去来》，曰'心惮远游'。四十八岁，《答庞参军》诗云：'我实幽居士，无复东西缘。'若年过五十，时投闲十年矣，尚何游宦之有？"澍谓《与子俨疏》当在

---

[1] 倾，当作"偕"。
[2] 十一年间，原作"十年间"，据李公焕《笺注陶渊明集》卷八改。

宋受禅后，必非作于甫过五十之时。《疏》末曰："济北范[1]稚春，晋时操行人也。"若五十一岁，尚在义熙年间，宜云今之操行人，不当谓晋时也。"年过五十"，以事迹考之，赵氏追叙之说亦长。

义熙十二年丙辰五十二岁

王《谱》："君年五十二。有《下潠田舍获》诗云：'曰余作此来，三四星火颓。'当是得此在癸丑、甲寅之间。"

吴《谱》："八月，有《于下潠田舍获》诗。又有《怨诗楚调示庞主簿邓治中》云：'偃偃六九年。'其年先生五十四，时颜延之为江州刺史刘柳后军功曹，在浔阳与先生情款。以《周续之传》考之，柳以是年到官云。"

澍按："六九年"，一本作"五十年"。若以为五十四，则当系于后年戊午。是年先生方五十二。自壬子至丙辰，吴《谱》每早二年，误也。刘柳为江州刺史，《晋书》柳本传不纪年月。考《宋书·孟怀玉传》，怀玉义熙十一年卒于江州之任。《晋书·安帝纪》，义熙十二年六月，新除尚书令刘柳卒。《南史·刘湛传》，父柳，卒于江州。是柳为江州，实踵怀玉之后，以义熙十一年到官，十二年除尚书令，未去江州而卒。延之来浔阳与先生情款，当在此两年也。又按《南史·周续之传》曰："武帝北讨，世子居守，迎之馆于安乐寺，延入讲《礼》，月余复还山。江州刺史刘柳荐之武帝。"柳卒在六月，宋武北伐事在八月，其荐续之当在前，《南史·周传》误叙于北讨后也。北讨时，檀韶为江州刺史。《通鉴·安帝纪》："十二年八月丁巳，刘裕伐秦，发建康。青州刺史檀祗自广陵率众至涂中，掩讨亡命。刘穆之恐祗为变，议欲遣军。时檀韶为江州刺史，

[1] 范，当作"氾"。

张邵曰：'今韶据中流，道济为军首'云云，则柳卒之后，继为江州者韶。本传称韶延续之及祖、谢等城北校书，当在是两年间。先生《示周掾祖谢》诗亦当作于其时。至后年戊午，则王弘为江州矣。"

义熙十三年丁巳五十三岁

吴《谱》："有《赠羊长史》诗。长史名松龄，晋史本传谓与先生周旋者。是岁刘裕平关中，松龄以左军长史衔使秦川，故有句云'路若经商山，为我少踌躇。多谢绮与角，精爽今何如'。与《饮酒诗》'且当从黄绮'同意。当桓、刘之世，先生不出世如避秦也。"

澍按：钱大昕《养新录》曰："史称朱龄石以右将军领雍州，而先生诗序云'左军'，小异。考《宋书·朱传》，义熙十二年已迁左将军，左右将军品秩虽同，而左常居右上。朱镇雍州，必仍本号，不应转改为右，则此云左军者为可信。"按《册府元龟》亦引朱以左将军镇雍州。作"右"必传写之讹。

又按：汤东磵以《饮酒》诗作于是岁，恐未是。说具《饮酒》诗注。

义熙十四年戊午五十四岁

王《谱》："君年五十四。《楚调》云：'僶俛六九年。'召为著作佐郎，不应。是岁宋公为相国。"

吴《谱》："诏除著作郎，称疾不就。"见《南史》本传。

澍按：《宋书》："义熙末，征著作佐郎。"亦不必定其十四年。颜《诔》、萧《传》皆作"著作郎"。

又按：何孟春于《岁暮和张常侍》诗注，引刘坦之曰："晋史：义熙十四年十二月，宋公刘裕幽安帝于东堂，而立恭帝。靖节《和岁暮》诗，盖亦适当其时而寄此意焉。"按张常侍疑即本传所称乡亲张野也。《莲社高贤传》："野字莱民，南阳人，居寻阳柴桑，与渊明有婚姻契。州举秀才、南中郎府功曹、州治中，征拜散骑常侍，俱不就。"据此，则以其尝征散骑常侍，故称张常侍也。野入庐山依远公，有《远法师塔铭》，序文见《庐山记》及刘孝标《世说》注。又《隋书·经籍志》有《张野集》十卷，《艺文类聚》引张野《庐山记》，今并不传。《莲社传》：野卒于义熙十四年。诗意亦似哀挽之诗，盖既伤国步之将更，复感穷交之永逝也。但野既死不当云和。考《莲社传》又有张诠，野之族子，亦征散骑常侍，不就，入庐山事远公，宋景平元年卒。或此常侍诠也。岂诠有挽野之诗，而先生和之耶？

恭帝元熙元年己未五十五岁

王《谱》："君年五十五。王休元为江州，自造不得见，遣其故人庞通之等赍酒，于半道栗里邀之，即引酌野亭。休元出与相闻，极欢终日。尝九日把菊无酒，休元饷之。有《九日闲居》诗，所谓'秋菊满园，时醪靡至'，当是未获所遗。休元在江州几六年，未审的在何年。自乙巳至丁卯，讫死未尝他适，独暂为休元入州。"

吴《谱》："是岁王弘为江州刺史。本传云：'弘欲识渊明而不能致，令人候知当往庐山，乃遣其故人庞通之等，先赍酒具于半道栗里间。渊明有脚疾，使一门生二儿舁篮舆。既至，便欣然共饮。弘乃出与相闻，要之还州。'"

澍按：休元，王弘字。《宋书》："义熙十四年，王弘迁抚军将军、江州刺史。"斗南云是岁,误也。弘领江州最久,至宋文帝元嘉三年,始以司徒、中书征入朝,代其任者为檀道济。前此谋废营阳,暂诣建康,虽加勋爵,仍领江州,在寻阳几九年。景文云六载,亦误。暂为休元入州者,据本传,弘要先生还州也。然集中又有《王抚军座送客》诗,抚军即休元,事在宋武帝永初二年,则入州亦不止一事。

又按:先生有《答庞参军》四言及五言诗,又有《怨诗楚调示庞主簿邓》。《吴正传诗话》曰:"本传:'江州刺史王弘,欲识潜不能致。潜游庐山,弘令其故人庞通之赍酒具,半道栗里邀之。'此答《庞参军》四言及后五言,皆叙邻曲契好,明是此人。又有《怨诗示庞主簿》者,岂即参军邪?半道栗里,亦可证移家之事。"按吴说以庞邓即庞通之,是也。《晋书》云:"周旋人庞邓等或有酒要之。"又云:"王弘遣其故人庞通之等,赍酒要之。"明是一人。古人之文上下名字互称者甚多,如裴子野《宋略》,上书桓玄下称敬道。刘知几《史通》所谓"姓名兼字,前后互举,则观者自知"是也。《宋书·裴松之传》:"元嘉三年,分遣大使巡行天下,司徒主簿庞邓使南兖州。"即此庞主簿邓矣。至疑使江陵之庞参军即主簿邓,则似未然。参军、主簿皆公府所辟属掾,不相兼官。先生《答参军诗》,并非素识,因结邻始通殷勤,冬春仅再交,为时尚浅,故曰"相知何必旧,倾盖定前言"。而于主簿邓,则为《怨诗楚调》示之,历叙生平,备诉艰苦,至以钟期相望,视参军交情,有浅深之别矣。此可即两诗对勘而得也。时卫军将军王弘镇浔阳,宋文帝方为宜都王,以荆州刺史镇江陵,参军奉弘命使江陵,又奉宜都之命使都,故曰"大藩有命,作使上京",非宜都不得称大藩也。四言五言,疑皆营阳王景平元年所作。五言是参军奉使之时,先赋诗为别,先生作此以答。四言则参军自江陵回使建康,先生又作诗以赠也。

盖王弘兄弟王昙首、王华皆为宜都参佐,后皆以定策功贵显。营阳之废,王弘亦至建康与谋。时众欲立豫州,而徐羡之以宜都有符瑞,宜承大统。此必王弘兄弟先使参军往来京都,与徐、傅等深布诚款,故江陵符瑞得闻于中朝。特其事秘,外人莫知,故史不载耳。其后文帝讨徐、傅、谢三人之罪,而弘独蒙显宠,良有故矣。观四言末章云:"勖哉征人,在始思终。敬兹良辰,以保尔躬。"此必先生阴察参军使都,当有异图,故以慎终保躬勖之。且序称庞为卫军参军,从江陵使上都,诗言"大藩有命,作使上京",其私交之迹、诇国之情具见,盖诗而史矣。此诗当作于营阳王景平元年。①附识于此,以俟好古君子审焉。

① 景平元年即文帝元嘉元年,弘进号车骑大将军,卫军别授谢晦。

又按:《世说》注引《续晋阳秋》曰:"陶元亮九日无酒,宅边东篱下菊丛中,摘盈把,坐其侧。未几,望见白衣人至,乃王弘送酒也。即使就酌,醉而后归。"史传但记送酒,无白衣人事,附录于此。

元熙二年庚申五十六岁,是年宋武帝践阼,改元永初。

王《谱》:"君年五十六。同隐周续之召至都,为颜延之连挫。义熙间,檀韶为江州,邀续之在城北讲《礼》雠书。有《示周掾祖谢》诗云:'马队非讲肆,校书亦已勤。'又云:'但愿还渚中,从我颍水滨。'江城尚不欲周往,奚况京师?刘遗民亦同隐,有《和刘柴桑》诗云:'掎杖还西庐。'又云:'春醪解饥劬。'其还以春,有《酬刘柴桑》云:'嘉穗眷南畴。'又云:'慨然知已秋。'其还至是及秋。初,自西庐移南村,有《移居》诗云:'闻多素心人,乐与数晨夕。'又云：'过门更相呼，有酒斟酌之。'迁居殆为遗民之徒。寻还西庐，度相距亦不远，与遗民更相酬酢，不改赏文析义之时，未审的在何年。或恐刘柴桑似县令，刘或尝为此县，存此呼，或有命不为，犹续之尝命为抚军参军不就，因呼周掾，皆不可知。但非时为宰者，语皆冷交非热官酬[1]。《丁柴桑》诗云：'秉直司聪，于惠百里。'此乃当官无疑。寻诗，钟情于刘，厚过于周，遗民自隐之余无闻，续之在隐之中微婉。君与周、刘，号'浔阳三隐'，校情义稍有深浅。是岁宋武帝践阼。"

澍按：《莲社高贤传》：刘程之字仲思，彭城人，汉楚元王之后。妙善庄老，旁通百氏，少孤，事母以孝闻。自负才，不预时俗。初解褐为府参军，谢安、刘裕嘉其贤，相推荐，皆力辞。性好佛理，乃之庐山，倾心自托。远公曰："官禄巍巍，欲何不为？"答曰："君臣相疑，吾何为之？"刘裕以其不屈，乃旌其号曰"遗民"。及周续之等同来庐山，远公曰："诸君之来，岂思净土之游乎？"程之乃镌石为誓文。① 义熙六年卒，年五十九。《豫章书》作"澄之"。又考《世说》注引何法盛《晋中兴书》："刘骥之，一字遗民。"骥之即《桃花源记》中南阳刘子骥，《晋书》有传。是"遗民"之号，不独程之，二刘孰曾为柴桑令，无考。未审先生所酬是程之抑子骥也。《隋书·经籍志》有柴桑令《刘遗民集》五卷，录一卷，《老子玄谱》一卷。

① 文见《庐山记》。

----

[1] 酬，原脱，据王质《栗里谱》补。

吴《谱》："夏六月，晋禅于宋。宋高祖改元永初。《读史述九章》自注曰：'余读《史记》，有所感而述之。'首章述夷、齐云：'天人革命，绝景穷居。采薇高歌，慨想黄虞。'二章述箕子云：'去乡之感，犹有迟迟。矧伊代谢，触物皆非。'当是革命时作。近世有校集本者，云《文选》五臣注《辛丑岁七月赴假还江陵》诗，谓渊明诗晋所作者皆题年号，入宋所作但题甲子而已，意者耻事二姓，故以异之。思悦考渊明之诗有题甲子者，始庚子距丙辰，凡十七年间，只九首，皆晋安帝时作。中有《乙巳岁三月经钱溪》作，此年秋乃为彭泽令，解印绶去。后十六年庚申，晋禅宋。《渊明传》曰：'自宋高祖王业渐隆，不复肯仕。'于渊明出处得其实矣。宁容晋未禅宋前二十年，辄耻事二姓，所作诗题甲子，而自取异哉？矧诗中又无标晋年号者。仁杰按：沈约《宋书》'潜自以曾祖晋世宰辅，不复屈身后代，自高祖王业渐隆，不复肯仕，所著文章皆题年月，义熙已前则书晋氏年号，自永初以来惟云甲子而已'。尝考集中诸文，义熙已前书晋氏年号者，如《桃花源记》序云'晋太元中'，又《祭程氏妹文》云'维晋义熙三年'是也。至《游斜川》诗序在宋永初二年作，则但称'辛酉岁'。《自祭文》在元嘉四年作，则但称'岁惟丁卯'。史氏之言，亦不诬矣。然其《祭从弟敬远文》在义熙中，亦止云'岁在辛亥'。要之，集中诗文于晋年号或书或否固不一概，卒无一字称宋永初以来年号者，此史氏所以著之也。史论其所著文章，不专为诗而发，而五臣辄更之曰'渊明诗晋所作者，皆题年号'，此所以启后世之误也。详味先生出处大节，当桓灵宝僭窃位号，与刘氏创业之后，未尝一日出仕，而眷眷本朝之意，自见于诗文者多矣。东坡云：'《读史述九章》，夷、齐、箕子，盖有感而云，去之五百年，吾犹识其意也。'韩子苍亦曰：'余反复《述酒》诗，见山阳旧国之句，盖用山阳公事，疑是义熙以后有所感而作，故有"流泪抱中叹，平王去旧京"之语。渊明忠义如此，今人或谓渊明所

题甲子不必皆义熙后,此亦岂足论渊明哉! 惟其高举远蹈,不受世
纷而至于躬耕乞食,其忠义亦足见矣。'"

澍按:晋标年号,宋题甲子,著于沈约《宋书》。自僧思悦始
为异论,最易惑人,其实非也。说详第三卷首。近时吴骞《拜经楼
诗话》谓《蜡日》诗作于是岁,与《述酒》篇同意。今考魏晋之间俗
有贺蜡,先生诗不知所谓,未敢强解。吴说恐未必然。[①]

① 六月,宋降五公封爵,长沙公降封醴陵县侯。

永初二年辛酉五十七岁

吴《谱》:"有《游斜川》诗并序。别本作'辛丑'者非是。先生是
年五十七。然诗云'开岁倏五十',或疑是辛亥岁作,是年四十九,故
言'开岁倏五十',犹言来岁云尔。按冯衍《显志赋》云:'开岁发春。'
则非谓来岁明矣。马永卿云:'庐山东林旧本作"倏五日",与序所谓
"正月五日"相应,宜以为正。'东坡和此篇云:'虽过靖节年,未失斜
川游。'东坡于时年六十二。自辛酉岁论之,先生五十七岁,而东坡
又过其五,亦无伤也。"

澍按:"五十"当从旧本作"五日",不必改"丑"为"酉"为"亥"。
是岁宋酖弒零陵王,汤东涧以《述酒》诗为此而作。说详卷三《述
酒》诗注。
又按:李公焕《于王抚军座送客》诗注曰:"按《年谱》,此诗
永初二年辛酉秋作也。[①]《宋书》:王弘为抚军将军、江州刺史。
庾登之为西阳太守,被征还。谢瞻为豫章太守,将赴郡。王弘
送至溢口,三人于此赋诗叙别。是必休元要靖节与席饯行,故

《文选》载入瞻即席赋别诗,首章纪坐间四人。"澍按:今《文选》瞻序仅纪三人,无先生名字,岂宋本有之,今本夺去邪?《通鉴》:"永初二年,谢瞻为豫章太守。"则此诗决当作于是岁,明年则瞻死矣。

① 此《年谱》不知何人所撰。

永初三年壬戌五十八[1]岁
营阳王景平元年癸亥五十九岁[2]

王《谱》:"君年五十九。颜延之为始安,过浔阳,日造饮酣醉。临去,留二万钱,送酒家。相知久间,骤见益欢。延之未审何时来柴桑,所谓'自尔介[3]居,及我多暇。伊好之洽[4],接檐邻舍。'当是不诣刘穆之之时。又未审何时去[5]柴桑,当是为豫章世子参军之时,据诔参传略见。"

澍按:颜出为始安太守,当从《通鉴》在元嘉元年,此系景平元年误也。《宋书》颜本传:"少帝立,出为始安太守。"又曰:"延之之郡,道经汨罗潭,为刺史张邵作《祭屈原文》。"今考文曰:"惟有宋五年月日。"宋五年,景平二年,实元嘉元年也。盖景文未考颜文,又误会书"少帝立"之句,不知文帝以景平二年八月即位,始改为元嘉元年,自八月以前,仍为景平二年。延之出守时,少帝犹未废,《宋书》本不误也。

---

[1] 八,原作"九",误,当作"八"。
[2] 此条原脱,据文学刊行社1956年《靖节先生集》本补。
[3] 介,原误作"分",据《文选》改。
[4] 暇,原误作"假",《文选》作"暇"。据改。洽,原误作"恰",《文选》作"洽",据改。
[5] 去,《辍耕录》(文渊阁《四库全书》本)作"来"。

又按：刘柳为江州刺史，在义熙十一、十二两年。延之为柳后军功曹，其来柴桑，即在此时，其去当因柳卒也。说详义熙十二年丙辰下。王意颜来在不诣刘穆之时，误。延之不诣穆之，在作后军功曹前。

营阳王景平二年甲子六十岁

吴《谱》："八月，文帝即位，改元元嘉。《文选》颜延之为先生诔，李善注引何法盛《晋中兴书》曰：'延之为始安郡，经浔阳，常饮渊明舍，自晨达昏。'《南史》本传亦云：'每过潜，必酣饮致醉。刺史王弘欲要延之坐，弥日不得。延之临去，留二万钱。潜悉送酒家，稍就取酒。'按延之道过湘州，《祭屈原文》云'有宋五年'，知以是年之郡。"[①]

① 此条吴瞻泰本系于永初三年壬戌下，汲古阁本系于营阳王景平元年癸亥下，皆误。斗南既据史"八月，文帝即位，改元元嘉"，又据《祭屈原文》"有宋五年"，其不系于壬戌、癸亥明矣。今正。

文帝元嘉二年乙丑六十一岁

吴《谱》："《赠长沙公》诗，其序云：'余于长沙公为族祖，同出大司马。昭穆既远，已为路人。经过浔阳，临别赠此诗。'按《陶侃传》，侃封长沙郡公，赠大司马。有子十七人，洪、瞻、夏、琦、旗、斌、称、范、岱九人，附见《侃传》。先生大父亦侃子也，独见于先生传中。侃以壬辰咸和七年薨。[①]世子夏袭爵，及送侃丧还，杀其弟斌。庾亮奏加放黜，表未至而夏卒。诏以瞻息宏袭侃爵。卒，子绰之嗣。绰之卒，子延寿嗣。宋受禅，降为吴昌侯。以世次考之，先生于延寿为诸父行。今自谓于长沙公为族祖，意延寿入宋而卒，见先生于浔阳者，岂其子邪？延寿已降封吴昌，仍以长沙称之，从晋爵也。集本序文良是，诗题当云'赠长沙公族孙'，而云族祖者，字之误也。一本因诗题之误，辄以意改序文云'长沙于余为族祖'。按侃子夏袭封长沙公，于先生为大父行。史虽不著夏卒之岁月，然其卒在庾亮前，亮没以岁庚子，实咸康六年，距兴宁乙丑岁犹二十五年，时先生未生也。夏固不与先生同时。又按《礼经》，高祖之昆弟，六世以外，然后亲属竭。故有从父，有从祖，有族祖，盖同祖为从父，同曾祖为从祖，同高祖为族祖。使侃诸子而在，乃先生祖之昆弟，服属近矣，安得云'昭穆既远'，当曰从祖，亦不得云族祖也。至若延寿之子，则侃之六世孙，与先生同高祖，先生视之为族孙，故以族祖自居。其诗有云'同源分流，人易世疏[1]'，又有'礼服既悠'之语，盖昭穆至是差远，然至以为路人，则长沙公于宗族之义亦薄矣，故又云'慨然寤叹，念兹厥初'。观此，则俗本所改序文果非。"

① 按桓公薨于咸和九年六月乙卯，此云七年，从《晋书》误也。《晋书》公本传云年七十六。又《周访传》云，访少公一岁。访卒于大兴三年，年六十一。以此推之，咸和九年公乃七十六耳。且咸和七年十一月朝廷方进公为大将军，公上表固辞，今表亦载《晋书》本传，则七年之误不辨可知。温公《通鉴》以公薨纪于咸和九年。

澍按：吴以《赠长沙公》诗作于是岁，不知何据。杨时伟云："长沙公于余为族"一句，"祖同出大司马"一句，题中"族祖"二字乃后人误序文之句读，因而妄增也。余具前及卷一诗注。

又按：李公焕引西蜀张缵《辨证》，谓延寿已为吴昌侯，其子

---

[1] 疏，原作"族"。吴仁杰《陶靖节先生年谱》《灵峰草堂丛书》本作"疏"。按，作"疏"是，今据改。

又安得称长沙公？要是此诗作于延寿未改封之前。意在规斗南之失。其实例以永初以来不纪宋号，即谓称长沙公为仍从晋爵可也。惟吴以序文"余于长沙公为族祖"，"族祖[1]"二字连读，谓题当作"族孙"，不如作衍文为安。

又按：《宋书·武帝纪》：永初元年六月诏曰："晋氏封爵，旋随运改。降杀之仪，一依前典。可降始兴公封始兴县公，庐陵公封柴桑县公，各千户。始安公封荔浦县侯，长沙公封醴陵县侯，康乐公可即封县侯，各五百户。以奉晋故丞相王导、太傅谢安、大将军温峤、大司马陶侃、车骑将军谢玄之祀。"是长沙公降为醴陵侯。《晋书·陶侃传》谓宋受禅，延寿降封为吴昌侯者误也。吴《谱》亦沿其误。又王伯厚《小学绀珠》谓宋改晋封爵，独置五公，以奉导、安、峤、侃、玄之祀，以五公为宋置，尤误。

元嘉三年丙寅六十二岁

王《谱》："君年六十二。檀道济为江州，时抱羸疾，多瘠馁。往候，馈以粱肉，不受。"

吴《谱》："是岁五月，檀道济为江州刺史。本传称：'道济往候，先生偃卧瘠馁有日矣。道济谓曰："夫贤者处世，天下无道则隐，有道则至。今子幸生文明之世，奈何自苦如此？"对曰："潜也何敢望贤，志不及也。"道济馈以粱肉，麾而去之。'然本传载此在为镇军参军之前，以《道济传》考其岁月，知史误也。叶左丞云：'陶渊明《晋书》、《南史》皆有传，梁萧统亦有传，尝以统《传》及颜延之所作《诔》，参之二史，大抵《南史》全取统《传》，而更其名字。统《传》云："渊明字元亮，或云潜字渊明。"《南史》云："潜字渊明，或云字渊明名元

---

[1] 祖，原作"叔"，据上下文意，"叔"乃"祖"之误。今改。

亮。”至《晋书》直言潜字元亮。统去渊明最近，宜得其实。既两见，则渊明盖尝自更其名字，所谓“或云潜字渊明”者，前所行也；“渊明字元亮”者，后所更也。统承其后，故书渊明为正，而谓潜为或说。意渊明自别于晋、宋之间，而微见其意欤？颜延之作《诔》，以“浔阳陶渊明”称之，此欲以其名见也。延之与渊明同时，且相善，不应有误。可以知其为后名，与统合。不然，或谨其名，自当称元亮，何以追言其旧字乎？’仁杰按，石林谓先生更名自别于晋宋之间，得其微意矣。至谓潜与渊明为前所行，渊明与元亮为后所更，以集与本传考之，则有可疑。按先生之名渊明，见于集中者三；其名潜，见于本传者一。集载《孟府君传》及《祭程氏妹文》，皆自名渊明。又按萧统所作《传》及《晋书》、《南史》载先生对道济之言，则自称曰潜。《孟传》不著岁月，《祭妹文》晋义熙三年所作。据此，即先生在晋名渊明可见也。此年对道济实宋元嘉，则先生至是盖更名潜矣。山谷《怀陶令诗》云：‘潜鱼愿深渺，渊明无由逃。’盖言‘渊明’不如‘潜’之为晦，此尤深得先生更名之意。至云‘岁晚以字行，更始号元亮’，此则承《南史》之误耳。延之作先生诔云‘有晋聘士陶渊明’，既以先生为晋臣，则用其旧名宜矣。延之与先生厚善，著其为晋聘士，又书其在晋之名，岂亦因是欲见先生之意邪？萧统不悟其旨，乃以渊明为本名，而以潜为或说，传中载对道济之语，则又云潜，自相牴牾。其实先生在晋名渊明，字元亮。在宋则更名潜，而仍其旧字。谓其以名为字者，初无明据，殆非也。本传当书曰‘陶渊明字元亮，入宋更名潜’，如此为得其实。其曰‘深明’、‘泉明’者，唐人避高祖讳，故云。”

澍按：何孟春《陶集》注引晁氏曰：“陶渊明一名潜。萧统云：‘渊明字元亮。’《宋书》云：‘潜字渊明，或云渊明字元亮。’按集中《孟嘉传》与《祭妹文》，皆自称渊明，当从之。”张缙曰：“梁昭明太子《传》称'渊明字元亮，或云潜字渊明。'颜延之《诔》亦云：'有晋征士浔阳陶渊明。'以统及延之所书，则渊明固先生之名，非字也。先生作《孟嘉传》，称'渊明先亲，君之第四女'，嘉于先生为外大父，先生又及其先亲，义必以名自见，岂得自称字哉？统与延之所书，可信不疑。晋史谓潜字元亮，《南史》谓潜字渊明，皆非也。先生于义熙中祭程氏妹亦称渊明，至元嘉中对檀道济之言，则云'潜也何敢望贤'。《年谱》云在晋名渊明，在宋名潜，元亮之字，则未尝易。此言得之矣。"

元嘉四年丁卯 六十三岁

王《谱》："君年六十三。有《自祭文》曰：'律中无射。'《拟挽歌诗》云：'严霜九月中，送我出远郊。'当是杪秋下世。颜延之《诔》云：'视化如归，临凶若吉。药剂弗尝，祷祠弗恤。'其临终高态，见《诔》甚详。君生平好谈归尽，萧统以为'处百龄之内，居一世之中，倏忽白驹，寄寓逆旅，与大块而荣枯，随和而放荡，岂能劳于忧畏，役于人间'，最知深心。《形赠》、《影答神释》，本趣略见，所谓'纵浪大化中，不喜亦不惧。应尽便须尽，无复独多虑'。惟患不知，既已洞知，安坐待此，夫复何言。杜甫许避俗，未许达道，识者更详之。"

吴《谱》："将复召命，会先生卒。有《自祭文》及《拟挽歌辞》。《祭文》云：'律中无射。'挽歌云：'严霜九月中，送我出远郊。'其卒当在九月。颜延之《诔》云：'疾惟痁疾，视化如归。'则是以痁疾卒也。又云：'药剂弗尝，祷祀非恤。'又纪其遗占之言曰：'存不愿丰，没无求赡。省讣却赗[1]，轻哀薄敛。遭壤以穿，旋葬而窆。'《自祭文》亦曰：'奢耻宋臣，俭笑王孙。'又有'不封不植'之语。呜呼！死生之变

---

[1] 赗，原作"赠"，吴仁杰《陶靖节年谱》《灵峰草堂丛书》本作"赗"。按，作"赗"是，今改。

亦大矣，而先生病，不药剂不祷祀，至自为祭文、挽歌，与夫遗占之言，从容闲暇如此，则先生平生所养，从可知矣。颜延之取《谥法》'宽乐令终曰靖'、'好廉自克曰节'，合二字之美谥焉。"

　　澍按：朱子《纲目》于元嘉四年特书"晋征士陶潜卒"。书法曰："潜卒于宋，书晋何？潜始终晋人也。《纲目》予节，故《通鉴》不书，《纲目》独书之。是故晋亡，潜心乎晋，则卒书晋。唐亡，张承业心乎唐，则卒书唐。征士书卒，终《纲目》一人而已矣。"按称先生曰"晋征士"，不系宋，《纲目》亦本颜延之《诔》，最合《春秋》之义。

　　又按：先生墓在德化县楚城乡之面阳山东，距星子县二十五里，盖庐山之西南麓也。明李梦阳为江西提学，求得之，置田以奉其祀，至今代有祀生。见《江西通志》。

附　录

钦定四库全书提要

　　《陶渊明集》八卷。晋陶潜撰。按北齐阳休之《序录》,《潜集》行世凡三本:一本八卷,无序。一本六卷,有序目。而编比颠乱,兼复阙少。一本为萧统所撰。亦八卷,而少《五孝传》及《四八目》。《四八目》即《圣贤群辅录》也。休之参合三本,定为十卷,已非昭明之旧。又宋庠《私记》称《隋经籍志·潜集》九卷,又云梁有五卷,录一卷。《唐志》作五卷。庠时所行,一为萧统八卷本,以文列诗前。一为阳休之十卷本。其他又数十本,终不知何者为是。晚乃得江左旧本,次第最有伦贯。今世所行,即庠称江左本也。然昭明太子去潜世近,已不见《五孝传》、《四八目》不以入集,阳休之何由续得?且《五孝传》及《四八目》所引《尚书》自相矛盾,决不出于一手,当必依托之文,休之误信而增之。以后诸本,虽卷帙多少、次第先后,各有不同,其窜入伪作,则同一辙,实自休之所编始。庠《私记》但疑"八儒"、"三墨"二条之误,亦考之不审矣。今《四八目》已经睿鉴指示,灼知其赝,别著录于子部类书而详辨之。其《五孝传》文义庸浅,决非潜作。既与《四八目》一时同出,其赝亦不待言,今并删除。惟编潜诗文,仍从昭明太子为八卷。虽梁时旧本,今不可考,而黜伪存真,庶几犹为近古焉。

　　《圣贤群辅录》二卷,旧附载《陶潜集》中,唐宋以来相沿引用,承讹踵谬,莫悟其非。迄以编录遗书,始蒙睿鉴高深,断为伪托。臣等仰承圣训,详悉推求,乃知今本《潜集》,为北齐仆射阳休之编。休之《序录》,称其集先有两本,一本六卷,编比颠乱,兼复阙少。萧统所

271

撰八卷，又少《五孝传》及《四八目》。今录统所阙并序目等，合为十卷。是《五孝传》及《四八目》，实休之所增，萧统旧本无是也。统《序》称爱其文，故加搜校。则八卷以外，不应更有佚篇。其为晚出伪书，已无疑义。且集中《与子俨等疏》称子夏为孔子四友，而此录四友乃为颜回、子贡、子路、子张，如《五孝传》引"孝乎惟孝，友于兄弟"之文，句读尚从包咸，知未见《古文尚书》。而此录"四岳"一条，乃引孔安国。其出两手，尤自显然。至书以"圣贤群辅录"为名，而鲁"三桓"、郑"七穆"、晋"六卿"、魏"四友"，以及仕莽之唐林、唐遵，叛晋之王敦，并列简编。名实相迕，理乖风教，亦决非潜之所为。昔宋庠校正斯集，仅知"三墨"、"八儒"二条为后人所窜入。而全书之赝竟不明，潜之受诬，已逾千载。今逢右文圣世，得以辨别而表章之，使白璧无瑕，流光奕叶，是亦潜之至幸矣。

诸本序录

靖节先生集诸本序录

梁昭明太子《陶渊明集序》曰：夫自衒自媒者，士女之丑行；不忮不求者，明达之用心。是以圣人韬光，贤人遁世。其故何也？含德之至，莫逾于道；亲己之切，无重于身。故道存而身安，道亡而身害。处百龄之内，居一世之中，倏忽比之白驹，寄遇谓之逆旅。宜乎与大块而盈虚，随中和而任放，岂能戚戚劳于忧畏，汲汲役于人间？齐讴赵女之娱，八珍九鼎之食，结驷连骑之荣，侈袂执圭之贵，乐既乐矣，忧亦随之。何倚伏之难量，亦庆吊之相及。智者贤人居之，甚履薄冰；愚夫贪士竞之，若泄尾闾。玉之在山，以见珍而终破；兰之生谷，虽无人而自芳。故庄周垂钓于濠，伯成躬耕于野。或货海东之药草，或纺江南之落毛。譬彼鹓雏，岂竞鸢鸥之肉；犹斯杂县，宁劳文仲之牲。至于子常、宁喜之伦，苏秦、卫鞅之匹，死之而不疑，甘之而不悔。主父偃言："生不五鼎食，死则五鼎烹。"卒如其言，岂不痛哉！又楚子观周，受折于孙满；霍侯骖乘，祸起于负芒。饕餮之徒，其流甚众。唐尧四海之主，而有汾阳之心；子晋天下之储，而有洛滨之志。轻之若脱屣，视之若鸿毛，而况于他人乎。是以至人达士，因以晦迹。或怀玺而谒帝，或被褐而负薪。鼓枻清潭，弃机汉曲。情不在于众事，寄众事以忘情者也。有疑陶渊明诗篇篇有酒，吾观其意不在酒，亦寄酒为迹者也。其文章不群，辞采精拔，跌宕昭彰，独超众类，抑扬爽朗，莫之与京。横素波而傍流，干青云而直上。语时事则指而可想，论怀抱则旷而且真。加以贞志不休，安道苦节，不以躬耕为耻，不以无财为病，自非大贤笃

273

志,与道污隆,孰能如此乎!余素爱其文,不能释手,尚想其德,恨不同时。故加搜校,粗为区目。白璧微瑕,惟在《闲情》一赋。扬雄所谓劝百而风一者,卒无风谏,何足摇其笔端?惜哉!无是可也。并粗点定其传,编之于录。尝谓有能观渊明之文者,驰竞之情遣,鄙吝之意祛,贪夫可以廉,懦夫可以立,岂止仁义可蹈,抑乃爵禄可辞。不必旁游太华,远求柱史,此亦有助于风教也。

阳休之《序录》曰:"余览陶潜之文,辞采虽未优,而往往有奇绝异语,放逸之致,栖托仍高。其集先有两本行于世,一本八卷无序,一本六卷并序目,编比颠乱,兼复阙少。萧统所撰八卷,合序目诔传,而少《五孝传》及《四八目》。然编录有体,次第可寻。余颇赏潜文,以为三本不同,恐终致亡失。今录统所阙,并序目等,合为一帙十卷,以遗好事君子。"

宋丞相《私记》曰:"右集,按《隋经籍志》:宋征士《陶潜集》九卷,又云梁有五卷,录一卷。《唐志》:《陶泉明集》五卷。今官私所行本凡数种,与二志不同。有八卷者,即梁昭明太子所撰,合序传诔等在集前为一卷,正集次之,亡其录。有十卷者,即阳仆射所撰。"①按吴氏《西斋录》,有宋彭泽令《陶潜集》十一卷疑即此也。其序并昭明旧序诔传等合为一卷,或题曰第一,或题曰第十,或不署于集端。别分《四八目》,自《甄表状》杜乔以下为第十卷,然亦无录。余前后所得本仅数十家,卒不知何者为是。晚获此本,云出于江左旧书,其次第最有伦贯。又《五孝传》以下至《四八目》,子注详密,广于他集。惟篇后"八儒"、"三墨"二条,此似后人妄加,非陶公本意。且《四八目》之末,陶自为说曰:"书籍所载及故老所传,善恶闻于世者,盖尽于此。"即知其后无余事矣。②故今不著,辄别存之,以俟博闻者。广平宋庠私记。

① 何孟春曰："阳休之字子烈,事北齐为尚书左仆射。以好学文藻知名,与魏收同时。"

② 何孟春曰："按《四八目》例每一事已,陶即具疏所闻。或经传所出,以结前意。此二条既无后说,益知赘附之妄。"

晁公武《昭德读书志》曰:《靖节先生集》有数本。七卷者梁萧统编,以《序》、《传》、颜延之《诔》载卷首。十卷者北齐阳休之编,以《五孝传》、《圣贤群辅录》、序传诔分三卷益之,诗篇次差异。按《隋经籍志》:《潜集》九卷,又云梁有五卷,录一卷。《唐艺文志》:《潜集》五卷。今本皆不与二志同。独吴氏《西斋目》有《潜集》十卷,疑即休之本也。休之本出宋庠家,云江左旧书,其次第最有伦贯,独《四八目》后"八儒"、"三墨"二条,疑后人妄加。

僧思悦《书集后》曰:梁钟记室嵘评先生之诗为"古今隐逸诗人之宗"。今观其风致孤迈,蹈厉淳源,又非晋宋间作者所能造也。昭明太子旧所纂录,且传写寖讹,复多脱落,后人虽加综缉,曾未见其完正。愚尝采拾众本,以事雠校,诗赋传记赞述杂文凡一百五十有一首。泪《四八目》上下二篇,重条理编次为一十卷。近永嘉周仲章太守枉驾东岭,示以宋朝宋丞相刊定之本,于疑阙处甚有所补。其阳仆射《序录》,宋丞相《私记》,存于正集外,以见前后记录之不同也。时皇宋治平三年五月望日,思悦书。

文献通考经籍考序录

陶靖节集

晁氏曰:"晋陶渊明元亮也,一名潜,浔阳人。"萧统云渊明字元亮,《晋书》云潜字元亮,《宋书》云潜字渊明。或云字深明,名元亮。按集中《孟嘉传》与《祭妹文》皆自称渊明,当从之。晋安帝末,起为州祭酒。桓玄篡位,渊明自解而归。州召主簿,不就,躬耕自资。刘裕起兵讨玄诛之,为镇军将军,渊明参其军事。未几迁建威参军。渊明见裕有异志,乃求为彭泽令,去职。潜少有高趣,好读书,不求甚解。著《五柳先生传》以自况,世号"靖节先生"。今集有数本,七卷梁萧统编,以《序》、《传》、颜延之《诔》载卷首。十卷者,北齐阳休之编,以《五孝传》、《圣贤群辅录》、序传诔分三卷益之,诗篇次差异。按《隋经籍志》:《潜集》九卷,又云梁有五卷,录一卷。《唐艺文志》:《潜集》五卷。今本皆不与二志同,独吴氏《西斋目》有《潜集》十卷,疑即休之本也。休之本出宋庠家,云江左旧书,其次第最有伦贯,独《四八目》后"八儒"、"三墨"二条,疑后人妄加。

东坡苏氏曰:"吾于诗人无所好,独好渊明诗。渊明诗不多,然质而实绮,癯而实腴,自曹、刘、沈、谢、李、杜诸人,莫能及也。"

《朱子语录》曰:"渊明诗人皆说平淡,据某看他自豪放,但豪放得来不觉耳。其露出本相者,是《咏荆轲》一篇,平淡底人,如何说得这样言语出来。"

西山真氏曰:"予闻近世之评诗者,渊明之辞甚高,而其指则出于庄老;康节之辞若卑,而其指则原于六经。以余观之,渊明之学正自经术中来,故形之于诗,有不可揜。《荣木》之忧,逝水之叹也;《贫士》之咏,箪瓢之乐也。《饮酒》末章有曰:'羲农去我久,举世少复真。汲汲鲁中叟,弥缝使其淳。'渊明之智及此,岂玄虚之士可望邪?虽其遗荣辱、一得丧,真有旷达之风。细玩其辞,时亦悲凉感慨,非无意世事者。或者徒知义熙以后不著年号，为耻事二姓之验，而不知其睠睠王室，盖有乃祖长沙公之心，独以力不得为，故肥遁以自绝。食薇饮水之言，衔木填海之喻，至深痛切，顾读者弗之察耳。渊明之志若是，又岂毁彝伦而外名教者，可以同日语乎！"

靖节年谱一卷　年谱辩证一卷　杂记一卷

陈氏曰："吴郡吴仁杰斗南为《年谱》，张演[1]季长辩证之。又杂记晋贤论靖节语，此蜀本也。卷末有阳休之、宋庠《序录》《私记》，又有治平三年思悦题，称永嘉，不知何人也。"

靖节诗注四卷

赠端明殿学士、番阳汤文清公汉撰。以《述酒》一篇，为晋恭帝哀词。盖刘裕既受禅，使张伟以毒酒酖帝，伟自饮而卒。乃令兵人逾垣进药，帝不肯饮，兵人以被掩杀之。故哀帝诗托名《述酒》。[2]其自序云："陶公诗精深高妙，测之愈远，不可漫观也。不事异代之节，与子房五世相韩之义同。既不为狙击震动之举，又时无汉祖者可托以行其志，故每寄情于首阳、易水之间。又以荆轲继二疏、三良而发咏，所谓'拊己有深怀，履运增慨然'者，读之亦可以深悲其志也已。平生危行言孙，至《述酒》之作，始直吐忠愤，然犹乱以廋辞，千载之下，读者不省为何语。是此翁所深致意者，迄不得白于后世，尤可以使人增欷而累叹也。余窃窥见其旨，因加笺释，以表暴其心事；及他篇有可以发明者，并著之。又按诗中言本志少，说固穷多。夫惟忍于饥寒之苦，而后能存节义之闲，西山之所以有饿夫也。世士贪荣禄、事豪侈，而高谈名义，自方于古人，余未之信也。"

按：《靖节集》，昭明所撰八卷，合序目传诔，而无《五孝传》及

---

[1] "演"，当作"缤"。

[2] 此句，李公焕本作"此诗所为作，故以《述酒》名篇"。

《四八目》，阳休之特取益之为十卷。《隋经籍志》：《陶集》梁有五卷，录一卷。盖录即八卷中之目，又别自单行。其录后亡，故《昭德读书志》只云七卷。今昭明本、休之本皆不得见，余所见自李公焕以下凡十余本，卷数分并，互有异同，条系如右。

李公焕本

以梁昭明《序》及《传》冠首，次采集诸家评陶为总论，中分十卷，前四卷诗，五卷记辞传述，六卷赋，七卷《五孝传》、《画赞》，八卷疏祭文，九卷、十卷《圣贤群辅录》，末附录颜延之诔、阳休之《序录》、宋庠《私记》、僧思悦《书后》、无名氏记。何孟春曰："世传李公焕本，当是宋丞相所记江左旧书最有伦贯者。"又曰："陶诗旧有注者，宋则汤伯纪、元则詹若麟辈，而今不见其有传者。传而刻者，元则李公焕本，而不见其能为述作家也。"

按：明万历丁亥，休阳程氏所梓，即李公焕本。但卷端不标笺注二字，亦不载庐陵后学李公焕集录。其总论中无东坡"不取微生高"一条，而多朱晦庵二条、陆象山二条、魏鹤山一条。不知程氏所见公焕本，原是如此，抑从别本删增？何燕泉本总论，则诸条悉具。

按：公焕本分十卷，盖用休之例也。然休之增入《五孝传》、《四八目》，其卷当相似。今若以八卷疏祭文移于七卷《五孝传》前，《五孝传》退居八卷，则昭文与休之编次，俱可想像而得矣。

又按：公焕本标题称"笺注陶渊明集"，庐陵后学李公焕集录，而不载时代。何燕泉以公焕为元人，未知何据，识以俟考。

何孟春本

前四卷诗与李本同，五卷赋辞，六卷《五柳先生传》、《孟府君传》、《五孝传》、《画赞》,七卷述记疏祭文,八卷、九卷《四八目》,十卷附录颜延之《诔》、昭明《传》及《序》、阳休之《序录》、宋庠《私记》、僧思悦《书后》、诸家总论。

自记:"是集萧统、阳休之辈,或题陶渊明,或题陶潜。《隋志》作《陶潜集》,《唐志》作《陶泉明集》,以泉易渊,唐为神尧讳尔。自赵宋来,传本题《陶渊明集》。春恶其斥贤者名也,从马端临《经籍考》,称'靖节集'云。集分卷数目,诸家不同,世传李公焕本,当是宋丞相所记江左旧书,所谓最伦贯者。春今考诸家,移卷六赋二篇,并入卷五。移卷五《五柳先生传》、《孟府君传》同。卷七传赞为卷六。《史述九章》移《桃源记》前,加卷八《与子俨等疏》,上为卷七。《四八目》旧自《甄表状》杜乔以下分之为卷九、卷十。今中分自邓禹以下为卷八、卷九,减旧一卷。而诔传序录记跋诸为陶作,洎先辈论议及陶,有不可附篇注下者,录次末简,用足十卷之数。是虽少有更置,而伦贯依类,尤觉得宜。谨记于此,以备考焉。正德戊寅阳月吉日,燕泉何孟春子元父记。"

按:燕泉移置卷次,自谓伦贯,然昭明编录,原无《五孝传》、《四八目》,后人疑为赝作。今以《五孝传》与《五柳先生》、《孟府君传》同卷,殊为不伦也。

汲古阁本

以昭明《序》冠卷首,诗四卷,惟无《问来使》一首,余与诸本同。五卷赋辞,六卷记传画赞述,七卷《五孝传》,八卷疏祭文,九卷、十卷《四八目》,十卷后以阳休之《序录》、宋庠《私记》为后序。又别为附录二卷,上卷颜延之《诔》、昭明《传》、吴仁杰《年谱》。下卷曾纮《刑天说》、骆庭芝《斜川辨》、诸家总论。其《年谱》与吴瞻泰本不同者数处,足资考证。

焦竑本

诗四卷,惟《归田园居》无江淹拟作一首,余与诸本同。五卷赋辞,六卷记传画赞述,七卷《五孝传》,八卷疏祭文。附录颜延之《诔》、昭明《传》《序》,无《四八目》。自叙言:"靖节先生微衷雅抱,触而成言,昭明太子手葺为编,序而传之。岁久颇为后人所乱,其改窜者什居二三。窃疑其谬,而绝无善本是正。顷,友人偶以宋刻见遗,无圣贤之目,篇次正与昭明旧本吻合,中与今本异者不啻数十处,凡向所疑,涣然冰释,此艺林之一快也。吴君肃卿语余,《陶集》得此,幸不为妄庸所汨没,盍刻而广之。余乃以授肃卿,而道其始末如此。肃卿,名汝纪,新安人。

按:焦氏此本系宋刻,然小注时引宋本作某,岂谓宋庠本耶?又云八卷之数,与昭明旧本合。则尤不然。阳休之云,萧统所撰八卷,合序目诔传,而少《五孝传》及《四八目》。宋庠《私记》云,《隋经籍志》宋征士《陶潜集》九卷。又云梁有五卷,录一卷。《唐志·陶泉明集》五卷。今官私所行本凡数种,与二志不同。有八卷者,即梁昭明太子所撰,合《序》、《传》、《诔》等,在集前为一卷,正集次之,亡其录。晁氏《昭德读书志》云,《靖节先生集》有数本,七卷者梁萧统编,以《序》、《传》、颜延之《诔》载卷首。是昭明所编《陶集》正集止七卷,并序目诔传为八卷,后又以录别为一卷。故《隋志》云九卷,亡其录。故仍为八卷,录即目。宋、晁所见八卷,但有《序》、《传》、《诔》,不言目可知也。今焦本若去其卷七《五孝传》,庶有合于昭明卷数耳。

张溥《汉魏百三名家》本

通一卷,以赋辞、疏记、《画赞》、《五孝传》、《孟府君传》、《五柳先生传》、《读史述》、《祭文》、诗为次,无《四八目》。题词曰:"古来咏陶之作,惟颜清臣称最相知,谓其公相子孙,北窗高卧,永初以后,题诗甲子,志犹'张良思报韩,龚胜耻事新'也。思深哉!非清臣孰能为此言乎?吴幼清亦云:'元亮《述酒》、《荆轲》等作,欲为汉相孔明而无其资。'呜呼!此亦知陶者,其遭时何相似也。君臣大义,蒙难愈明,仕则为清臣,不仕则为元亮,舍此则华歆、傅亮,攘袂劝进,三尺童子,咸羞称之。此昔人所以高杨铁崖,而卑许平仲也。《感士》类子长之偈傥,《闲情》同宋玉之《好色》,《告子》似康成之《诫书》,《自祭》若右军之《誓墓》。孝赞补经,传记近史。陶文雅兼众体,岂独以诗绝哉!真西山云:'渊明之作,宜自为一编,附《三百篇》、《楚辞》之后,为诗根本准则。'是最得之,莫谓宋人无知诗者也。陶刻颇多,而学者多善焦太史所订宋本,故仍其篇。"

按:张本字句悉用焦本,但易其篇次耳。

张尔公本

诗四卷,删《四时》一首,谓气格不似渊明。又删《联句》一首,谓浅陋不足述。余与诸本同。五卷以记辞传述赋为次,六卷疏祭文,其《五孝传》、《四八目》悉删不录。《扇上画赞》亦删,谓其以"养气浩然"予於陵仲子,而极赞其至,与圣贤所论相柄凿,故并删之。

毛晋绿君亭本

以诗一百五十八章为一卷,文十七篇为一卷,《四八目》为一卷。诗之《归园田居》江淹拟作,《问来使》、《四时》、《联句》、《四八目》之"八儒"、"三墨",皆不载正集,另见杂附中。其诸家之评论,则前有总评章评。字句之异同,则后有参疑详焉。

何焯校正本

云以宋宣和枣木板原本校对者。按胡仔《苕溪渔隐丛话》曰:

"余家藏《靖节文集》，乃宣和壬寅王仲良厚之知信阳日所刻，字大尤便老眼，字画乃学东坡书，亦臻其妙，殊为可爱，不知此板兵火之余，今尚存否？厚之有后序云：'《陶集》世行数本，互有舛谬。今详加审订，其本无二，意不必俱存。如"乱"一作"乱"，"礼"一作"礼"，"游"一作"遊"，"余"一作"予"者。复有字画近似，传写相袭，失于考究。如以"库钧"为"庾钧"，"丙曼容"为"丙曼客"，"八及"为"八友"者。凡所改正，二百二十有六。'"义门所谓宣和本，当即此本也。

以上诸本，诗文并载。其专说诗者，所见亦有数本。

汤东礀本

自序："陶公诗精深高妙，测之愈远，不可漫观也。不事异代之节，与子房五世相韩之义同。既不为狙击震动之举，又时无汉祖者可托以行其志，故每寄情于首阳、易水之间。又以荆轲继二疏、三良而发咏，所谓'抚己有深怀，履运增慨然'，读之亦可以深悲其志也已。先生危行逊言，至《述酒》之作，始直吐忠愤，然犹乱以廋词，千载之下，读者不省为何语。是此翁所深致意者，迄不得白于后世，尤可以使人增欷而累叹也。余偶窥见其指，因加笺释，以表暴其心事。及他篇有可发明者，亦并著之。文字不多，乃令缮写模传，与好古通微之士共商略焉。又按诗中言本志少，说固穷多，夫惟忍于饥寒之苦，而后能存节义之闲，西山之所以有饿夫也。世士贪荣禄，事豪侈，而高谈名义，自方于古之人，余未之信也。淳祐初元九月九日，鄱阳汤汉敬书。"

吴骞跋曰："南宋鄱阳汤文清公注《陶靖节诗》四卷，马贵与《文献通考》极称之。所谓《述酒》诗，乃哀零陵而作，其微旨虽滥觞于韩子苍，至文清反复研讨而益畅其说，真可谓彭泽异代之知己矣。此书世鲜传本,岁辛丑,吾友鲍君以文游吴,趋得之。归舟枉道过余小桐溪山馆,出以见示。楮墨精好,古香袭人,诚宋椠佳本也。昔毛斧季前辈,晚年尝以藏书售潘稼堂太史,有宋刻《陶集》,斧季自题目下曰:此集与世本敻然不同,如《桃花源记》'闻之欣然规往',时本率讹'规'作'亲'。今观是集,始知斧季之言为不谬。又《拟古》诗'闻有田子泰',流俗本多讹作'田子春',惟此作'子泰'与《魏志》符。其他佳处,尤不胜更仆数。注中间有引宋本者,鲍君据吴氏《西斋书目》及僧思悦陶氏序,以为汤氏盖指宋元献刊定之本,因劝予重雕以公同好。文清人品,雅为真西山、赵南泉诸公所推。尤明于《易》,'城复于隍,其命乱也',王伯厚《困学纪闻》尝取之。余详《宋史》本传。乾隆五十年,岁次旃蒙大荒落,小重阳日,海昌吴骞识。"

按东墉本,何孟春云:"今不见其全书,此本乃吴骞拜经楼以宋本重雕者。惟诗四卷,文但录《桃花源记》,以有诗也。录《归去来辞》,以诗类也。其《归园田居》江淹拟作,及《问来使》,晚唐人作,旧误入者,皆别出附于集末。又《杂诗》'袅袅松标崖'一首,亦附集末,云东坡和陶无此篇。"

黄文焕《陶诗析义》本

诗四卷,与诸本同。惟删《归园田居》江淹拟作及《四时》诗,而以《桃花源诗》列于卷末《联句》之前,盖用东坡本例也。但不录《归去来辞》,与汤异。

吴瞻泰《陶诗汇注》本

以昭明《传》,吴仁杰、王质两家年谱冠首。诗四卷,删去《归园田居》江淹拟作及《问来使》《四时》三首,而以《桃花源诗》列于卷末,并附《读史述九章》,谓《九章》原不列诗集内。然语以韵行,与诗不甚远，且九章之内，发抒忠愤为多，尤渊明一生大节，正犹屈子之《九歌》也，附于诗后，似不嫌创云。

蒋薰本

诗四卷，与诸本同。惟删《四时》一首，而以《桃花源诗》列于卷末联句之前，《归去来辞》并《读史述九章》次其后焉。

以上所见合十二本。卷数之分并，字句之同异，今皆择善而从。惟以《五孝传》移为第八卷，使与《四八目》相次，后之览者，庶知前七卷虽非昭明旧第，然其编比，大概可想。后三卷则阳休之附益，而真赝亦无难辨识矣。其未见诸本，仍录于右。

无名氏集后记曰："靖节先生，江左伟人，世高其节，先儒谓其最善任真。方其为贫也，则求为县令。仕不得志也，则挂冠而归。此所以为渊明。设其诗文不工，犹当敬爱，况如浑金璞玉，前贤固有定论耶。仆近得先生集，乃群贤所校定者，因锓于木以传不朽云。绍兴十年十一月日记。"①

① 何孟春曰："《渊明集》世传本思悦书后有记者云云，不著名氏。世本李公焕注。此不知公焕之所载者谁与。"

陈振孙《直斋书录解题》：《靖节年谱》一卷，《辨证》一卷，《杂记》一卷。《解题》曰："吴郡吴仁杰斗南为《年谱》，张縯季长辨证之，又杂记昔贤论靖节语，此蜀本也。卷末有阳休之《序录》，宋庠《私记》又有治平三年思悦题称永嘉，不知何人也。"①

① 季长《辨证》本今未见。

吴澄《詹若麟〈渊明集补注〉序》曰:"予尝谓楚之屈大夫、韩之张司徒、汉之诸葛丞相、晋之陶征士,是四君子者,其制行也不同,其遭时也不同,而其心一也。一者何? 明君臣之义而已。欲为韩而毙吕殄秦者子房也,欲为汉而诛曹殄魏者孔明也。虽未能尽如其心焉,然亦略得伸其志愿矣。灵均逆睹谗臣之丧国,渊明坐视强臣之移国,而俱莫如之何也。略伸志愿者,其事业见于世。莫如之何者,将没世而莫之知,则不得不托之空言以泄忠愤,此予所以每读屈辞、陶诗而为之流涕太息也。屈子之辞,非藉朱子之注,人亦未能洞识其心。陶子之诗,悟者尤鲜。其泊然冲淡而甘无为者,安命分也;其慨然感发而欲有为者,表志愿也。近世惟东磵汤氏稍稍窥探其一二。吾乡詹麒若麟,因汤所注而广之,考其时考其地,原其序以推其志意。于是屈、陶二子之心,粲然暴白于千载之下。若麟之功,盖不减朱子也。呜呼! 陶子无昭烈之可辅以图存,无高皇之可倚以复仇,无可以伸其志愿而寓于诗,使后之观者,又昧昧焉,岂不重可悲也哉! 屈子不忍见楚之亡而先死,陶子不幸见晋之亡而后死。死之先后异尔,易地则皆然,其亦重可哀已夫。"①

① 何孟春曰:"若麟补注未见。据吴此序,其书必有可取。"

诔传杂识

陶征士诔

颜延之

夫璿玉致美，不为池皇之宝；桂椒信芳，而非园林之实。岂其乐深而好远哉？盖云殊性而已。故无足而至者，物之藉也；随踵而立者，人之薄也。若乃巢由之抗行，夷皓之峻节，故已父老尧禹，锱铢周汉，而绵世寝远，光灵不属。至使菁华隐没，芳流歇绝，不亦惜乎？虽今之作者，人自为量，而首路①同尘，辍涂殊轨者多矣。岂所以昭末景、泛余波乎？②有晋征士浔阳[1]陶渊明，南岳之幽居者也。弱不好弄，长实素心。学非称师，文取指达。在众不失其寡，处言愈见其默。少而贫苦，③居无仆妾，井臼弗任，藜菽不给，母老子幼，就养勤匮。远惟田生致亲之义，追④悟毛子捧檄之怀。初辞州府三命，后为彭泽令。道不偶物，弃官从好，遂乃解体世纷，结志区外，定迹深栖，于是乎远。⑤灌畦鬻蔬，为供鱼菽之祭；织绚纬萧，以充粮粒之费。心好异书，性乐酒德，简弃烦促，就成省旷。殆所谓国爵屏贵，家人忘贫者与。有诏征著作郎，称疾不赴，⑥春秋六十有三，⑦元嘉四年月日，卒于浔阳县柴桑里。⑧近识悲悼，远士伤情，冥默福应，呜呼淑贞。夫实以诔华，名由谥高。苟允德义，贵贱何算焉？若其宽乐令终之美，好廉克己之操，有合谥典，无愆前志。故询诸友好，宜谥曰靖节征士。其词曰：物尚孤生，人固介立。岂伊时遘，曷云世及。嗟乎若士，望古遥集。韬此洪族，蔑彼名级。睦亲之行，至自非

---

[1] 浔阳，《文选》作"寻阳"。作"寻阳"是。

286

敦。然诺之信,重于布言。廉深简洁,贞夷粹温。和而能峻,博而不
繁。依世尚同,诡时则异。有一于此,两非默置。岂若夫子,因心违
事。⑨畏荣好古,薄身厚志。世霸虚礼,州壤推风。孝惟义养,道必
怀邦。人之秉彝,⑩不隘不恭。爵同下士,禄等上农。度量难钧,进
退可限。长卿弃官,稚宾自免。子之悟之,何悟之辨。赋辞归来,高
蹈独善。亦既超旷,无适非心。汲流旧巘,葺宇家林。晨烟暮霭,春
煦秋阴。陈书缀卷,置酒弦琴。居备勤俭,躬兼贫病。人否其忧,子
然其命。隐约就闲,迁延辞聘。非直也明,是惟道性。纠缠斡流,冥
漠报施。孰云与仁,实疑明智。谓天盖高,胡愆斯义。履信曷凭,思
顺何置。年在中身,疢维痁疾。视化如归,临凶若吉。药剂弗尝,祷
祀非恤。傃幽告终,怀和长毕。呜呼哀哉!敬述靖节,式遵遗占。
存不愿丰,没无求赡。省讣却赙,轻哀薄敛。遭壤以穿,旋葬而窆。
呜呼哀哉!深心追往,远情逐化。自尔介居,及我多暇。伊好之洽,
接阎邻舍。宵盘昼憩,非舟非驾。念昔宴私,举觞相诲。独正者危,
至方则阂。哲人卷舒,布在前载。取鉴不远,吾规子佩。尔实愀然,
中言而发。违众速尤,迕风先蹶。身才非实,荣声有歇。叡音⑪永
矣,谁箴余阙。呜呼哀哉!仁焉而终,智焉而毙。黔娄既没,展禽亦
逝。其在先生,同尘往世。旌此"靖节",加彼康惠。呜呼哀哉!

① 善本作"首路",五臣作"道路",误。
②《文选》无"乎"字。
③ 一作"病"。
④ 一作"近"。
⑤ 一作"遂"。
⑥ 一无"称疾"二字。
⑦《文选》作"春秋若干"。
⑧ 一作"之某里"。

⑨ 一作“达理”。

⑩《考异》：何云：“人”字避讳改。

⑪ “叡”，一作“徽”。

宋书·隐逸传

陶潜字渊明，或云渊明字元亮，浔阳柴桑人也。曾祖侃，晋大司马。潜少有高趣，尝著《五柳先生传》以自况，①时人谓之实录。亲老家贫，起为州祭酒，不堪吏职。少日，自解归。州召主簿，不就。躬耕自资，遂抱羸疾。复为镇军、建威参军，谓亲朋曰：“聊欲弦歌，以为三径之资，可乎？”执事者闻之，以为彭泽令。公田悉令种秫稻，妻子固请种粳，仍使二顷五十亩种秫，五十亩种粳。郡遣督邮至县，吏白应束带见之，潜叹曰：“我不能为五斗米，折腰向乡里小人。”即日解印绶去职，赋《归去来》。②义熙末，征著作佐郎，不就。江州刺史王弘欲识之，不能致也。潜尝往庐山，弘令潜故人庞通之赍酒具于半道栗里要之，潜有脚疾，使一门生二儿舁篮舆，既至，欣然便共饮酌，俄顷弘至，亦无忤也。先是，颜延之为刘柳后军功曹，在浔阳，与潜情款。后为始安郡，经过，日日造潜，每往必酣饮致醉。临去，留二万钱与潜，潜悉送酒家，稍就取酒。尝九月九日无酒，出宅边菊丛中坐久，值弘送酒，即便就酌，醉而后归。潜不解音声，而蓄素琴一张，无弦，每有酒适，辄抚弄以寄其意。贵贱造之者，有酒辄设，潜若先醉，便语客：“我醉欲眠，卿可去。”其真率如此。郡将候潜，值其酒熟，取头上葛巾漉酒，毕，还复著之。潜弱年薄宦，不洁去就之迹，自以曾祖晋世宰辅，耻复屈身异代，自高祖王业渐隆，不复肯仕。所著文章，皆题其年月，义熙以前，则书晋氏年号，自永初以来，唯云甲子而已。与子书以言其志，并为训戒。③又为《命子诗》以贻之。④潜元嘉四年卒，时年六十三。

① 文载本集。

② 文载本集。

③《与子疏》载本集。

④ 诗载本集。

陶渊明传 萧统

陶渊明字元亮,或云潜字渊明,寻阳柴桑人也。曾祖侃,晋大司马。渊明少有高趣,博学善属文。颖脱不群,任真自得,尝著《五柳先生传》以自况,时人谓之实录。亲老家贫,起为州祭酒。不堪吏职,少日自解归。州召主簿,不就。躬耕自资,遂抱羸疾。江州刺史檀道济往候之,偃卧瘠馁有日矣。道济谓曰:"贤者处世,天下无道则隐,有道则至。今子生文明之世,奈何自苦如此?"对曰:"潜也何敢望贤,志不及也。"道济馈以粱肉,麾而去之。后为镇军、建威参军,谓亲朋曰:"聊欲弦歌,以为三径之资,可乎?"执事者闻之,以为彭泽令。不以家累自随,送一力给其子,书曰:"汝旦夕之费,自给为难,今遣此力,助汝薪水之劳。此亦人子也,可善遇之。"公田悉令吏种秫,曰:"吾常得醉于酒,足矣。"妻子固请种粳,乃使二顷五十亩种秫,五十亩种粳。岁终,会郡遣督邮至县,吏请曰:"应束带见之。"渊明叹曰:"我岂能为五斗米,折腰向乡里小儿!"即日解绶去职,赋《归去来》。征著作郎,不就。江州刺史王弘欲识之,不能致也。渊明尝往庐山,弘命渊明故人庞通之,赍酒具于半道栗里之间邀之。渊明有脚疾,使一门生二儿舁篮舆。既至,欣然便共饮酌。俄顷弘至,亦无忤也。先是颜延之为刘柳后军功曹,在浔阳,与渊明情款。后为始安郡,经过浔阳,日造渊明饮焉,每往必酣饮致醉。弘欲邀延之坐,①弥日不得。延之临去,留二万钱与渊明,渊明悉遣送酒家,稍就取酒。尝九月九日出宅边菊丛中坐，久之，满手把菊。忽值弘送酒至，即便就酌，醉而归。渊明不解音律，而蓄无弦琴②一张，每酒适，辄抚弄以寄其意。贵贱造之者，有酒辄设。渊明若先醉，便语客："我醉欲眠，卿可去。"其真率如此。郡将常候之，值其酿熟，取头上葛巾漉酒，漉毕，还复著之。时周续之入庐山事释惠远，彭城刘遗民亦遁迹匡山，渊明又不应征命，谓之"浔阳三隐"。后刺史檀韶苦请续之出州，与学士祖企、谢景夷三人，共在城北讲《礼》加以讲[1]校，所住公廨近于马队，是故渊明示其诗云："周生述孔业，祖、谢响然臻。马队非讲肆，校书亦已勤。"其妻翟氏亦能安勤苦，与其同志。自以曾祖晋世宰辅，耻复屈身后代，自宋高祖王业渐隆，不复肯仕。元嘉四年，将复征命，会卒。时年六十三，世号靖节先生。

① 一作"赴坐"。
② 一作"无弦素琴"。

晋书·隐逸传

陶潜字元亮，大司马侃之曾孙也。祖茂，武昌太守。潜少怀高尚，博学善属文，颖脱不羁，任真自得，为乡邻之所贵。尝著《五柳先生传》以自况，时人谓之实录。

以亲老家贫，起为州祭酒，不堪吏职，少日，自解归。州召主簿，不就。躬耕自资，遂抱羸疾。复为镇军、建威参军，谓亲朋曰："聊欲弦歌，以为三径之资，可乎？"执事者闻之，以为彭泽令。在县公田悉令种秫谷，曰："令吾常醉于酒足矣。"妻子固请种粳，乃使一顷五十

---

[1] 讲，当从《四部丛刊》影印宋刊巾箱本李公焕《笺注陶渊明集》作"雠"。

亩种秫,五十亩种粳。素简贵,不私事上官。郡遣督邮至县,吏白应束带见之,潜叹曰:"吾不能为五斗米折腰,拳拳事乡里小人邪!"义熙二年,解印去县,乃赋《归去来》。顷之,征著作郎,不就。既绝州郡觐谒,其乡亲张野及周旋人羊松龄、裴[1]遵等,或有酒邀之,或要之共至酒坐,虽不识主人,亦欣然无忤,酣醉便反。未尝有所造诣,所之唯至田舍及庐山游观而已。

刺史王弘以元熙中临州,甚钦迟之,后自造焉。潜称疾不见,既而语人曰:"我性不狎世,因疾守闲,甚[2]非洁志慕声,岂敢以王公纡轸为荣邪!夫谬以不贤,此刘公幹所以招谤君子,其罪不细也。"弘每令人候之,密知当往庐山,乃遣其故人庞通之等赍酒,先于半道邀之。潜既遇酒,便引酌野亭,欣然忘进。弘乃出与相见,遂欢宴穷日。潜无履,弘顾左右为之造履。左右请履度,潜便于坐申脚令度焉。弘要之还州,问其所乘,答云:"素有脚疾,向乘篮舆,亦足自反。"乃令一门生二儿共舆之至州,而言笑赏适,不觉其有羡于华轩也。弘后欲见,辄于林泽间候之。至于酒米乏绝,亦时相赡。

其亲朋好事,或载酒肴而往,潜亦无所辞焉。每一醉,则大适融然。又不营生业,家务悉委之儿仆。未尝有喜愠之色,惟遇酒则饮,时或无酒,亦雅咏不辍。尝言夏月虚闲,高卧北窗之下,清风飒至,自谓羲皇上人。性不解音,而畜素琴一张,弦徽不具,每朋酒之会,则抚而和之,曰:"但识琴中趣,何劳弦上声。"以宋元嘉中卒,时年六十三,所有文集并行于世。

南史·隐逸传

陶潜字渊明,或云字深明,名元亮。寻阳柴桑人,晋大司马侃之

[1] 裴,中华书局《晋书》点校本作"宠"。
[2] 甚,中华书局《晋书》点校本作"幸"。

曾孙也。少有高趣,宅边有五柳树,故尝著《五柳先生传》,盖以自况,时人谓之实录。

亲老家贫,起为州祭酒,不堪吏职,少日自解而归。州召主簿,不就。躬耕自资,遂抱羸疾。江州刺史檀道济往候之,偃卧瘠馁有日矣。道济谓曰:"夫贤者处世,天下无道则隐,有道则至。今子生文明之世,奈何自苦如此?"对曰:"潜也何敢望贤,志不及也。"道济馈以粱肉,麾而去之。

后为镇军、建威参军,谓亲朋曰:"聊欲弦歌,以为三径之资,可乎?"执事者闻之,以为彭泽令。不以家累自随,送一力给其子,书曰:"汝旦夕之费,自给为难,今遣此力,助汝薪水之劳。此亦人子也,可善遇之。"公田悉令吏种秫稻,妻子固请种粳,乃使二顷五十亩种秫,五十亩种粳。

郡遣督邮至县,吏白应束带见之,潜叹曰:"我不能为五斗米,折腰向乡里小人!"即日解印绶去职,赋《归去来》以遂其志。义熙末,征为著作佐郎,不就。江州刺史王弘欲识之,不能致也。潜尝往庐山,弘令潜故人庞通之赍酒[1],于半道栗里要之。潜有脚疾,使一门生二儿举篮舆。及至,欣然便共饮酌,俄顷弘至,亦无忤也。

先是,颜延之为刘柳后军功曹,在寻阳与潜情款。后为始安郡,经过潜,每往必酣饮致醉。弘欲邀延之一坐,弥月不得。延之临去,留二万钱与潜,潜悉送酒家,稍就取酒。尝九月九日无酒,出宅边菊丛中坐久之。逢弘送酒至,即便就酌,醉而后归。

潜不解音声,而畜素琴一张。每有酒适,辄抚弄以寄其意。贵贱造之者,有酒辄设。潜若先醉,便语客:"我醉欲眠,卿可去。"其真率如此。郡将候潜,逢其酒熟,取头上葛巾漉酒,毕,还复著之。潜

---

[1] "酒"下,中华书局点校本《南史》有"具"字。

弱年薄宦，不洁去就之迹。自以曾祖晋世宰辅，耻复屈身后代，自宋武帝王业渐隆，不复肯仕。所著文章，皆题其年月。义熙以前，明书晋氏年号，自永初以来，唯云甲子而已。与子书以言其志，并为训戒，又为《命子》诗以贻之。

元嘉四年，将复征命，会卒。世号靖节先生。其妻翟氏，志趣亦同，能安苦节，夫耕于前，妻锄于后云。

莲社高贤传

陶潜字渊明，晋大司马侃之曾孙。少怀高尚，著《五柳先生传》以自况，时以为实录。初为建威参军，谓亲朋曰："聊欲弦歌为三径之资。"执事者闻之，以为彭泽令。郡遣督邮至县，吏白应束带见之，潜叹曰："吾不能为五斗米折腰，拳拳事乡里小儿耶！"解印去县，乃赋《归去来》。及宋受禅，自以晋世宰辅之后，耻复屈身异代。居浔阳柴桑，与周续之、刘遗民并不应辟命，世号"浔阳三隐"。尝言夏月虚闲，高卧北窗之下，清风飒至，自谓羲皇上人。性不解音，畜素琴一张，弦徽不具，每朋酒之会，则抚而叩之，曰："但识琴中趣，何劳弦上声。"常往来庐山，使一门生二儿舁篮舆以行。时远法师与诸贤结莲社，以书招渊明。渊明曰："若许饮则往。"许之，遂造焉，忽攒眉而去。宋元嘉四年卒，世号靖节先生。

附录杂识

《晋中兴书》载:"颜延之为始安郡,道经浔阳,常饮渊明舍,自晨达昏。及渊明卒,延之为诔,极其思致。"

《续晋阳秋》云:"江州刺史王弘造渊明,无履,弘从人脱履以给之。弘语左右为彭泽作履,左右请履度,渊明于众坐伸脚。及履至,著而不疑。"

《庐山记》:"远法师居庐阜三十余年,影不出山,迹不入俗,送客过虎溪,虎辄鸣号。昔陶元亮居栗里,山南陆修静亦有道之士,远师尝送此二人,与语道合,不觉过之,因相与大笑。今世传《三笑图》。"

《庐阜杂记》:"远师结白莲社,以书招渊明,陶曰:'弟子嗜酒,若许饮即往矣。'远许之,遂造焉,因勉令入社,陶攒眉而去。"
杜诗注:"陶渊明闻远公议论,谓人曰:'令人颇发深省。'"

《云仙散录》载:"《渊明别传》云:渊明尝闻田水声,倚杖久听,叹曰:'秫稻已秀,翠色染人,将剖胸襟,一洗荆棘,此水过吾师丈人矣。'"
又云:"陶渊明得太守送酒,多以春秋水杂投之,曰:'少延清欢。'"
又云:"渊明日用铜钵煮粥为二食具,遇发火则再拜曰:'非有是火,何以充腹。'"①

① 何孟春曰:《渊明别传》今无闻,春谨采所载于《散录》者,以附传后。洪容斋尝谓世传《云仙散录》等书,浅妄绝可笑,而颇能疑误后生。赵与时

《宾退录》曰:"《散录》引书百余种,而其造语尽仿《世说》,若集诸家言语,岂应一律。"实本容斋之说。

以上何孟春附录原采

颜之推《家训》:"刘孝绰当时既有重名,无所与让,唯服谢朓,常以谢诗置几案间,动静辄讽味。简文爱陶渊明文,亦复如此。"

《文中子》:"或问陶元亮,子曰:'放人也。《归去来》有避地之心焉,《五柳先生传》则几于闭关矣。'"

李元中《莲社图记》:"远公结社庐山,时陈郡谢灵运以才自负,少所推与。及来社中,见远师心悦诚服,乃为开池种白莲,求预净社。师以其心乱,拒而不纳。陶潜时弃官居栗里,每来社中,或时才至,便攒眉回去。远师爱之,欲留不可。道士陆修静居简寂观,亦常来社中,与远相善。远自居东林,足不越虎溪。一日送陆道士,忽行过溪,相持而笑。又常令人沽酒,引渊明来。故诗人有'爱陶长官醉兀兀,送陆道士行迟迟。沽酒过溪俱破戒,彼何人斯师如斯。'又云'陶令醉多招不得,谢公心乱去还来'者,皆其事也。"

《江西通志》:"渊明故居凡三处:一在瑞州新昌县东二十五里,《图经》云:'陶公始家宜丰,后徙柴桑。'宜丰今新昌也。一在南康府城西七里为玉京山,亦名上京。《名胜志》云:'陶诗"畴昔家上京",即此'。一在九江府西南九十里柴桑山。《名胜志》云:'陶潜家于柴桑,即今之楚城乡也。去宅北三里许,有靖节墓,唐白居易有《访陶公旧宅诗》。'合三说考之,当以此为正也。"

桑乔《庐山纪事》："上京山当大湖滨，一峰苍秀，彭蠡东西数百里，云山烟水，浩淼萦带，皆列几席间，奇绝不可名状。陶渊明尝居之。渊明诗'畴昔家上京'，注云：'《南康志》：近城五里，地名上京，有渊明故居。'"

王祎《经行记》："陶靖节故居，其地栗里也，地属星子县，而星子在晋为彭泽县。按史靖节为彭泽令，督邮行县，吏白当束带见之，靖节不肯折腰小儿，遂解官赋《归去来辞》而归，义熙三年也。是时刘裕实杀殷仲文，将移晋祚。陶氏世为晋臣，义不事二姓，故托为之辞以去耳。梁昭明谓耻复屈身异代，要为得其心。夫岂以一督邮为此悻悻乎？"

《困学纪闻》："陶公栗里，前贤题咏，独颜鲁公一篇令人感慨。今考鲁公诗云：'张良思报韩，龚胜耻事新。狙击苦不就，舍生悲拖绅。呜呼陶渊明，奕叶为晋臣。自以公相后，每怀宗国屯。题诗庚子岁，自谓羲皇人。手持《山海经》，头戴漉酒巾。兴与孤云远，辨随还鸟泯。'见《庐山记》，集不载。"朱子跋云："颜文忠公《栗里诗》见陈令举《庐山记》，而不得其全篇。虽然，读之者亦足以识二公之心，而著于君臣之义矣。栗里在今南康军西北五十里谷中，有巨石，相传是陶公醉眠处。予尝往游而悲之，为作归去来馆于其侧。岁时劝相，间一至焉。俯仰林泉，举酒属客，盖未尝不赋是诗也。"

桑乔《庐山纪事》："栗里者，陶渊明故里也，其地在虎爪崖下。"

《寻阳记》："栗里今有平石如砥，纵横丈余，相传靖节先生醉卧其上。在庐山南。"

王祎《经行记》："过醉石，观陶靖节故居，其地栗里也。观已废，惟有大石亘涧中，石上隐然有人卧形，相传靖节醉卧此石上也。"

《图书集成·南康府部》:"醉石在星子县濯缨池下谷中,高三四尺,亦谓之砥柱石,元亮饮酒醉卧其上。"

陶默《仰止录》:"栗里原当涧有石,从广丈余,其平如砥,渊明每醉辄坐卧其上。朱文公诗:'及此逢醉石,谓言公所眠。'陈圣俞云:'是非分付千钟酒,日月消磨一醉中。'今其傍有醉石庵。"

《太平寰宇记》:"五柳馆在栖隐寺侧,五柳先生之旧宅也。"

《仰止录》:"五柳馆,先生门种五柳也。湖口治西三十步,元主簿冯克敏复构五柳堂。今夷为民居矣。"

《明一统志》:"湖口县东三十里有玩月台,晋陶潜为彭泽令时筑以玩月。台南有洗墨池,潜所凿以涤砚者。"

《图书集成·九江府部》:"洗墨池,在湖口县南三十里彭泽乡,陶元亮为令时涤笔墨处。一啸亭、绮练亭、玩月台,俱在彭泽乡,世传陶元亮宰县时筑。"

《江西通志》:"九江府城西南九十里有王弘冈,即白衣人送酒地也。"

《仰止录》:"菊所,在东流县治后,渊明解印日常处其中艺菊,即旧彭泽地也。书岗,在豫章安福县南四十里,怪石层耸,其岭有平石,名渊明读书台,又曰书岗也。九曲池,在湖口县南三十里,有池云渊明所穿,与陆修静、周续之三人聚讲处也。今改为三学寺。"

毛晋绿君亭《陶集》杂附:"靖节祠,一在柴桑山下,一在南康府学东,一在九江府治东,一在彭泽县治东。又一在县南,一在瑞州府城南,一在新昌县之南山,一在湖口县三学寺前。或专祠,或合祠,皆古今名贤遄淑道风,流范来学,故虽郡邑之沿革非一,而先生之祠,则易代而弥新也。"

《图书集成·九江府部》:"靖节祠初在三学寺旁,有望月台。元时县尹孙文震至寺,见望月台遗迹,乃靖节读书地,捐俸建祠于上。

后于三学寺后建祠,塑先生及陆静修、周续之遗像于中,名三贤祠。后圮。国朝顺治中重建,地有望月台、洗墨池、流觞曲水遗迹。古松苍蔚,为湖口八景之一。"

元吴澄《湖口县靖节先生祠堂记》曰:"晋靖节陶先生家浔阳之柴桑,尝为彭泽令。后析彭泽创湖口县,湖口亦彭泽也,故其境内往往有靖节遗迹。孙侯文震宰湖口,因行其乡至三学寺,民间相传以为靖节读书之地。旁有望月台旧基犹存,乃出私钱屋于台基之上,且就县学东偏建祠堂三间,以祀先生。窃惟靖节先生高志远识,超越古今,而设施不少概见。其令彭泽也,不过一时牧伯辟举相授,俾得公田之利以自养,如古人不得已而为禄者尔,非受天子命而仕也。曾几何时,不肯屈于督邮而去。充此志节,异时讵肯忍耻于二姓哉!观《述酒》《荆轲》等作,殆欲为汉相孔明之事而无其资。责子有诗,与子有疏,志趣之同,苦乐之安,一家父子夫妇又如此。夫人道三纲为首,先生一身而三纲举,无愧焉。忘言于真意,委运于大化,则几于同道矣,谁谓汉魏以降,而有斯人者乎!噫!先生未易知也,后人于言语文字间,窥觇其仿佛而已。然先生非有名位显于时,非有功业著于后,而千载之下,使人眷眷不忘,其何以得此于人哉?予于孙侯之为,恶乎而不喜谈乐道之也?侯燕人,所至有廉能声。"

《仰止录》:"湖口大岭山,在彭泽乡,东去县二十里,即汉彭泽旧治。有靖节祠,元吴澄作记。南康星子县亦有祠,城东一里。祠前有神运石,石色深黑,旁有大指痕,文理隐然。瑞州亦有祠,宋文丞相天祥建。"

"新昌县祠,县东二十里义钧乡,乡人多陶姓,于其南立祠。"

桑乔《庐山纪事》："靖节墓在面阳山北麓鹿子坂,在楚城乡桃花尖山。西去靖节墓三四里,其地有渊明故宅。"

《图书集成》："陶靖节墓,在星子县北二十五里。明正德七年,提学李梦阳清出墓于面阳山,置田以备祭祀。命其后琼领之,以陶时亨[1]补郡学生员,至今代有祀生。墓西南为靖节书院。"

《庐山志》："李梦阳曰:渊明墓之失也,越百余年无寻焉。予既得其山并田,遂迁诸窃据而葬者数冢而封识之,然仍疑焉。夫渊明《自祭文》曰:'不封不树',岂其时真不封不树,以启窃据而葬者耶?"又曰:"予既得墓山封识之矣,又得其故屋祠址田,令其裔老人琼领业焉。然其山并田德化县属,而老人琼星子民也。会九江陶亨来,言'渊明裔亨,固少年粗知字义者'。于是使为郡学生,实欲久陶墓云。"

以上新增

---

[1] 陶时亨,当作"陶亨","时"为衍字。

杜牧诗集 ［唐］杜牧 著 ［清］冯集梧 注　　西厢记 ［元］王实甫 著
李贺诗集 ［唐］李贺 著　　　　　　　　　　　　　　　［清］金圣叹 评点
　　　　［宋］吴正子 注 ［宋］刘辰翁 评　　牡丹亭 ［明］汤显祖 著
李煜词集（附李璟词集、冯延巳词集）　　　　　　　　　　［清］陈同 谈则 钱宜 合评
　　　　［南唐］李煜 著　　　　　　　　　　长生殿 ［清］洪昇 著 ［清］吴人 评点
柳永词集 ［宋］柳永 著　　　　　　　　　桃花扇 ［清］孔尚任 著
晏殊词集·晏幾道词集　　　　　　　　　　　　　　　［清］云亭山人 评点
　　　　　［宋］晏殊 晏幾道 著　　　　　古文辞类纂 ［清］姚鼐 纂集
苏轼词集 ［宋］苏轼 著 ［宋］傅幹 注　　古文观止 ［清］吴楚材 吴调侯 选注
黄庭坚词集·秦观词集　　　　　　　　　　文心雕龙 ［南朝梁］刘勰 著
　　　　［宋］黄庭坚 著 ［宋］秦观 著　　　　　　　　　［清］黄叔琳 注 纪昀 评
李清照诗词集 ［宋］李清照 著　　　　　　　　　　　　　李详 补注 刘咸炘 阐说
辛弃疾词集 ［宋］辛弃疾 著　　　　　　　人间词话·王国维词集 王国维 著
纳兰性德词集 ［清］纳兰性德 著

部分将出书目
（敬请关注）

周礼	水经注	文选
公羊传	史通	孟浩然诗集
穀梁传	孔子家语	李白全集
史记	日知录	杜甫全集
汉书	文史通义	白居易诗集
后汉书	金刚经	诗品
三国志		

上海古籍出版社
官方微信